Rizzoli | ARGENTOVIVO

VALENTINA
CAMERINI

FIDATI DI ME

Rizzoli

Pubblicato per

Rizzoli

da Mondadori Libri S.p.A.

Published by arrangement with The Italian Literary Agency

ISBN 978-88-17-14945-7

Prima edizione **ARGENTOVIVO**: novembre 2020

Realizzazione editoriale: Netphilo Publishing, Milano

1

Ho sempre pensato che Hope fosse il posto giusto per morire di noia. Da diciassette anni, due mesi e tredici giorni vivo qui, e ho avuto tantissimo tempo per non fare nulla di interessante. Ne sono stata convinta, finché la morte è arrivata davvero.

Da queste parti quasi tutti si spaccano la schiena nei campi di mais – "Hope, d'oro come il suo granoturco" è il motto dei vecchi seduti in veranda, lo sguardo fisso sul sole che tramonta all'orizzonte nelle afose sere d'estate – legati a questa terra fertile che diventa facilmente una prigione da cui in pochi sentono la necessità di evadere. Qui si lascia scorrere il tempo, sospettosi di quel che accade fuori, orgogliosi di ciò che si ha. È tutto abbastanza semplice, per chi non intende complicarsi la vita con idee strane tipo andare a vivere sulla costa o fare un lavoro che non c'entri con trattori e trebbiatrici. I ragazzi della mia età frequentano l'Hope High School, dove insegnano ancora alcuni professori dei nostri genitori. Con la patente ottengono buona parte della libertà che desiderano e la possibilità di raggiungere qualche tranquilla strada di campagna, dove baciare la propria ragazza nelle notti stellate. E un giorno, dopo avere bevuto qualche birra per farsi forza, tireranno fuori dalla tasca l'anello di fidanzamento comprato con i soldi della prima busta paga.

D'inverno c'è il campionato di baseball dello Stato, il concorso di Miss Arkansas per le ragazze che possono aspirare al titolo, il ballo di Natale e la festa di compleanno di John Freesbury, sindaco di Hope, che ogni anno a ottobre invita tutti quelli che contano nella sua tenuta. A luglio c'è la raccolta del granoturco con gli stagionali che arrivano da lontano, uomini con lo sguardo indurito che parlano poco e non sorridono mai, il caldo che secca il terreno nei campi e riempie l'aria di polvere rossastra, le gare di velocità con i pick up lungo i sentieri sterrati.

Quell'estate era stata tanto simile alle precedenti da darmi l'impressione che il tempo si fosse aggrovigliato su se stesso, condannandoci a rivivere le stesse giornate all'infinito, e solo l'idea del settembre in arrivo con l'ultimo anno di liceo mi riaccendeva dentro una scintilla di vita. "Ultimo anno" significava finire la scuola ed essere libera. Apriva la possibilità di iscrivermi a un college a Little Rock o magari addirittura sulla costa. Segnava la fine delle sagre di paese, dei ragazzi che t'invitano fuori con la speranza di infilarti le mani sotto la maglietta nei loro furgoncini parcheggiati tra i campi, dell'odore del granoturco e degli stufati di pesce di fiume, delle domeniche in parrocchia. Ma per credere che le cose sarebbero cambiate, quell'estate era stata necessaria un bel po' di fiducia nel futuro, perché all'inizio tutto era stato esattamente come al solito. Fino ad agosto, quando lei è scomparsa.

Quella avrebbe potuto essere la mia ultima estate a casa, ma non riuscivo a provare alcuna malinconia. Ogni mattina mi svegliavo sudata tra le lenzuola bianche aggrovigliate e da lì guardavo oltre la finestra l'acero piantato dal mio trisnonno, con la fortissima sensazione di sapere già esattamente che cosa sarebbe successo durante la giornata, l'estate e forse la vita intera, se fossi rimasta qui. Era come se Hope ti spingesse lungo la strada che aveva stabilito per ciascuno dei suoi abitanti, come se noi tutti dovessimo vivere in quel modo per permettere alla città di restare uguale a se stessa, generazione dopo generazione. Solo che io desideravo un futuro diverso. Non mi sarei sposata con il mio primo ragazzo, come quasi tutte le ragazze di qui, non avrei dedicato anni a sfornare pagnotte di mais e torte di mele. Presto la mia vita sarebbe cambiata. Saperlo con certezza mi dava una strana serenità. Ero distaccata, ero già altrove. Pensavo spesso all'unica persona che era riuscita ad andarsene e ad avere successo, Ava Cooper, la mitica cantante, il mio idolo sin da quando ero piccola. Mandavo sul computer una delle sue vecchie canzoni e pensavo che la mia vita non sarebbe stata lì, a Hope.

Con quella sensazione avevo affrontato la fine della scuola e l'inizio delle vacanze.

Il mais era maturato nei campi, luglio era stato straordinariamente caldo, si aspettavano le prime piogge di agosto. Lasciavo che il tempo mi scivolasse addosso e che i giorni passassero, avvicinandomi a settembre. Poi agosto è arrivato e la morte ha fatto il suo ingresso in città.

Ricordo il momento esatto. Ero seduta al tavolo della cucina e lottavo per concentrarmi su un vecchio romanzo di Stephen King dalla copertina scolorita. Avevo dormito male, perseguitata da incubi minacciosi che mi avevano lasciato confusa e stordita. Mia madre era in giardino ad aiutare mio fratello Daniel a fissare alcune assi alla capanna di legno che aveva costruito. «Non è il momento» gli aveva detto con sguardo cupo, quando se n'era uscito con quella richiesta. Ma lui aveva insistito, cominciando a frignare finché non l'aveva avuta vinta. Erano settimane che ci lavoravano e ormai mancava solo il tetto. Mio fratello era convinto che così avrebbe avuto il suo covo segreto, il posto dove traslocare la sua collezione di fumetti e trascorrere in pace quel che restava della bella stagione. A dieci anni hai il diritto di credere che basti mettere il giardino di casa tra te e i tuoi genitori per essere libero. Li sentivo parlare, ma non capivo che cosa si dicessero. Mio fratello sembrava arrabbiato. Poi ho sentito il rumore della macchina di papà.

L'auto si è fermata sul vialetto d'ingresso, proprio davanti alla veranda, e io ho posato il libro. Mio padre è lo sceriffo di Hope, per tutti è lo sceriffo McKenzie, e si muove con l'auto di servizio. Mia madre pretende che parcheggi sul retro, non le piace vedere un'auto della polizia davanti a casa. Quel giorno, però, papà non l'ha fatto.

Ho sentito i suoi passi far scricchiolare gli scalini di legno dell'ingresso, la zanzariera si è aperta cigolando, poi è comparso sulla porta della cucina. Ho trattenuto il fiato, perché non sembrava più lui.

Papà non è un tipo da perdere la testa, molti anni fa ha tolto un bastone di legno largo come un pollice dalla gamba di mio nonno, bloccato il sangue con una camicia arrotolata sulla ferita e guidato fino all'ospedale più vicino. È un uomo con i nervi saldi. Eppure in quel momento stava in piedi a qualche metro da me, pallido e con un'espressione persa, le labbra gelate in una smorfia di impotenza, le braccia molli lungo i fianchi.

«Trinity.» Ha pronunciato il mio nome con un tono che mi ha messo i brividi. «Grace non c'è più.»

Avevo sempre pensato che Hope fosse il posto giusto per morire di noia. L'avevo pensato, finché la morte a Hope è arrivata davvero, per portarsi via la mia migliore amica.

Onestamente, non ho molti amici qui. In compenso, conosco più o meno tutti e tutti sanno chi sono io. La mia famiglia ha contribuito a fondare la città in una fredda primavera di qualche secolo fa, mio padre è nato nella stessa stanza dov'è venuto al mondo suo padre e il padre di suo padre: negli anni è cambiato il colore alle pareti, ma il grande letto matrimoniale di legno chiaro è ancora al suo posto. Vantare una presenza di cinque generazioni, da queste parti ti trasforma di diritto in una delle colonne portanti della comunità.

Essere figlia dello sceriffo, poi, fa sì che tutti i miei compagni di scuola si siano fatti un'idea su di me e che spesso giudichino prudente trattarmi con un certo riguardo. Anche se leggo molti più libri di qualsiasi altro mio coetaneo – e questo dovrebbe farmi rientrare nell'irrecuperabile categoria degli sfigati – nessuno si permette di fare battute troppo pesanti sul mio conto, né di non invitarmi alle feste o cose di questo genere. Non si sa mai, lo sceriffo potrebbe avere un occhio di riguardo nel caso ti scopra a tornare a casa di notte dopo una birra di troppo, se stai simpatico a sua figlia. In realtà mio padre non farebbe nulla del genere, ma i ragazzi non lo sanno e io non intendo aprire loro gli occhi sulla faccenda.

Io so benissimo che è perché sono la figlia dello sceriffo McKenzie se posso progettare di frequentare un'università sulla costa, sognare di diventare giornalista, divorare i sonetti di Shakespeare senza attirarmi le antipatie degli altri. Solo perché sono una McKenzie posso andare a teatro a Little Rock o a Texarkana e poi raccontarlo il lunedì mattina prima che inizino le lezioni, senza essere presa in giro. Ed è grazie al mio cognome che mi hanno lasciato in pace, dopo che ho lasciato Jason, il ragazzo più popolare della scuola, facendolo soffrire. Persino in quel caso, il peggio che mi è successo è stato ritrovarmi quell'odioso nomignolo, Santa Trinity la Vergine.

Non che mi stia antipatica la gente di qui, per niente. Sono tutte brave persone. Davvero, sono a posto. Solo che io, a differenza di molti di loro, sogno qualcosa di più.

"Vedi quello che agli altri sfugge" mi diceva spesso Jason Callaway quando gli raccontavo i miei progetti per il futuro. Jason mi considerava affascinante, vagamente esotica. Gli piaceva che fossi diversa da tutte le altre, nel bene e nel male. Diceva che ero pura. Poteva permettersi di stare con me perché è sempre stato molto rispettato alla Hope High, non ha mai corso il rischio che qualcuno lo prendesse in giro. E se lo merita: è il ragazzo più dolce, gentile, corretto che ci sia. Ogni sport gli riesce bene, è circondato da amici, potrebbe uscire con qualsiasi ragazza della contea. Stare con lui mi faceva sentire sicura, protetta. Gli voglio ancora bene, davvero, anche adesso che non stiamo più insieme.

Ma l'unica che mi capiva davvero era Grace.

Grace, che non c'è più.

Con Grace era diverso, perché lei era come me. Anzi, era meglio di me: la mia amica era una ragazza speciale, e non lo dico solo perché poi è successo quello che è successo. È sempre stata splendida, quel genere di bellezza che non passa inosservata: lunghi capelli neri lisci, occhi verdi vagamente a mandorla – eredità di una bisnonna arrivata nel Midwest dal Giappone non si sa bene come – labbra morbide da stella del cinema, fisico minuto. Grace era troppo intelligente per accontentarsi di diventare Miss Arkansas, obiettivo che avrebbe potuto raggiungere senza troppa difficoltà, e sposare il capitano della squadra di basket dello Stato. Lei aveva del talento vero.

Aveva cominciato a suonare il pianoforte a sei anni con l'insegnante di musica della scuola, e presto sua madre, la signora Mitchel, si era sentita dire che sarebbe stato meglio per Grace continuare le lezioni con un insegnante più qualificato. Allora una volta a settimana ha cominciato a incontrare un pianista di Little Rock. Alla fine del primo anno di liceo era partita per Memphis, dove aveva trascorso l'estate in un campus musicale per bambini dotati. Poi erano cominciati i concerti: Nashville, Atlanta, Savannah.

Quest'anno, all'inizio di giugno, Grace aveva ricevuto una mail dall'American Musical and Dramatic Academy di New York. Parecchi mesi prima aveva fatto domanda e nelle ultime settimane non pensava ad altro, impaziente di ricevere la risposta. Non c'era nulla che desiderasse di più che trasferirsi a studiare a New York. La scuola le avrebbe messo a disposizione una camera, e noi già immaginavamo il momento in cui sarei andata a trovarla, le cose che potevamo fare, i negozi, i teatri, i locali per la sera. Continuavamo a parlarne, fino allo sfinimento. E infine la mail era arrivata: aveva letto le prime righe restando con me al telefono – *Egregia Grace Mitchel, la informiamo che abbiamo ricevuto la sua domanda di iscrizione…* – poi aveva urlato di gioia. Era stata accettata. Il suo futuro cominciava quel giorno. Per un attimo avevo sentito in bocca un sapore amaro – e *il mio*, di momento, sarebbe mai arrivato? – poi avevo sollevato lo sguardo sulla mappa degli Stati Uniti appesa sopra la mia scrivania. Da qualche parte c'era il college che avrei frequentato, nuovi amici, nuovi ragazzi, uno stage in qualche importante giornale nazionale. Si trattava di avere pazienza e aspettare. Era questione di tempo. Tutto qui.

Se ricordo bene ogni particolare della carriera musicale di Grace è perché io e lei siamo amiche praticamente da sempre. I Mitchel abitano a un isolato di distanza da casa mia e lei era l'unica bambina oltre a me della via. Non ricordo neppure quando l'ho vista la prima volta: per me lei c'è da sempre. Dopo essere rimasta vedova, la signora Mitchel ha cominciato a lavorare a tempo pieno come segretaria all'asilo di Hope, quindi Grace passava tutti i pomeriggi con noi. Mia madre ha sempre pensato che, avendo la fortuna di poter crescere personalmente i suoi figli, il minimo che potesse fare fosse aiutare le donne meno privilegiate di lei.

Abbiamo frequentato insieme tutte le scuole, Grace e io, abbiamo preparato ogni esame sul tavolo del salotto di casa mia, mentre mia madre sfornava pane al mais per merenda. La prima vacanza da sole l'abbiamo fatta insieme, nel terreno dietro casa, dove i nostri genitori ci hanno dato il permesso di campeggiare nell'estate dei nostri dodici anni. Quando l'autunno successivo ho baciato Claus Barnes, c'era Grace ad ascoltare per decine di volte il racconto di quell'indimenticabile serata. E c'era lei al mio fianco, quando Claus ha capito che Serena Lee gli piaceva di più.

La sera che Jason Callaway mi ha invitato da Pizza Deli per cena, sono corsa a raccontarglielo, e il messaggio con cui ho accettato l'invito l'abbiamo scritto insieme. Per uscire con Jason ho indossato l'abito rosso di Grace, e quando lui mi ha riaccompagnata a casa, dopo avermi salutata con il bacio che sognavo, la prima cosa che ho fatto è stata chiudermi in camera, chiamare Grace e raccontarle tutto, fin nei minimi dettagli.

Poi per un po' ci siamo viste meno del solito, ma questo non cambiava nulla tra noi. Grace non mi ha mai accusato di averla trascurata o di trascorrere troppo tempo con Jason mettendo in secondo piano la nostra amicizia, mai. L'ho anche invitata alle partite della squadra di baseball della Hope High, sarebbe stato bello andarci insieme, ma lei ha sorriso e mi ha detto «Non è il mio genere di passatempo».

Io e Jason stavamo parecchio insieme. È normale, quando due persone sono innamorate. Le sere in cui non si allenava, Jason si arrampicava sulla veranda del giardino e saliva in camera mia. Ma per Grace era ok, lei capiva. Era dalla mia parte quando ho deciso che avrei voluto aspettare a fare sesso e non mi ha abbandonato neppure quando a scuola hanno cominciato a chiamarmi Trinity la Vergine. «Non dare retta a quello che dice la gente» mi ha detto.

Grace ha sempre saputo tutto di me. Capiva quanto Hope mi andasse stretta, non giudicava il mio sogno di diventare una giornalista e di trasferirmi in una grande città. Credeva in me come avrebbe fatto una sorella, e io ero certa che saremmo state amiche per sempre.

Grace non è mai stata una tipa sportiva, benché a scuola il preside Smith incoraggiasse in ogni modo i ragazzi a fare attività fisica. Ha accettato di entrare nella squadra di atletica solo dopo parecchi discorsi insistenti del professor Wills, l'allenatore della Hope High. Era il secondo anno quando ha partecipato a una corsa a ostacoli contro i ragazzi di Takoma e, prima della fine del terzo, Grace aveva restituito la maglia bianca e rossa della divisa: le gare le mettevano addosso troppa pressione e gli allenamenti non erano cosa per lei. Non si trovava a suo agio, non riusciva a legare con le altre ragazze.

Da quando mi ero messa con Jason e trascorrevamo meno tempo insieme, però, aveva scoperto che le piaceva correre: nel tardo pomeriggio usciva di casa e restava in giro fino all'ora di cena. Qualche volta sono andata con lei, ma non ho mai avuto la sua costanza. Seguiva il Green Stone River lungo la tenuta dei Freesbury per poi buttarsi nell'ombra del bosco di querce e pioppi che si estende a nord di Hope. Credo che correre le piacesse perché le dava l'impressione di lasciarsi alle spalle le cose in cui non riusciva a riconoscersi, i ragazzi che la trovavano supponente, i professori che non capivano quanto fosse importante per lei il pianoforte.

Grace ha corso tutto l'autunno scorso, anche in quei giorni grigi che fanno venire voglia di rifugiarsi sotto una coperta, sul divano, con un romanzo giallo tra le mani. Quando la temperatura si è abbassata le ho prestato la mia felpa antivento. Un giorno sì e uno no la si vedeva uscire di casa, voltare alla fine della strada e poi sparire di corsa tra gli alberi. Luglio è stato caldo, ma lei non ha desistito. Poi è arrivato il primo di agosto, e Grace è uscita a correre come sempre. Ma quella sera non è tornata a casa.

Erano le nove e un quarto, mio fratello stava guardando una partita di basket alla televisione in cucina mentre mia madre sistemava l'avanzo di arrosto in frigorifero. Quando il campanello della porta è suonato, mio padre ha posato la forchetta nel piatto del dolce e si è alzato da tavola. Sulla porta c'era la signora Mitchel, con un'aria strana e confusa che ha subito fatto preoccupare papà.

«Mark, perdona il disturbo, per caso Grace è da voi?»

Mio padre si è voltato verso la cucina, incrociando lo sguardo di mia madre, in piedi davanti al lavello.

«No, Sandra.»

La madre di Grace è rimasta in silenzio, con le mani incrociate strette sul petto e un'espressione smarrita in volto. Allora mio padre si è spostato e con un gesto l'ha fatta entrare e sedere in cucina.

«Perdonate se sono venuta da voi, ma non sapevo che cosa fare...» ha cominciato a scusarsi la signora Mitchel, subito interrotta da mio padre.

«Hai fatto bene a venire.»

Mia madre ha mandato mio fratello a giocare in salotto, e per una volta Dan non ha fatto storie, poi ha abbassato al minimo il volume della televisione. Io sono rimasta seduta al tavolo della cucina, ancora ingombro degli avanzi della cena.

«È uscita nel tardo pomeriggio, io ero al supermercato. Solitamente alle sette e mezza è a casa...» ha cominciato a spiegare, lasciando vagare lo sguardo nervosamente a terra, poi le si è spenta la voce, lasciando la frase in sospeso.

«Sandra» ha detto mio padre con tono fermo, posandole una mano sulla spalla, «Grace non è tornata a casa?»

Lei ha scosso la testa, serrando le labbra.

«A che ora hai detto che è uscita?» ha chiesto mio padre, ora attentissimo. Non parlava più da vicino di casa, ma da poliziotto.

«Quattro ore fa.»

Io ascoltavo in silenzio.

«Potrebbe essersi fermata da qualcuno» ha suggerito mia madre, con tono poco convinto.

«No, non lo avrebbe mai fatto» mi sono intromessa io. Mi sono sentita addosso gli sguardi di tutti. «Non lo avrebbe mai fatto, senza avvisare» ho aggiunto, a voce più bassa.

«Non ha con sé il cellulare» ha detto Sandra.

«Potrebbe essersi fatta male e non essere in condizioni di tornare a casa» ha detto mio padre alzandosi in piedi. «Potrebbe essere scivolata a terra, o essersi slogata una caviglia» ha aggiunto. Era preoccupato, ma stava cercando di non farlo vedere. «Sandra, è meglio se vieni con me alla centrale.»

La madre di Grace è rimasta seduta, con lo sguardo fisso nel vuoto e gli occhi lucidi. Dalla televisione, il cronista continuava a parlare. «Là fuori è così buio» ha detto sottovoce.

L'hanno cercata subito, ripercorrendo il sentiero che va verso nord. Li ho guidati io attraverso il bosco, mio padre e i due poliziotti che erano di turno quella sera, lungo il sentiero che le avevo visto percorrere le volte che mi aveva convinta a seguirla. Non abbiamo trovato nulla, allora mio padre ha chiamato il pastore Sutton, per avvisarlo della scomparsa di Grace. Tornati alla centrale, lui ci ha aiutati a mettere insieme due squadre di volontari per allargare le ricerche a un'area più ampia. Erano tutti d'accordo sul fatto che, se davvero si fosse fatta male e non fosse stata in grado di tornare a casa, bisognava trovarla al più presto.

Intanto, poiché era inutile che stesse ad aspettare alla polizia, la signora Mitchel è tornata a casa. Ha detto che era meglio se stava lì, nel caso Grace fosse rientrata. Da quando mio padre aveva preso in mano la situazione sembrava avere recuperato le speranze. Mia madre si è offerta di tenerle compagnia. Hanno acceso tutte le luci della villetta, che così brillava nel buio come un faro.

La notizia della sparizione di Grace si è diffusa rapidamente. Intorno a mezzanotte Jason e Zack della squadra di baseball si sono presentati in centrale offrendo il proprio aiuto. Io ero ancora lì, mio padre mi aveva trattenuta nel suo ufficio pensando che forse avrei potuto aiutarli. In fondo, Grace era la mia migliore amica e nessuno la conosceva quanto me. Jason è entrato e mi ha vista. Ignorando i poliziotti che distribuivano cartine del bosco, organizzando i volontari, si è avvicinato e mi ha abbracciata.

«Te la riporterò, prometto» mi ha detto.

Jason, Zack e i loro compagni di squadra hanno ripercorso a piedi tutta la riva del Green Stone River, per diverse miglia. Hanno marciato nel bosco per ore, e perfino dei tipi sportivi come loro alla fine erano stravolti. Nessuno sapeva quale sentiero avesse preso Grace, e la zona in cui potevamo cercarla era incredibilmente ampia.

Mio padre mi ha accompagnato a casa poco prima dell'una di notte, promettendo che mi avrebbe telefonato se avessero trovato qualcosa. Qualsiasi cosa. Quando ha fermato l'auto di servizio davanti al vialetto e mi ha fatto scendere, mia madre era ancora da Sandra con mio fratello, sistemato a dormire sul divano di casa Mitchel.

Ho attraversato l'ingresso e sono andata in camera mia senza accendere le luci, in silenzio. Mi sono sdraiata sulle lenzuola, senza togliere gli shorts di jeans, e sono rimasta a fissare la luce della luna sul soffitto. Ogni minuto sembrava congelato nell'attesa. Sapevo che sarebbe stato così finché non avessero ritrovato Grace.

Mio padre è tornato a casa qualche ora dopo, con mio fratello in braccio. Ho sentito che diceva qualcosa a mia madre salendo le scale al buio, ma ha superato camera mia senza fermarsi. Ho stretto le braccia attorno al cuscino, chiudendo gli occhi e pregando di riuscire a addormentarmi. O almeno di riuscire a smettere di pensare.

La mattina dopo, quando mi sono svegliata, mio padre era già uscito per tornare alla centrale. Sono scesa in cucina sentendo la testa pesante. È bastato scambiare un'occhiata con mia madre, per capire che Grace non era ancora tornata. L'ho capito dalla sua espressione tesa, dai capelli spettinati, dalle rughe ai lati della bocca. Mi ha mandato da Sandra con un thermos di caffè e dei dolci all'uvetta. Ho attraversato la strada con la colazione riposta in una sacca di tela, faceva caldo. La porta della villetta celeste era socchiusa. Ho bussato comunque, poi sono entrata senza aspettare la risposta.

La mamma di Grace non aveva dormito, sedeva pallida al tavolo della cucina, con gli occhi sprofondati in un'espressione smarrita.

«La troveremo presto» ho detto, sedendomi accanto a lei e passandole un braccio sulla spalla. Ha cominciato a piangere in silenzio, restando immobile. Non c'era nulla che potessi fare, se non mentire.

Mentire e aspettare.

Nel pomeriggio è arrivata l'unità cinofila. Un poliziotto si è presentato a casa Mitchel a prendere il pigiama di Grace da fare annusare ai cani, e io ne ho approfittato per farmi dare un passaggio fino alla centrale.

Le ricerche erano riprese quella mattina, con il primo sole, ma il bosco era troppo fitto e grande perché le squadre di volontari potessero batterlo tutto. Così mio padre aveva deciso di chiamare Little Rock per avere un aiuto.

Normalmente, quando un adolescente scompare di casa, l'ipotesi più plausibile è la fuga. Il mondo è pieno di ragazzi che salgono sul primo autobus diretto verso una Grande Città Qualsiasi, decisi a mettere un bel po' di chilometri tra sé e la propria famiglia. Ma noi tutti sapevamo che Grace non se ne sarebbe mai andata così: c'era New York, nel suo futuro. Con sua madre non aveva mai avuto problemi e suo padre non c'era più da parecchi anni.

A Hope se un adolescente non torna a casa di sera non ci si accontenta di immaginare liti in famiglia e bravate da ragazzi. Qui se qualcuno scompare lo si cerca finché non lo si ritrova. I problemi di una famiglia sono i problemi di tutti. Funziona così, nel bene e nel male. Per questa ragione, cinque ore dopo la scomparsa di Grace, nel pieno della notte, c'era già parecchia gente mobilitata e decisa a riportarla a casa. E il giorno dopo i cani battevano la zona, seguendo tracce di odori tra le foglie del sottobosco, lungo i sentieri che attraversano la campagna. Ecco perché fu sufficiente un giorno e mezzo, per ritrovarla.

Trentadue ore dopo che la signora Mitchel era venuta a suonare alla nostra porta per chiedere aiuto, un cane aveva trovato Grace. Poco prima dell'alba il cellulare di mio padre aveva suonato: era il capo dell'unità cinofila, l'agente Pitt di Little Rock. Mio padre aveva indossato la divisa, era uscito di casa e aveva raggiunto la squadra in un piccolo avvallamento del bosco, parecchio lontano dal fiume.

Il sole stava sorgendo quando aveva fermato la macchina al centro di un sentiero sterrato, era sceso e aveva raggiunto il gruppo di colleghi radunati ai bordi di quella che sembrava una crepa stretta e lunga nel terreno. Stavano in piedi in silenzio, sei uomini in divisa, immobili come chi non sa che cosa deve fare, in una posa quasi imbarazzata. Stremati dalle ore di ricerche nel bosco, infreddoliti dall'umidità del primo mattino, attoniti per lo spettacolo che la morte offriva ai loro occhi arrossati. Un pastore tedesco accucciato con la lingua a penzoloni. A terra, riversa tra foglie, terra umida e rami spezzati, c'era Grace.

La mattina in cui mio padre era entrato in casa e aveva annunciato che Grace non c'era più aveva cambiato le cose per sempre, nella nostra vita e per l'intera contea. Improvvisamente tutto quello che avevamo creduto fino a quel momento non era più sicuro. Avevamo dato per scontato che Hope fosse un luogo tranquillo in cui vivere, ne eravamo talmente certi da scherzare sulla faccenda. Che da noi non succedeva mai nulla era una cosa da dire roteando gli occhi e facendo una smorfia annoiata. Invece era stato sufficiente un attimo per dimostrare il contrario. La verità ci ha colto impreparati. Noi eravamo come tutti gli altri là fuori, la nostra piccola comunità felice non era meglio di mille altre finite nei notiziari della sera per qualche assurda violenza. Scoprimmo che avevamo assistito ai disastri degli altri pensando che a noi non sarebbe potuto accadere nulla del genere, illudendoci di essere quel tipo di persone che mai potrebbe finire alla ribalta delle cronache. Ma non era vero. Hope era come tante altre cittadine di provincia, in cui sembra che non possa accadere nulla di male fino alla mattina in cui ti svegli e scopri che la tua migliore amica è stata uccisa.

Mio padre avrebbe voluto tenermi fuori da questa storia, ma il mio bisogno di sapere che cosa era accaduto era più forte del suo desiderio di proteggermi.

La mattina in cui era stato svegliato all'alba perché i cani avevano trovato il cadavere di Grace, dopo avermi dato la notizia della morte della mia amica, aveva attraversato la cucina e aveva raggiunto la porta del giardino sul retro. Mia madre lo aveva sentito arrivare e gli era andata incontro. L'ho sentita gemere e singhiozzare, poi il silenzio ha inghiottito casa nostra.

Dalla finestra della cucina ho visto mio padre che attraversava la strada con passi lenti ma decisi, diretto verso casa Mitchel. Ha suonato alla porta e Sandra è comparsa sulla veranda, come se fosse stata in piedi all'ingresso ad attendere lo sceriffo da sempre.

Mio padre ha inclinato la testa di lato, non potevo vederlo in volto perché mi dava le spalle. Il cane della signora Perez, dal fondo della via, ha abbaiato, riportandomi alla realtà. Allora sono scattata verso la porta, correndo giù per gli scalini e precipitandomi verso casa di Grace. Non lo so, che cosa pensassi di fare. A metà strada ho visto Sandra barcollare, mio padre l'ha afferrata per un braccio, impedendole di cadere a terra. Il suo grido di dolore mi ha inchiodato dov'ero. Sono rimasta con i piedi piantati sull'asfalto, a fissare la signora Mitchel che piangeva, stretta tra le braccia di mio padre. E credo che sarei rimasta lì in eterno, incapace di fare o pensare qualsiasi cosa, se mia madre non fosse comparsa al mio fianco, stringendomi a sé. Abbiamo guardato in silenzio mio padre che faceva salire Sandra sulla sua auto, per poi partire con i lampeggianti accesi. La macchina si è immessa sulla Hamilton Street, scomparendo.

Che cosa è successo l'ho scoperto dopo.

Sandra Mitchel è stata portata alla centrale, mentre i tecnici della scientifica isolavano l'area in cui il cadavere di

Grace era stato trovato e, protetti dalle loro tute bianche, scattavano centinaia di foto per congelare ogni particolare di quei cinque metri quadri di bosco. Il medico legale intanto arrivava da Glenwood con i suoi due assistenti. Il dipartimento di Texarkana veniva allertato e l'unità cinofila continuava a perlustrare il bosco, in cerca di indizi.

Il reverendo Sutton ha organizzato una veglia di preghiera per quella sera, nella grande chiesa di mattoni rossi davanti al parco pubblico, mentre il sindaco Freesbury si chiudeva nell'ufficio dello sceriffo per discutere con mio padre.

I giornalisti del "Daily Hope" sono subito accorsi nel bosco con grosse macchine fotografiche e troppe domande ancora senza risposta. Prima di mezzogiorno si era visto anche Dan Ross del telegiornale di Little Rock. Poco dopo erano arrivati altri due giornalisti dell'"Arkansas Time". Presto gli agenti lasciati da mio padre a tenere lontani i curiosi avrebbero avuto difficoltà a gestire la situazione. Altri tre poliziotti sono stati destinati all'area. John Freesbury, arrossato in volto come accade ogni volta che si fa prendere dalla tensione, ha insistito per indire una conferenza stampa quella sera stessa, nella sala riunioni della centrale.

Poiché mio padre era stato via tutto il giorno, io non sapevo ancora nulla. Avevo però ottenuto da mia madre il permesso di unirmi ai giornalisti per scoprire che cosa era accaduto prima di leggerlo sui quotidiani del giorno seguente.

Alle sette sono entrata nel palazzo di due piani giallo ocra della polizia locale. Ted, l'assistente di mio padre, stava alla porta a indirizzare i giornalisti verso la sala al primo piano, quella dove si organizza la festa di Natale.

«Trinity, è tutto molto triste» mi ha detto a bassa voce, quando mi sono fermata accanto a lui. Ted ha solo tre anni più di me, da piccoli abbiamo fatto un campo estivo insieme.

«Era mia amica» ho detto, benché lui lo sapesse perfettamente.

Ha scosso i folti ricci rossastri e ha aggiunto «È un vero casino, di quelli che ti auguri di non incontrare mai in tutta la vita». Poi si è guardato attorno, con un'aria stanca. «È meglio se vai, o non troverai più posto nella sala.»

Ed era vero: non ero stata l'unica, in paese, a decidere di approfittare della conferenza stampa per saperne di più. In piedi, tra l'ultima fila di sedie di plastica verdi e il muro, c'era buona parte della squadra di baseball. Accanto a loro riconobbi Eliza dell'emporio sulla Washington Street e la segretaria del preside Smith. Ho raggiunto Jason, che come mi ha visto ha lasciato scivolare la mano nella mia, stringendola.

Nei suoi profondi occhi verdi c'era una tristezza che mai avevo visto, un sentimento che non era da lui. «Siamo tutti qui, credo» ha bisbigliato. Ho annuito.

La stanza era affollata ma silenziosa. Chi parlava lo faceva sottovoce, ma la maggior parte delle persone preferiva tacere. L'aria era satura del sentore di catastrofe, come se stessero per annunciarci che presto Hope sarebbe stata spazzata via dal pianeta. C'era paura e incertezza. I giornalisti si riconoscevano non solo perché erano le uniche facce sconosciute, ma anche per la calma e il distacco. Loro non erano di qui. Avevano fiutato la notizia e ora dovevano solo fare il proprio lavoro prima di tornare a casa. Eravamo noi, a non avere un altro posto in cui andare, dopo. E ancora non sapevamo esattamente che cosa aspettarci.

Alle sette e mezza esatte mio padre è entrato nella sala seguito dal medico legale e ha raggiunto il tavolo in fondo, dove qualcuno aveva sistemato due caraffe d'acqua e un microfono. Portava con sé un plico di fogli ed era chiaramente stravolto. Aveva addosso quella stanchezza che ti resta sotto pelle a lungo, e non era solo perché dormiva poche ore per notte da quando Grace era sparita.

Io stavo in disparte, confusa nella piccola folla di cittadini di Hope venuti a scoprire quale genere di malignità fosse atterrata nel loro paese, eppure per tutti i venti minuti della conferenza stampa era come se mio padre parlasse per me soltanto, come se nella sala ci fossimo solo noi due. Noi e l'ombra di Grace, assassinata brutalmente la sera che era uscita a correre, prima stordita con un violento colpo in testa che le ha scheggiato il cranio, e poi strangolata a terra, con un bastone schiacciato contro il collo fino a svuotarle i polmoni d'aria. L'assassino l'ha sorpresa sul sentiero, le ha fatto perdere conoscenza e poi l'ha trascinata lontano, in un avvallamento nascosto tra gli alberi. L'ha uccisa e le ha segato via le mani appena sopra il polso, tagliando la carne e recidendo l'osso.

Una giornalista si è schiarita la voce, dalla prima fila. «Che cosa ha usato?» ha domandato qualcuno.

«Non lo sappiamo ancora, non abbiamo trovato armi» ha risposto il medico legale, seduto accanto a mio padre.

L'assassino ha poi fatto scivolare il corpo mutilato nella crepa tra due lastre di roccia e ha adagiato Grace sulla terra umida. Ha coperto il corpo di foglie, come fossero una coperta, lasciando libero il volto.

Hanno detto che c'era dell'attenzione, nel modo in cui le ha incrociato le braccia sul petto, come se avesse voluto ricomporre il cadavere. Poi il mostro se n'è andato, probabilmente portando con sé le mani di Grace.

«Probabilmente?» ha domandato un'altra voce sconosciuta.

«Non erano insieme al corpo, né nelle vicinanze. Non le abbiamo trovate.»

Le mani di Grace, quelle meravigliose dita affusolate che usava per suonare, erano scomparse.

Dopo non ricordo più nulla, se non un sapore acido in bocca. Qualcuno deve avermi portata fuori, perché so che a un certo punto ero a terra sul marciapiede davanti alla centrale di polizia, seduta tra Ted e Jason, che mi teneva la testa mentre vomitavo, ripetendomi «Andrà tutto bene».

2

La vita a Hope non fu più la stessa. Ci furono affollate veglie funebri ogni sera, molti si ritrovarono a pregare insieme e la chiesa restò aperta a una triste processione di gente che arrivava con bigliettini su cui erano scritte poesie e frasi di addio. Entravano tenendo la testa bassa mentre gli occhi vagavano nervosamente, come se l'assassino potesse nascondersi lì, in mezzo a noi. In molti piangevano, anche chi non aveva conosciuto Grace. Soprattutto loro.

C'erano così tanti mazzi di fiori che presto cominciarono a riempire anche gli scalini di pietra bianca e il sagrato. Il reverendo Sutton si allontanava solo la sera tardi. Per il resto, stava accanto alla gente di Hope, stringeva mani, bisbigliava parole di conforto, cercava di ridare speranza. Decine di persone condividevano il dolore e l'orrore, sedute sulle panche di legno. Cercavano parole che non esistevano per pregare nel nome di Grace.

La stessa fiumana di volti sconvolti e occhi lucidi di pianto si riversò nella nostra strada. Si presentavano a casa Mitchel con teglie di cibo, libri di preghiere e un bisogno insaziabile di abbracciare Sandra e convincerla che tutto si sarebbe risolto. Era l'unico modo che la gente aveva per affrontare l'incubo, immagino.

Mia madre restò accanto a Sandra per diversi giorni, occupandosi di accogliere tutti quelli che suonavano alla porta, offrire qualcosa da mangiare e da bere, stringere mani, rassicurare chiunque lo chiedesse sul fatto che la polizia stava lavorando con tutti i mezzi per assicurare alla giustizia chi ci aveva portato via Grace. Era vero, facevano il possibile.

Ci interrogarono, tutti noi della Hope High. Adibirono una stanza al piano terra della centrale solo per quello. Era piccola, spoglia e terribilmente calda. C'era mio padre, uno psicologo, il preside Smith e tre agenti federali. Sistemarono una telecamera su un treppiedi in un angolo e un bicchiere d'acqua sul tavolo, poi convocarono i ragazzi e le ragazze che avevano frequentato le lezioni con Grace, uno alla volta.

Andò avanti per più di una settimana. Ci chiamarono nella speranza di trovare qualche risposta alle troppe domande che rallentavano l'indagine. Volevano sapere se avevamo notato qualcosa di particolare, se Grace aveva detto qualcosa di diverso dal solito, se aveva mai parlato di qualcuno che non fosse della scuola, qualcuno che l'aveva avvicinata o che magari l'aveva contattata sui social. Era triste, era spaventata, sembrava strana o preoccupata? Aveva paura?

Quando arrivò il mio turno, mi fecero accomodare sulla sedia, davanti a un giovane agente vestito di nero che si presentò come Samuel Coen. Mio padre ovviamente non c'era, anche se sospetto che stesse seguendo tutto da dietro lo specchio che occupava la parete davanti a me.

«Sappiamo quanto eravate legate tu e Grace» mi disse, sedendosi al tavolo. «Contiamo davvero su di te per scoprire che cosa è successo.»

Li delusi.

Raccontai tutto quello che sapevo, risposi a ogni domanda, anche a quelle che mi ripeterono più volte, formulandole in modo diverso. Provai a spiegargli chi era Grace, e l'agente Coen insistette parecchio sulla musica. Mi chiese se conosceva altri musicisti, se a scuola tutti sapevano del suo talento. Volle sapere dei ragazzi che aveva frequentato, delle ragazze che potevano provare antipatia nei suoi confronti. Fu davvero difficile, più volte mi trovai a stringere le mani al bordo della sedia. Erano argomenti di cui Grace mai avrebbe voluto parlare, stavo spifferando i segreti della mia amica del cuore e probabilmente mettendo anche nei guai qualche ragazzo del paese.

Rimasi in quella stanza per ore, eppure non fu di alcun aiuto. Lo intuii dalle loro espressioni, stanche e abbattute, quando mi dissero che potevo andare. Mi alzai sentendomi impotente e inutile. Non riuscivo ad aiutare Grace neppure adesso che non c'era più.

In corridoio quasi finii contro Jason. Nella lista dell'agente Coen c'era lui, dopo di me.

«Com'è andata?» mi chiese a bassa voce.

«Bene per me, male per Grace» risposi, con gli occhi lucidi.

«Non è il paese che conosco, questo» disse con voce dura.

«No, immagino che quel che è successo ci abbia cambiati tutti.»

Lui annuì e mi accarezzò i capelli, il tocco della sua mano riusciva ancora a farmi sentire al sicuro. Restai immobile, mentre le lacrime mi bagnavano le guance. Mi lasciò solo quando la porta si aprì e il preside Smith si affacciò. Un'infinità di domande attendevano anche lui, tutte destinare a restare senza risposta.

"Giustizia in cielo e in terra": questo disse il reverendo Sutton dal pulpito della chiesa, dopo che il medico legale riconsegnò il corpo di Grace alla famiglia e si poté celebrare il funerale.

Era una giornata caldissima, l'aria era bollente.

«Sei pronta?» mi aveva chiesto mio padre quella mattina, affacciandosi alla porta di camera mia, con indosso il suo completo nero. Per la prima volta, mi sembrò si rivolgesse a me come a un adulto. Risposi di sì, mentendo. Era quello che voleva sentirsi dire, immaginai.

Raggiungemmo la chiesa a piedi, senza dire nulla, insieme a una folla di persone che si faceva a ogni metro più numerosa.

Alla mia famiglia toccava il poco invidiabile privilegio di sedere in prima fila. Io ero stretta tra mio padre e Roger Freesbury, figlio del sindaco, irriconoscibile e molto a disagio nella giacca scura. Le porte erano aperte, ma non entrava un filo d'aria. Si era raccolta l'intera comunità, tanto che c'era gente in piedi accanto alle panche e anche nel giardino davanti, perché la chiesa non era abbastanza grande per contenerci tutti.

Stavo lì, senza ascoltare davvero l'omelia del reverendo. Guardavo i volti delle persone, la mia famiglia vestita a lutto, Sandra Mitchel ormai senza più lacrime, la bara di legno chiaro dentro cui giaceva Grace, chiusa per nascondere il suo collo livido e le braccia monche, senza mani. Lasciavo vagare lo sguardo senza vedere nulla, come se io non fossi lì per davvero, al funerale della mia migliore amica.

Prima della fine della cerimonia – tra i canti e il suono dell'organo e le parole decise del reverendo e le donne in lacrime e la commozione generale – cominciò a mancarmi l'aria, così mi alzai e a fatica superai le persone sedute accanto a me, fino al corridoio della chiesa. «Tutto ok» mentii a mia madre, che mi lanciò uno sguardo indagatorio. Scivolai tra la folla, veloce, prima che i miei genitori potessero pensare di raggiungermi. C'era troppa gente, troppe facce mi scrutavano preoccupate, sentivo i brividi benché facesse molto caldo. Ero ancora lontana dalla porta quanto sentii le gambe tremare. Stavo per cedere, per lasciarmi cadere, quando due mani mi afferrarono, guidandomi con sicurezza verso l'uscita.

Riconobbi i capelli tagliati corti, gli occhi verdi, la pelle ambrata. «Jason!» bisbigliai con sollievo, riconoscendo il mio ex fidanzato. Indossava un completo nero che non gli avevo mai visto addosso. Sembrava più adulto, più maturo. Affascinante, bellissimo persino più del solito.

«Vieni con me» disse piano, avvicinandosi per parlarmi all'orecchio.

Mi portò fuori, sul retro della chiesa, dietro la siepe. Lì eravamo soli. Appoggiata alla parete respirai a fondo, riempiendo i polmoni d'aria tiepida, chiudendo gli occhi per proteggermi dall'implacabile luce bianca del sole. Sapevo che avrei dovuto piangere, eppure dentro di me sentivo solo un enorme vuoto. Mi prese una vertigine e allungai le mani verso di lui.

Jason mi strinse a sé, e all'inizio era per farmi capire che sarebbe andato tutto bene, ma poi divenne qualcosa d'altro. Sentii il tocco delicato delle sue mani forti sul raso nero del vestito.

«Non dovremmo essere qui» provai a dire, ma non ci credevo neppure io. E poi di che cosa avremmo mai dovuto preoccuparci, rispetto all'enormità dell'assassinio di Grace? Che potevamo mai fare di così terribile, noi due?

Mi strinsi contro di lui, confondendo il mio respiro in affanno con il suo, ricordando improvvisamente quanto mi piacessero le sue braccia muscolose, allenate da ore in campo con la squadra. Mi tornò in mente quanto Jason fosse gentile, intelligente, generoso con tutti, leale. Perché l'avevo lasciato? Non lo ricordavo più.

Volevo scacciare la morte e non pensare a Grace, chiusa nella bara appena oltre la parete bianca a cui ero appoggiata mentre affondavo tra le braccia di Jason. Fu un bacio adatto a un'apocalisse annunciata, intenso e disperato.

I miei ricordi della giornata del funerale sono confusi come schegge di un sogno. So che vennero versate più lacrime di quanto la comunità potesse sopportare. L'odore dei fiori appassiti per l'afa si mescolava a quello della pelle scura di Jason e delle candele che bruciavano a purificare i terribili peccati commessi. Se ci ripenso, sento ancora il tocco delle sue mani sul mio vestito, il silenzio innaturale che aveva inghiottito il paese, il muro ruvido della chiesa contro la schiena, il suo sapore sulle labbra, le campane che suonavano mentre la bara veniva portata via, diretta verso il cimitero.

Le veglie continuarono per diversi giorni, nella bella chiesa bianca di Hope ma anche per strada, riprese dalle telecamere dei cronisti arrivati da Little Rock e da Memphis. Mentre Hope si radunava in chiesa, io mi isolavo nella solitudine, accettando solo la compagnia di Jason.

Aspettava il tramonto e poi veniva da me. Attraversava il giardino sul retro senza farsi vedere da mia madre, che stava in salotto con Daniel a guardare qualche vecchio film Disney. Mio padre non c'era quasi mai, restava in centrale fino a tardi, per dirigere le indagini. Jason si arrampicava sulla veranda e poi si issava sul tetto, raggiungendo la finestra di camera mia. Bussava delicatamente al vetro per avvisarmi, io infilavo i miei shorts di jeans, una canottiera bianca e scendevo con lui. Mi aiutava a balzare giù, sull'erba del giardino, con le mani salde sui miei fianchi. Salivo sul suo pick up, sedevo al suo fianco e attraversavamo campi e campagna in cerca di solitudine.

«Ce ne andremo via di qui, vero?» chiesi, una volta.

«Tu sì, lontano» rispose. «Diventerai la giornalista che sogni di essere un giorno e lavorerai per un giornale importante, con i tuoi reportage renderai il mondo un posto migliore.»

E tu? avrei voluto chiedergli. Ma già conoscevo la risposta: Jason Callaway a Hope era felice. Non avrebbe mai tradito il suo paese, andandosene, neppure dopo quello che era successo. Anzi, dopo quell'orrore si sentiva ancora più motivato a restare.

Qualche volta parlavamo di Grace, altre volte non avevamo nulla da dire e allora ci limitavamo a osservare il cielo davanti a noi, respirando l'aria fresca delle sere d'agosto.

Il silenzio sembrava la scelta migliore.

Finimmo per abituarci alle preghiere e ai camioncini delle televisioni, ai giornalisti che riempivano il motel sulla statale appena fuori il paese, sulla strada verso Texarkana, che incalzavano di domande chiunque avesse voglia di parlare di Grace e di ricordare che ragazza fantastica fosse stata.

Cominciai a dare un nuovo significato al fatto che Grace non c'era più. Provai a spiegarlo a Jason, ma lui non capì. Avevo l'impressione che non fosse morta per davvero. La vedevo ogni sera al telegiornale, con quel suo sorriso sempre leggermente trattenuto, in una delle ultime foto scattate alla grigliata di fine anno scolastico. Persone che non avevo mai visto parlavano di lei, descrivendola come una ragazza socievole, molto dotata, una promessa della musica, ben inserita nella società, orfana di padre, con tanti amici e un futuro che le era stato brutalmente rubato. Rividi in televisione il suo funerale. La telecamera indugiò sulla folla, sulle lacrime delle persone e sui mazzi di fiori che per il caldo avevano riempito la chiesa di un odore dolce di decomposizione. Ma questo non poteva saperlo chi guardava la televisione, potevamo saperlo solo noi di Hope. Mi accorsi che il reverendo Sutton sembrava invecchiato di parecchi anni, con la schiena china e i capelli grigi.

L'intera Hope si era stretta attorno al dolore di Sandra. Era la reazione più evidente alla morte di Grace, quella che il mondo voleva vedere e che i giornalisti giudicavano il materiale migliore da mandare in onda. Poi, però, c'era anche la paura. E quella era la parte meno telegenica della vicenda, quella da mostrare ai telespettatori in piccole dosi, da raccontare attraverso una rassicurante voce fuori campo.

A Hope la paura era arrivata strisciando, insinuandosi lentamente negli animi delle persone, trovando posto accanto al dolore e all'incredulità. La gente imparò a condividere il dolore, la paura restò qualcosa di intimo e privato: una morsa che stringe lo stomaco, l'ansia di tua madre che la sera aspetta che torni, fissando l'orologio e contando i minuti di ritardo.

Le cose cominciarono a cambiare, dopo il funerale, per tutti.

Gli allenamenti delle squadre di atletica e di baseball vennero anticipati di due ore, per permettere ai ragazzi di tornare a casa prima che facesse buio. Molti genitori imposero una sorta di coprifuoco e dopo la chiusura dei negozi in giro calava un silenzio innaturale.

Le rive sabbiose del Green Stone River, che d'agosto erano affollate di ragazzi, divennero uno di quei posti che è meglio evitare perché troppo vicini al bosco. Chi doveva uscire di sera lo faceva in gruppo, e crollò drasticamente il numero di chi si avventurava fuori dal paese, tra i campi. Fu il sindaco stesso a suggerirlo, durante un discorso che fece in municipio una settimana dopo la morte di Grace. Non andate in giro da soli, evitate i luoghi bui, state lontani dal bosco, non mettetevi in pericolo finché non lo troviamo. Dopo il tramonto le strade di Hope, che solitamente in quel periodo erano affollate di persone in cerca di sollievo dal caldo, restarono deserte.

Dopo avere seppellito Grace, la gente cominciò a domandarsi chi fosse il colpevole. La reazione di molti – normale, comprensibile – fu di convincersi che il male doveva per forza essere venuto da fuori, perché l'alternativa era troppo spaventosa. Avrebbe significato che l'assassino era ancora tra noi, in paese.

Ogni auto sconosciuta fu guardata con sospetto, tutti tenevano gli occhi bene aperti e, sono pronta a scommetterlo, i fucili carichi.

«Se mi capitasse tra le mani, lo ammazzerei» mi disse una volta Jason. Il ragazzo più mite e ragionevole che avessi conosciuto era pronto a uccidere. *In che cosa ci siamo trasformando?* mi chiesi. Nella sua testa il killer era un mostro sconosciuto, venuto da lontano per spargere sangue a Hope. Era così per tanti di noi, immagino.

La piccola comunità pacifica era stata trasformata dal sospetto e dall'incertezza. Fu la paura a cambiare per davvero Hope, non il dolore.

Mentre la gente pregava, le indagini proseguirono. Io avevo evitato le veglie e i giornalisti restando il più possibile in disparte, ma cercai di seguire quello che stava facendo la polizia. Ovviamente essere figlia dello sceriffo mi diede un grande vantaggio, soprattutto quando mio padre si accorse che non avrei condiviso il dolore con il resto della comunità. Le preghiere del reverendo Sutton non mi davano alcun tipo di sollievo. Mio padre comprese che per me c'era un solo modo per accettare quel che stava accadendo: scoprire la verità. Immagino che ne parlò con mia mamma, perché sono sempre stati quel genere di coppia che condivide tutto. Probabilmente mia madre convenne sul fatto che avevo bisogno di sapere. Posso immaginarla mentre dice: "Fai quel che è giusto, Mark". Farmi sentire coinvolta nelle indagini era l'unico modo per scuotermi dall'indolenza in cui ero scivolata da dopo il funerale di Grace.

Dalla mattinata in cui si era tenuta la cerimonia in chiesa e Grace era stata seppellita avevo trascorso diversi giorni in camera mia, da sola. Non scendevo in cucina neppure per mangiare, non mi cambiavo i vestiti, restavo nel mio letto e guardavo il cielo fuori. Non me la sentivo di parlare con nessuno della morte della mia amica, né del mio stato d'animo. Ruppi il mio isolamento solo per uscire con Jason. Era l'unico che potevo frequentare. La sola persona di cui sopportassi la compagnia, in tutta Hope.

Guidava il suo pick up fuori dal paese, lungo strade deserte e solitarie, e non ci dicevamo mai molto. Violavamo il coprifuoco, ma non m'importava: con lui mi sentivo al sicuro. Sapevo benissimo che non era giusto ricominciare a frequentarlo solo per non sentirmi sola, ma mi faceva stare meglio e non mi era rimasto molto altro a cui aggrapparmi.

Jason sapeva che stavo male, a modo suo avrebbe voluto aiutarmi. Provò a parlarmi di Grace, ma io risposi a monosillabi.

«Il silenzio non ti fa bene» disse, guardando la distesa di granoturco appena fuori dal cruscotto del pick up.

«Ho bisogno di tempo» risposi.

«Più aspetti, più sarà difficile affrontare quello che provi.»

Forse non ho ancora trovato la persona giusta per parlarne, avevo pensato tra me, sentendomi un mostro. Jason si preoccupava e io mi chiudevo in me stessa.

«Grace non c'è più e quello che è successo ti farà andare fuori di testa, se non trovi un modo per farci pace.»

Aveva ragione, lo so. È che a me non bastava parlarne, io volevo giustizia e verità. Così gli unici momenti in cui sembravo tornare in me erano quelli dopo cena, a casa, quando potevo chiedere a mio padre se ci fossero novità, se la polizia avesse trovato qualche indizio, una traccia, qualunque cosa utile a rivelare l'identità del colpevole.

All'inizio mio padre fu reticente a discutere con me dell'indagine. Poi, però, vedere come stavo sprofondando nell'apatia lo convinse a concedermi qualche informazione. Credo che fu il fatto che io non riferii a nessuno quello che mi raccontò, almeno non all'inizio, a convincerlo definitivamente che poteva fidarsi.

Ed è stato così che ho scoperto che non c'erano tracce di pneumatici sulle strade sterrate che si avvicinano al bosco, nessun segno di macchine parcheggiate nei pressi del luogo in cui era stata ritrovata Grace.

Il vecchio Hunter Mason, che nel tardo pomeriggio del primo agosto stava sistemando l'insegna luminosa del benzinaio sul tratto di statale più vicino al bosco, era riuscito a fare un elenco delle auto che aveva visto passare e che non appartenevano a gente di Hope. Grazie a un paziente lavoro investigativo la squadra guidata da mio padre era riuscita a risalire a tutti i forestieri che Hunter aveva visto quel giorno. C'era un rappresentante di componenti elettroniche che viaggiava spesso tra Little Rock e Texarkana a bordo di una Volvo blu, e che qualche volta si fermava a dormire al Woodchuck Motel fuori dal paese. Nelle ore in cui Grace veniva uccisa stava cenando in una tavola calda, alcune miglia più a sud. La Dodge bianca era invece di un'amica di Rebeca Freesbury, la moglie del sindaco. E il grosso pick up ammaccato apparteneva a un elettricista che stava consegnando pezzi di ricambio per trattori a un rivenditore di Little Rock. Se in quel pomeriggio erano passate altre automobili, nessuno le aveva notate.

Nel bosco non furono ritrovati indizi utili a identificare l'assassino. Nessuna fibra, nessuna impronta a terra, niente. Chiunque avesse incontrato Grace in quel tardo pomeriggio era arrivato ed era scomparso senza lasciare tracce.

La mancanza di indizi è già di per sé un indizio: significa che l'assassino conosce bene l'ambiente in cui si muove. Se qualcuno da fuori fosse venuto dalle nostre parti per prendere confidenza con il luogo in cui progettava di uccidere non sarebbe passato inosservato; questa è una certezza soprattutto d'estate, quando la gente trascorre buona parte della giornata all'ombra delle verande di legno affacciate sulla strada. Già dai primi giorni dopo la morte di Grace gli investigatori ritenevano molto probabile che l'assassino fosse qualcuno della zona. Magari non di Hope, ma certamente della contea. Non lo avevano mai reso noto pubblicamente, per evitare di spaventare la popolazione, ma mio padre mi mise al corrente di questi sospetti.

Una settimana dopo la prima conferenza stampa trovai il coraggio di chiedergli di più: volevo sapere come era morta Grace. Avevamo cenato da un po' e mio fratello era già andato a dormire, così eravamo solo noi due, io e mio padre, seduti nel giardino sul retro di casa con la brocca di tè freddo alla menta che ci aveva lasciato mia madre. In quelle prime settimane dopo l'assassinio restava spesso in ufficio fino a notte fonda, ma almeno nel fine settimana cercava di tornare a casa per cena.

Ricordo che faceva ancora molto caldo e tenevamo le luci spente per non attirare insetti. Mio padre era solo un'ombra alla mia destra, seduto sulla sedia a dondolo dove amava riposare dopo il lavoro. Sentivo le cicale nei campi oltre le ultime case della via; per il resto, tutto era in silenzio.

«C'è una cosa che vorrei sapere...» cominciai a voce bassa, titubante. Il silenzio di mio padre mi diede il coraggio di continuare. «L'assassino le ha tagliato le mani» dissi, e la domanda che intendevo fare mi morì tra le labbra, troppo atroce per essere pronunciata. Mio padre, però, indovinò che cosa volessi sapere.

«Le ha tagliate dopo averla uccisa» disse con tono fermo. «Non ha sofferto molto» aggiunse dolcemente.

«Che cosa è successo, esattamente?» chiesi.

«L'assassino l'ha colpita alla nuca, crediamo con un sasso. Potrebbe averla sorpresa in un momento in cui si era fermata a prendere fiato e riposare, comparendole alle spalle.»

«Grace non ha cercato di difendersi» ho detto io.

«No. Nessuna ferita sulle braccia o sui polsi.»

Non si è accorta dell'assassino, oppure c'era un'altra possibilità: lo conosceva. Se l'assassino fosse stato qualcuno di cui si fidava, avrebbe facilmente potuto sorprenderla e aggredirla.

«È svenuta?» ho chiesto, invece.

«Sì, dopo essere stata colpita ha perso conoscenza ed è caduta a terra, sbattendo la testa una seconda volta contro un masso. Abbiamo trovato il luogo esatto grazie alla pietra sporca di sangue. C'è una corrispondenza tra quella roccia e la piccola frattura che il medico legale ha trovato sopra l'orecchio sinistro di Grace.»

«Ma non è morta per avere battuto la testa.»

«No. I colpi al cranio le hanno fatto perdere conoscenza. Allora l'assassino l'ha afferrata per le braccia e l'ha trascinata in un punto appartato, a qualche decina di metri di distanza. Il luogo perfetto dove uccidere indisturbati.»

L'amarezza che sentivo nel tono di mio padre mi fece venire in mente un'idea. «Sapeva dove portarla!» dissi.

«Credo di sì. Abbiamo l'impressione che conoscesse bene quel bosco: ha scelto dove aggredirla, sapeva dove nascondersi. Non che passino molte persone, da quelle parti, ma voleva essere sicuro di non venire scoperto.»

«Con che cosa l'ha uccisa?»

«L'autopsia suggerisce che si sia trattato di un bastone massiccio, probabilmente il ramo di una quercia: la corteccia le ha graffiato il collo. L'assassino l'ha premuto con forza sul collo di Grace, fino a soffocarla. Lei era già svenuta, così non ha neppure potuto tentare di difendersi.»

«Non ha lottato, è morta senza rendersene conto» ho aggiunto io, fissando le stelle sopra la mia testa e sentendo il cuore farsi pesante nel petto.

«Non abbiamo trovato né il sasso con cui l'ha tramortita, né il bastone.»

«Li ha portati via con sé.»

«O li ha nascosti in un posto lontano.» C'era un intero bosco, appena oltre le ultime case di Hope, ettari di vegetazione fitta e a tratti quasi impenetrabile.

«Prima, però, ha segato via le mani di Grace.»

Il silenzio che ci circondava sembrò farsi più profondo e sinistro, mentre pronunciavo queste parole. Le cicale tacquero, io mi sentii improvvisamente a disagio. Quella discussione aveva portato me e mio padre troppo avanti lungo una strada scomoda, che ora non potevamo più evitare.

«Le ha tagliate con quello che potrebbe essere un seghetto.»

«Non ne siete sicuri?»

«Il taglio non corrisponde a nessuno dei seghetti venduti nella contea, non riusciamo a identificare di che strumento si tratti.»

Per un secondo pensai allo straordinario lavoro della polizia, a come avevano cercato indizi e verificato ipotesi, confrontando con pazienza le ferite di Grace con ogni possibile arma.

«Abbiamo solo identificato i luoghi dove ha agito: il sasso su cui Grace è caduta, la scia di foglie lasciata quando l'ha trascinata lontano dal sentiero, il punto in cui potrebbe averla soffocata e poi mutilata. E, infine, il crepaccio scelto come tomba dove abbandonare il cadavere.» Le parole di mio padre mi fecero correre un brivido lungo la schiena. «Trinity, sai che io cerco di tenere il mio lavoro lontano da casa.»

«Lo so, papà.»

«Ti ho detto quello che è successo a Grace perché era la tua migliore amica e perché ho capito che avevi bisogno di sapere.» Non potevo vederlo, ma immaginai mio padre increspare le labbra come faceva ogni volta che doveva affrontare un discorso difficile. «Ma c'è anche un'altra ragione.»

Trattenni il respiro, senza dire nulla.

«Il colpo sferrato per tramortirla, la scia lasciata mentre trascinava Grace svenuta, il taglio attraverso i polsi suggeriscono che l'assassino non sia particolarmente muscoloso. Potrebbe essere un uomo minuto o una donna di media corporatura.»

Io voltai la testa verso mio padre e vidi il profilo scuro del suo volto stagliarsi contro la notte.

«Potrebbe essere chiunque» dissi con voce svuotata di emozioni.

«Io so che Hope ti sta stretta, so che presto te ne andrai a studiare da qualche parte, lontano. Ma finché non l'abbiamo catturato e tu sei qui, devi fare molta attenzione. Chi ha ucciso Grace potrebbe essere qualcuno che conosci da sempre, qualcuno che vive in paese. Quello che ti ho raccontato questa sera deve metterti in guardia: non potrai riconoscerlo, perché si nasconde tra di noi.»

Capii che mio padre era preoccupato, e che aveva contravvenuto a una delle sue più importanti regole – tenere separato il lavoro dalla famiglia – perché aveva paura. Non solo stava lavorando al caso più complesso e importante della sua vita, non solo doveva fermare e catturare uno spietato assassino, uno squilibrato malato di mente; stava anche proteggendo la sua famiglia e, in particolare, me. Mio padre sentiva che la mano che aveva ucciso Grace poteva colpire ancora. E, la prossima volta, al posto della mia amica avrei potuto esserci io.

3

Dopo quella chiacchierata nel giardino sul retro, mio padre continuò a tenermi informata su quanto accadeva. Lo vedevo poco, perché spesso si fermava in ufficio fino a tardi. Ne discutevamo di sera, quando mia madre era impegnata a mettere a letto mio fratello Daniel e restavamo soli io e lui. C'era questo tacito accordo, tra noi, per cui nessuno doveva sapere quello che ci dicevamo. Se alla centrale qualcuno avesse scoperto che discuteva dei particolari delle indagini con me, papà si sarebbe trovato in grave imbarazzo. Anche per questo io non parlavo con nessuno delle cose che sapevo. Non volevo causargli problemi. E comunque l'unica persona con cui avrei potuto confidarmi, quella con cui potevo parlare di tutto, non c'era più.

Continuavo a vedere Jason, le sere in cui non era impegnato con gli allenamenti e poteva venire da me, ma non avevo intenzione di condividere con lui nulla di quello che sapevo. In verità, parlavamo poco in generale. Restavamo seduti nel suo pick up ad ascoltare musica, lui mi aggiornava sulle partite che aveva giocato, mi raccontava i sogni che aveva fatto, i suoi progetti per il futuro. Contava di guadagnarsi una borsa di studio grazie allo sport, gli sarebbe piaciuto studiare medicina, come sua madre. Evitava di farmi domande e accettava i miei silenzi.

Dopo esserci baciati dietro la chiesa il giorno del funerale di Grace, tra noi non era più successo nulla. Quello che avevamo fatto era stato così assurdo che non ne avevamo mai neppure parlato. Semplicemente, credo fossimo entrambi troppo imbarazzati. Jason mi voleva bene davvero, per quello che potevo offrirgli e anche per ciò che non volevo dargli. Avevo perso la mia migliore amica e non voleva lasciarmi sola. Non aveva importanza che non fossi più la sua ragazza.

Quando mi aiutava a salire sul suo pick up e sentivo le sue mani sui fianchi, le volte che ci sdraiavamo vicini sull'erba al bordo di un campo di granoturco per guardare le stelle e lui si sistemava vicino a me, il modo in cui lasciava scivolare la sua mano nella mia e mi asciugava le lacrime le poche volte in cui riuscivo a piangere: mi rendevo conto che Jason provava ancora qualcosa per me. Ma io non ero la ragazza giusta. Sognavamo cose diverse, ci aspettavano destini differenti. Era stato questo ad allontanarci: per quanto fosse un ragazzo fantastico, non potevo accettare che si accontentasse della vita a Hope, che non riuscisse a desiderare nulla di più grande e ambizioso. Ho smesso di amarlo quando ho realizzato che non avrebbe mai capito i miei sogni. Se immaginavo la persona che sarei diventata un giorno, lui non era mai al mio fianco.

Era evidente ogni volta che discutevamo del nostro futuro, come quella sera che mi chiese se avevo già deciso per quali college avrei fatto richiesta di iscrizione.

«Boston e Texas hanno i migliori corsi di giornalismo.»

«C'è un college anche a Jackson» aveva detto lui. Lo sapevo, perché non era la prima volta che affrontavamo quel discorso: se avessi scelto di fare domanda a Jackson, sarebbe stato molto più semplice continuare a vederci, anche tutti i weekend. Avremmo potuto tornare insieme, senza quelle migliaia di chilometri di distanza a separarci. Il Mississippi era più vicino, ma io puntavo più in alto. Il Washington City College di Boston era il mio sogno, da lì erano usciti i migliori giornalisti degli ultimi anni, premiati con prestigiosi premi internazionali. Avrei fatto domanda per iscrivermi in Massachusetts, anche se era lontanissimo da casa.

Quell'idea mi si era piantata in testa il giorno in cui Grace aveva fatto richiesta della borsa di studio a New York: se ce la faceva lei, dovevo riuscirci anche io. Grace aveva dimostrato che là fuori, oltre la statale che si allontana da Hope, c'è un mondo enorme, ricco di opportunità, e che i migliori possono scrivere il proprio destino. Come aveva fatto Ava Cooper, diventando una cantante famosa molti anni prima, e come stava facendo la mia migliore amica prima di morire.

Mi sarei iscritta a un college prestigioso, per poi trasferirmi a New York. L'avrei raggiunta in città e avrei cominciato a scrivere per un giornale nazionale, ero disposta a cominciare dal basso e a preparare caffè per tutta la redazione, se fosse stato necessario. Avrei dimostrato che non ero da meno, sarei diventata una giornalista. E non ero disposta a rinunciare, per nessuno, neppure per il ragazzo migliore di Hope. Per questo noi due non potevamo stare insieme, non avrebbe funzionato.

Sia io che Jason sapevamo che il futuro ci avrebbe portati lontano, eppure nel presente caotico che stavamo vivendo era bello averlo al mio fianco, anche perché mio padre era sempre fuori casa e intercettarlo per scoprire come procedeva l'indagine non era facile. Avevo l'impressione che alla centrale stessero accadendo cose importanti – c'era stata una telefonata nel mezzo della notte, erano arrivati altri esperti da Little Rock – ma io ero tagliata fuori. Jason mi aiutava a non pensarci e a sentirmi meno sola.

I primi giorni di indagine furono intensi e frenetici, le prime due settimane tese e cariche di aspettative. Alla centrale tutti diedero il massimo, lavorando spesso giorno e notte, senza risparmiarsi. Due detective arrivarono da Texarkana e si insediarono al Woodchuck Motel; erano arrivati per coordinare le indagini. Non mi risulta che nessuno a Hope vivesse male questa intrusione, anzi. Credo fossero tutti grati di poter contare su due colleghi con più esperienza. Nonostante gli sforzi, però, non si trovò nulla che potesse contribuire a identificare l'assassino.

Alcuni tra gli studenti e i professori furono chiamati per un nuovo interrogatorio. Io ero tra loro, e risposi alle stesse identiche domande su Grace. Realizzai che sapevo meno di quanto credessi. Eravamo cresciute insieme, amiche inseparabili da sempre, eppure Grace era una ragazza estremamente riservata. C'erano cose che teneva per sé.

Mi mostrarono una mappa di Hope e dei dintorni.

«Indicaci i luoghi che frequentava» mi chiese l'agente Coen.

Non potevo farlo, non avevo idea di dove andasse esattamente. Non sapevo neppure spiegare perché corresse, lei che non aveva mai amato lo sport, da quel che ne sapevo. Arrivai a dubitare di aver conosciuto davvero la mia migliore amica.

Dopo quindici giorni, fu chiaro che l'indagine non si sarebbe risolta velocemente. Mio padre mi disse che avevano sperato di inchiodare il colpevole in tempi brevi; poiché non era stato possibile, bisognava tenere duro e prepararsi ad aspettare molto tempo. I due detective di Texarkana fecero i bagagli e ripartirono. Il delitto di Grace sparì dalle prime pagine dei giornali nazionali. I furgoni delle televisioni se ne andarono: senza un colpevole, non c'era più molto da raccontare. Infine, anche i giornalisti locali si limitarono a riportare brevi aggiornamenti sulle indagini, ritornando a parlare delle fiere agricole di settembre e dei costi delle sementi.

Grazie a mio padre io sapevo che le indagini continuavano con lo stesso impegno con cui erano state condotte nei primi giorni. La polizia scavava nella vita di Grace in cerca di indizi. Erano stati a casa sua, avevano portato via il computer per analizzarlo, insieme a un mucchio di altra roba. Libri, abiti, la scatola con le lettere che ci scrivevamo da quando eravamo bambine, per gioco, tutti i quaderni che riempiva di pensieri e poesie.

Ma più le indagini avanzavano, più ci si convinceva di una sola cosa: Grace era una ragazza riservata, ma non aveva nulla da nascondere. Nella sua casella di posta elettronica trovarono solo mail scritte ai compagni di lezione e alcuni messaggi scambiati con due ragazze conosciute alla scuola di musica, ma nulla di più. Sul suo telefono c'erano pochissime chat: scriveva a me e a pochi altri. Non aveva mai aperto Facebook e usava pochissimo Instagram. Andava bene a scuola, studiava pianoforte, aveva un'amica del cuore e un buon rapporto con sua madre. Nel tempo libero andava a correre.

Poiché scavare nella vita di Grace non stava portando da nessuna parte, furono verificati gli alibi di gran parte del paese. La polizia riuscì a portare a termine l'operazione con la dovuta delicatezza, senza che nessuno si sentisse sospettato. Ogni pettegolezzo venne ascoltato, vagliato e verificato. Il direttore del *general store* contribuì a segnalare ogni acquisto sospetto degli ultimi tempi. Possessori di seghe, coltelli e attrezzi del genere ricevettero una visita dalla polizia. Le telecamere di sorveglianza della banca furono requisite ed esaminate. Il bosco fu battuto in lungo e in largo in cerca di indizi. Alla fine di agosto si poteva affermare che ogni tentativo era stato fatto e, nonostante ciò, nulla era emerso.

Un mese dopo la morte di Grace, all'inizio di settembre, Sandra partì per andare a stare per un po' da sua cugina a Seattle. Le veglie funebri cessarono, i ragazzi ripresero a farsi vedere per strada anche dopo il tramonto. Quando finirono le vacanze estive e ricominciò la scuola, il preside organizzò una serata di preghiera in palestra a cui parteciparono tutti gli studenti.

Quella notte, io e Jason ce ne andammo prima, allontanandoci da scuola senza essere visti. Ricordo che mi sentivo più triste del solito, e Jason mi portò nella stradina che corre dietro casa mia, sul limitare del bosco, da dove si vedono le stelle. Stese una coperta sul cassone del suo pick up e ci sdraiammo lì, nell'aria tiepida di quella sera di inizio settembre.

«Non andrà più a studiare musica a New York» sussurrai, pensando a Grace e a tutto quello che l'assassino si era portato via.

«Era strano, vero?» mi chiese Jason.

«Che cosa?»

«Che Grace stesse per partire, per trasferirsi.» Forse era solo una mia impressione, ma mi sembrò che Jason intendesse molto di più: la mia migliore amica ce l'aveva fatta, e io avevo ancora tutto da dimostrare.

«Era solo questione di tempo» dissi. Già, solo qualche mese, poi avrei fatto domanda per il college. I miei voti erano buoni, potevo farcela anch'io.

Jason allungò il braccio verso di me, si voltò per guardarmi. I suoi occhi chiari sembravano brillare al buio, come brace incandescente. Gli posai una mano sul viso, e lui mi baciò. Smisi di pensare, ogni preoccupazione scomparve sotto il tocco dolce delle sue mani. C'eravamo solo noi due e le stelle nel cielo. Tornai in me quando sentii le sue dita sfiorare il gancetto del mio reggiseno.

«No» dissi piano, scostandomi da lui e tirandomi su, seduta.

«Trinity, perché non ti fidi di me?» mi chiese.

«Non è quello» risposi, senza sapere spiegare esattamente quel che provavo. Il silenzio tra noi si fece pesante, così mi alzai e balzai giù dal pick up. Nella testa mi rimbombava quello stupido soprannome che mi avevano affibbiato: Trinity la Vergine. La ragazza così presuntuosa da far soffrire Jason Callaway, il campione di Hope. «È meglio se torno a casa» dissi.

Non potevo più sopportare l'aria delusa e amareggiata di Jason.

Così bastò una notte per perdere anche lui.

Poi tra lezioni, prime giornate autunnali, pettegolezzi, nuovi amori, compiti in classe e tutte le mille piccole cose di un paese, la vita sembrò riprendere.

La polizia continuava la sua indagine, ovvio. Io lo sapevo perché ne parlavo con mio padre quasi ogni giorno. Aveva ripreso i soliti ritmi di lavoro e ormai cenavamo sempre insieme. Anche alla centrale furono costretti a tornare alle vecchie cose. Con l'inizio della scuola c'erano più ragazzi in giro e bisognava controllare le strade. Nella periferia sud di Hope scoppiò una scaramuccia tra un uomo e una donna arrivati da poco dal Texas, una coppia che nessuno conosceva davvero. La polizia tornò a fare il proprio lavoro di routine.

Una squadra di detective però continuò a lavorare esclusivamente sul caso. C'era Samuel Clark, che era stato testimone di nozze dei miei, aveva cinquant'anni di esperienza ed era a un passo dalla pensione, e Brianna Dawson, trasferitasi a Hope per avere sposato uno di qui. Brianna era l'unica alla centrale a potere vantare esperienza in una grande città: aveva prestato servizio per sei anni a Memphis, ed era davvero in gamba. Poi c'era Ted, che mio padre affiancò a Samuel perché imparasse. Avevano tutto l'aiuto che serviva, bastava chiedere e mio padre gli avrebbe messo a disposizione altri agenti. Anche i due detective di Texarkana si facevano sentire spesso. Ogni tre giorni Samuel e Brianna vedevano mio padre e lo aggiornavano.

Ora io posso dire che la polizia di Hope, durante quelle durissime settimane di agosto e settembre, fece tutto ciò che era possibile, senza commettere errori e senza sottovalutare nulla. Samuel e Brianna erano agenti competenti e molto motivati, con un'esperienza che pochi poliziotti di provincia possono vantare. Avevano energie, tempo e mezzi per svolgere le indagini al meglio. Si muovevano in una comunità pronta a collaborare, potevano contare sugli strumenti, i laboratori di analisi e la tecnologia di Little Rock e Texarkana. Avevano avuto la fortuna, grazie anche all'intuito e alla decisione di mio padre, di ritrovare il corpo di Grace pochissimo tempo dopo la sua morte. Ma tutto questo non fu sufficiente. La verità è che l'assassino era stato maledettamente abile, più furbo dei poliziotti incaricati di fermarlo.

A fine settembre mio padre mi disse che l'indagine si stava arenando. Non stava emergendo nulla di nuovo da un po', ogni pista si era rivelata infruttuosa. I detective di Texarkana avevano suggerito di ripartire da zero e analizzare nuovamente ogni traccia. Il morale, tra chi indagava sulla morte di Grace, era ai minimi.

Nessuno aveva dimenticato Grace, ma il trauma della sua morte e l'orrore che aveva provocato sembravano sbiadire inesorabilmente, settimana dopo settimana. Hope stava trovando un modo per tornare a essere quella di prima. La polizia sapeva che le possibilità di arrestare il colpevole andavano scemando. Non c'erano veri indizi, nessun testimone, nessun sospettato. Mancava perfino il movente. Con il passare del tempo l'impressione era quella di essersi lasciati alle spalle quell'agosto maledetto: non avremmo scoperto la verità, ma almeno la vita poteva riprendere.

C'era solo una cosa che avrebbe potuto fermare questo lento scivolare verso l'oblio, un'eventualità che nessuno si augurava: l'assassino avrebbe dovuto agire nuovamente.

Due mesi dopo la morte di Grace, accadde.

4

John Freesbury giudicava poco appropriato dare una festa, dopo quello che era successo. Rebeca invece la pensava diversamente. Era convinta che proseguire con la tradizione fosse la scelta migliore, e che il paese meritasse di tornare alla normalità, dopo quello che aveva passato.

«Non si può vivere nella paura» aveva spiegato a mia madre, mentre bevevano un caffè, fuori dalla scuola di mio fratello Daniel.

Si optò per un compromesso: avrebbero organizzato la cena come tutti gli anni, tenendo però un profilo basso. Questi erano i piani, almeno.

Il sindaco Freesbury viveva in una villa di pietra su due piani, nel quartiere più antico di Hope. Da un lato si affacciava sull'elegante Broomsbury Street orlata di antichi aceri, sul retro la proprietà proseguiva con diversi acri di terreno e una porzione di bosco. Arrivammo alle sette di sera, io e i miei genitori. Dan era rimasto con la babysitter, io ero stata invitata a unirmi agli adulti. Credo che fosse soprattutto mio padre a tenerci. Pensava che mi avrebbe fatto bene trascorrere una serata diversa dal solito. Ovviamente non poteva immaginare che cosa sarebbe successo. Ma all'inizio tutto sembrava dargli ragione. Quella sera l'atmosfera era perfetta, tanto che non sembrava neppure di essere a Hope. Il giardino era illuminato da grosse lanterne e file di candele erano state allineate sui davanzali delle finestre. All'ingresso ci accolse Rebeca, vestita con un sofisticato chimono di seta blu e i capelli chiari raccolti sulla nuca. Strinse le mani di mio padre e abbracciò mia madre.

Il salone di casa era stato preparato per la festa. I lampadari di legno diffondevano una luce calda, sul grosso tavolo di quercia sistemato in un angolo erano stati disposti grandi piatti di portata d'argento con il logo della famiglia Freesbury, colmi di cibo. Nel caminetto bruciavano ciocchi di legno, diffondendo un piacevole tepore. Ricordo che la musica classica si mescolava con le chiacchiere degli ospiti che già riempivano la stanza. C'erano i Barnes, proprietari del *general store* del paese, e il preside del mio liceo. Scorsi Brianna Dawson in abito da sera che chiacchierava con il direttore della banca locale. Per la serata aveva fatto un'eccezione alla sua solita divisa da lavoro, jeans scuri e giacca dal taglio maschile, e ora sembrava quasi un'altra donna, sorridente in un lungo abito verde rubino. Conoscevo praticamente tutti, tranne un paio di coppie di Texarkana, amiche dei Freesbury. Rispetto agli anni passati non c'era la musica dal vivo, né vassoi colmi di ostriche. Rebeca discendeva da una famiglia inglese diventata ricca con il commercio di legname, aveva viaggiato per mezzo mondo e vissuto a Parigi. Ma dopo aver conosciuto John ed essersi innamorata di lui aveva messo radici qui ed era diventata una perfetta donna di Hope, sostenendo il marito nella sua carriera politica.

Chiacchierai con Ted, scherzai con Brianna, ascoltai Rebeca raccontare per la centesima volta le sue avventure francesi. Parlai dei miei progetti per il futuro, del college e delle mie mille idee, del fatto che mi sarebbe piaciuto diventare una giornalista e lavorare per qualche testata nazionale. Osservai mio padre chiacchierare con John in piedi davanti al camino e mia madre, che per una sera sembrava essersi trasformata in una donna diversa. Era bella, sofisticata. Aveva le guance arrossate per il calore del fuoco e rideva tenendo la testa reclinata. Ricordo che attorno a me c'erano solo sorrisi, l'atmosfera era rilassata, serena. Fino a che Roger Freesbury comparve, entrando di corsa nella sala, sbattendo la doppia porta che collegava il salotto con il giardino.

Accadde tutto all'improvviso. Le scarpe da trekking, pesanti sulle assi di legno del pavimento, l'espressione terrorizzata sul volto, la giacca aperta, nonostante la notte fosse ventosa: gli ospiti più vicini si voltarono verso il figlio del sindaco, quel ragazzo strano, solitario e imprevedibile. Fu subito chiaro che la festa era finita. Era successo qualcosa. Fu Brianna la prima a reagire. Si avvicinò a Roger, che lottava per dirci qualcosa. Con le labbra increspate, stringeva le mani a pugno, tremando.

«Calmati, Roger» disse con quel suo tipico tono in bilico tra il dolce e l'autorevole.

«Che succede?» domandò Rebeca appena scorse il figlio. Si fermò a un passo da lui, immobile con le mani sul volto, incapace di reagire, i capelli chiari spettinati.

«Dove sei stato?» gli chiese John afferrandogli i polsi nel tentativo di fermare il tremito che lo scuoteva.

Stavamo tutti fissando Roger, anche se lui ha sempre odiato essere al centro dell'attenzione. Non gli piace essere circondato da troppe persone, la confusione e il rumore lo mettono profondamente a disagio, lo confondono. Ma non c'era scelta. Se era comparso a casa così all'improvviso, interrompendo la festa, era accaduto qualcosa di grave. Altrimenti si sarebbe tenuto alla larga dalla sala affollata di ospiti. Sin da quando era piccolo Roger è sempre stato abilissimo a sgattaiolare via non visto, a nascondersi e non farsi trovare, a evitare gli sguardi delle persone. Troppo sensibile, fragile, diverso.

Roger respirò profondamente, chiuse gli occhi e in uno sforzo estremo riuscì a mettere insieme due parole, che risuonarono incredibilmente chiare nel silenzio di casa Freesbury.

«Laura Nelson» disse.

Nel gelo generale fu mio padre a riprendere il controllo della situazione.

«Dov'è Laura?»

Roger fissò mio padre negli occhi. Io lo so, perché lo conosco: è il suo modo per tagliare fuori il mondo, concentrarsi su una cosa sola e non andare in panico. Lo fa da sempre.

«Sotto le foglie.» Non disse che era nel bosco, là fuori, a terra accanto alla riva del fiume dove poi l'avrebbero trovata i poliziotti. Le mani intrecciate sul petto, i capelli castani sistemati dietro la nuca. Diede invece quella strana risposta che fece correre brividi lungo le schiene di tutti.

Gli ospiti di casa Freesbury presero a parlare, tutti insieme, in un intreccio di voci e di domande e di esclamazioni di stupore e di frasi tese per la paura. Non ricordo nulla di ciò che fu detto. C'era solo confusione. Poi la voce di mio padre coprì le altre.

«Roger, devi portarci da lei.»

Lui annuì. Aveva ripreso a tremare, sembrava persino più vulnerabile del solito.

Da quel momento tutto fu rapido. Brianna parcheggiò la sua vecchia Ford blu sul vialetto d'ingresso della villa. Quando mio padre e il sindaco scortarono Roger fuori casa, io feci un passo verso di lui. Mia madre mi raggiunse e mi appoggiò una mano sulla spalla. *Tu resti qui*, mi stava dicendo. *Non è un orrore per te, stacci lontana.* La porta di casa si richiuse, il rombo sordo del motore della Ford si allontanò, perdendosi nel silenzio delle vie di Hope, inghiottito dalla notte.

Sapevamo già tutti che cosa era successo. Dopo che hai conosciuto la morte una volta, ne sai riconoscere l'ombra scura che si avvicina. La percepisci in un tono di voce, nello sguardo sfuggente di chi ha paura, nell'incertezza che oscura i volti.

La festa era finita. La stanza si svuotò. Restò la musica a suonare lugubre senza nessuno da intrattenere. La cameriera che lavorava per i Freesbury si affacciò timidamente al salotto e con fare incerto portò via i vassoi di cibo. Io e mia madre fummo tra le ultime ad andarcene, lasciando la signora Barnes a fare compagnia a Rebeca.

Tornammo a casa in silenzio. Daniel dormiva tranquillo in camera sua, io andai in cucina e tirai fuori la scatola di latta dove teniamo le tisane. Ero pronta a stare sveglia tutta la notte, se fosse stato necessario: volevo aspettare mio padre.

Laura Nelson non era mia amica come lo era stata Grace, ma sapevo perfettamente chi fosse. Suppongo che in un paese come Hope non ci sia scelta: ci si conosce, per forza.

Aveva un anno più di me e suo fratello era uno dei migliori amici di Daniel. Laura è sempre stata molto popolare a Hope. I Nelson gestiscono la caffetteria in centro, il Wendy's Cafè, e sono famosi da generazioni per le torte di mele che sfornano quotidianamente e per il loro carattere incredibilmente socievole. Sembra essere una caratteristica di famiglia, e Laura non faceva eccezione. Sorrideva sempre, era amica di tutti. Amava Hope e lo dimostrava in ogni modo: aveva raccolto i fondi per costruire un nuovo campo da basket a scuola, scriveva sul giornale locale, la domenica pomeriggio aiutava gli anziani a raggiungere la chiesa, era la protagonista del musical scolastico, la più promettente ballerina della compagnia teatrale di Hope. Era impossibile pensare che qualcuno le avesse voluto fare male.

Invece Laura era morta. Me lo disse mio padre, quando rientrò a casa poco dopo le due di notte e mi trovò ancora seduta al tavolo della cucina, ad aspettarlo. Il suo cadavere era stato abbandonato nel bosco, dove la terra è morbida e scura per il fiume che si ingrossa con la pioggia e straripa, a cinquecento metri dal sentiero che va verso il paese. Anche Laura, come Grace, era stata soffocata, poi il suo corpo nudo e senza vita era stato ricoperto di foglie.

Papà si fermò davanti sulla soglia della stanza per raccontarmi queste cose, ancora vestito con l'elegante completo nero che aveva indossato per il compleanno del sindaco. Poi si voltò e fece un passo verso la scala che portava al primo piano.

«Dovremmo andare a dormire anche noi» disse lanciando uno sguardo alla casa buia. Era chiaro che non aveva intenzione di raccontarmi nulla di più, la conversazione era chiusa. Mi alzai, pronta a seguirlo al piano di sopra. Lui era già a metà della scala, quando si fermò, come se gli fosse venuto in mente qualcosa all'improvviso. Sollevò la mano, fissando il vuoto.

«L'assassino le ha tagliato le gambe» disse poi, con tono di voce svuotato di emozioni.

L'incubo non era finito.

5

Con la morte di Laura rincominciò tutto da capo, ma questa volta fu peggio perché Hope aveva già smarrito l'innocenza. Le veglie di preghiera per Laura furono perfino più numerose e affollate di quelle organizzate per Grace, le parole del reverendo Sutton si tinsero di toni cupi, minacciosi. L'incredulità aveva lasciato il posto alla rabbia. Dal pulpito della chiesa promise che chiunque si fosse macchiato le mani del sangue delle ragazze di Hope avrebbe pagato le proprie colpe.

Gruppi di cittadini si organizzarono per pattugliare le strade. Di notte la città sprofondava in un silenzio macabro e innaturale, il vento d'autunno che smuoveva le foglie secche sembrava più freddo e pungente del normale. Le file di case lungo le strade illuminate fiocamente dai lampioni si perdevano nell'ombra, solitarie e distanti l'una dall'altra. La luce che filtrava da dietro le tende resisteva debolmente alle tenebre che inghiottivano le notti di Hope.

Non si era mai visto un autunno così freddo, dicevano gli anziani scuotendo la testa. Avevo l'impressione che volessero dire altro ma non osassero. Che oltre al freddo cercassero di metterci in guardia da qualcosa di cui non potevano parlare apertamente.

Poi ogni mattina il sole sorgeva e la solidarietà della popolazione di Hope riscaldava le tristi e convulse giornate. Nelle settimane dopo la morte di Laura la caffetteria della famiglia Nelson divenne il cuore di Hope: l'intero paese entrò nel negozio per esprimere solidarietà e condividere il dolore. Linda e Jamie Nelson non furono mai lasciati soli. La vetrina del negozio si riempì di biglietti, foto e poesie.

Il preside sospese le lezioni per una giornata e convocò gli studenti in palestra, dove un esperto di Texarkana tenne un lungo discorso sulla sicurezza. Dovevamo fare attenzione, non andare in giro da soli, evitare il bosco, avvisare i nostri genitori nel caso vedessimo qualcosa di sospetto, riferire ogni informazione che avrebbe potuto rivelarsi utile per scoprire chi avesse ucciso Grace e Laura. Sarebbe stato poi compito della polizia vagliare ogni possibile traccia.

Poi uno psicologo salì sul piccolo palco che era stato allestito per l'incontro. «Non abbiate paura di parlare» ci esortò con tono serio. «Condividete i vostri timori, i pensieri, i sospetti, le incertezze, il dolore. La comunità a cui appartenete vi ascolta e vi aiuta. Restate uniti.»

La polizia arrivò a bordo di un'auto scura, da cui scese mio padre con i due agenti federali. Si sistemarono nell'ufficio del preside e noi ragazzi fummo chiamati, uno alla volta, per rispondere a nuove domande. Se per Grace non ero stata d'aiuto, con Laura fu perfino peggio. Non la conoscevo abbastanza per rivelare qualcosa di utile alle indagini.

Qualcosa fu in grado di dirlo il medico legale che eseguì l'autopsia. Laura era stata uccisa nel pomeriggio, probabilmente intorno alle quattro. A quell'ora avrebbe dovuto essere agli allenamenti di atletica, aveva però detto al professor Wills di non sentirsi bene: le faceva male la testa e sentiva i brividi. Era rimasta un po' seduta a bordo campo, mentre le compagne scaldavano i muscoli, poi aveva chiesto di poter tornare a casa. Nessuno aveva avuto nulla in contrario.

Due ragazze che stavano studiando in biblioteca la videro uscire dalla Hope High, salire sulla sua Ranger rossa e imboccare Irving Street, che dalla scuola porta verso il centro di Hope. Dichiararono sotto giuramento che Laura sembrava normale, assolutamente tranquilla.

Un altro testimone considerato affidabile vide la sua auto rossa imboccare la Tacoma Avenue, che corre fuori dal paese e porta alla zona residenziale dove vivono i Nelson. Sembrerebbe quindi che Laura stesse effettivamente guidando verso casa. Da quel momento, però, nessuno sa che cosa sia successo.

Linda Nelson, la madre di Laura, stava lavorando alla caffetteria; James era partito in tarda mattinata per occuparsi di un evento a Little Rock: il lussuoso Peak Hotel aveva chiesto loro di organizzare il catering per un matrimonio. Alle cinque del pomeriggio, un'ora prima del solito, Linda aveva chiuso la caffetteria di famiglia e aveva raggiunto suo marito per dare una mano con l'allestimento. Avevano servito dolci e torte a cinquanta persone, ed erano rimasti a Little Rock finché non avevano ricevuto la telefonata di mio padre, alle dieci e cinquanta di sera, un'ora dopo che Roger aveva interrotto la festa annunciando che Laura Nelson si trovava "sotto le foglie" del bosco fuori Hope.

Durante il pomeriggio Linda e James non avevano sentito la figlia. Erano stati molto impegnati con il matrimonio e, da quel che sapevano, Laura sarebbe stata a scuola fino all'ora di cena. «Durante gli allenamenti non risponde mai al telefono» spiegò Linda Nelson, quando gli agenti la interrogarono.

Brianna e Ted ispezionarono la casa quella notte stessa: tutto suggeriva che Laura non ci fosse mai tornata. Il pesce arrosto lasciato in cucina da Linda era ancora intonso nella teglia. Come Laura fosse finita nel bosco, chi ce l'avesse portata, con quale scusa l'assassino fosse riuscito a convincerla a fidarsi di lui, nessuno lo sapeva.

La morte di Laura mi riavvicinò a Jason. Ci eravamo ignorati per qualche settimana, a scuola non ci rivolgevamo la parola. Poi un giorno lo trovai appena fuori il cancello della Hope High, appoggiato alla sua auto. Io mi ero trattenuta in classe per discutere il mio progetto di inglese, così ormai per strada non era rimasto nessuno. Soltanto io e Jason. Soffiava un vento freddo e lui indossava la sua giacca di jeans scolorita. Aspettava me.

«Non voglio che torni a casa da sola» disse, sollevando le chiavi del suo pick up.

«Va bene» sussurrai.

In macchina restammo in silenzio, e non feci commenti mentre imboccava la strada più lunga, quella che passava fuori da Hope, costeggiando i campi. Sbucammo sulla strada sterrata che corre tra il bosco e il retro di casa mia, e lì spense il motore. In lontananza vedevo la cima dell'acero del giardino, con il cielo grigio dietro.

«Ti fermi un po' da me?» chiesi. Mio fratello Dan sarebbe rimasto a scuola per tutto il pomeriggio e mia madre dava una mano in biblioteca. Quando tra me e Jason le cose andavano bene, spesso studiavamo insieme, poi restavamo a chiacchierare sul dondolo in giardino.

Jason scosse la testa, poi prese la mia mano per stringerla tra le sue. La mia pelle chiara contro la sua, più scura, mi era sempre piaciuta da morire.

«Chi credi sia stato?» chiesi.

«Darei qualsiasi cosa per saperlo» rispose con tono duro. Jason è sempre stato così: coraggioso, con un fortissimo senso della giustizia, pronto a tutto per difendere le persone a cui tiene, il suo paese e la sua comunità. L'ho sempre ammirato, per questo: mentre io sognavo di andarmene, lui ogni giorno si impegnava per rendere Hope un posto migliore. E se si sentiva sempre in dovere di dare il massimo era per la storia della sua famiglia, credo.

I suoi bisnonni, nati in una piantagione di cotone della Louisiana, avevano subito parecchie umiliazioni per colpa del colore della loro pelle. I vecchi Callaway erano stati picchiati, derubati, minacciati più volte nel corso della loro vita. Ogni volta avevano rialzato la testa ed erano andati avanti, certi del loro diritto di vivere in pace, come chiunque altro.

La mamma di Jason, Lucilla, è stata una delle poche ragazze afroamericane della contea a laurearsi con il massimo dei voti e a diventare medico. Dimostrando di avere carattere e tenacia, ha lavorato nell'ospedale di Hope per anni, guadagnandosi promozioni fino a diventarne il direttore. Ci ha messo così tanto impegno e determinazione che nessuno ha mai potuto sostenere che non meritasse quel posto, benché fosse donna e nera. Aveva salvato abbastanza vite da convincere anche i più scettici.

Si dice che Tom Callaway, allenatore della squadra di baseball dello Stato, l'abbia incontrata al pronto soccorso alla fine di un turno di lavoro piuttosto duro. Benché Lucilla avesse una notte di lavoro alle spalle, Tom ha immediatamente dimenticato il legamento del ginocchio infortunato in campo, innamorandosi di lei a prima vista.

Jason ha ereditato il meglio da entrambi: ha la carnagione ambrata di Lucilla e gli occhi verdi dei Callaway, la determinazione della madre e lo spirito sportivo del padre. Ma soprattutto ha preso l'orgoglio di essere nato e cresciuto a Hope. Sarebbe pronto a tutto, per difendere il suo paese. È il suo modo di dimostrare al mondo che appartiene a questa terra, lui e tutti i suoi antenati.

«Lo prenderanno» gli dissi.

«Ne sono sicuro. Spero solo che facciano in fretta.»

Non era necessario aggiungere altro, pensavamo entrambi la stessa cosa: l'assassino andava fermato prima che uccidesse ancora, perché dopo la seconda vittima nessuno di noi credeva che si sarebbe fermato.

Ci guardammo negli occhi, ancora mano nella mano. Nei suoi vidi paura, rabbia, sconcerto, orrore. Non potevo più reggere quello sguardo, allora mi avvicinai e lo baciai.

Fu un errore, lo so. Uno dei tanti che ho commesso e comunque non il più grave. Un errore che dalla morte di Laura Nelson ripetei quasi ogni giorno, dopo scuola. Erano baci lenti e profondi, ogni volta come se fosse l'ultimo. Jason aveva paura di quello che stava accadendo, anche se cercava di nasconderlo. Io vivevo trattenendo il fiato, in attesa che accadesse qualcosa.

Non ho mai capito come ci scoprirono, eppure cominciò a girare voce che avessimo ripreso a frequentarci, anche se a scuola ci evitavamo, rivolgendoci appena la parola. È difficile tenere un segreto, a Hope.

«Forse è la volta che si decide ad andarci a letto...» sentii dire da Serena Lee un giorno, fuori da scuola. Mi odiavano, perché Jason mi amava e io non facevo nulla per meritarmelo.

Sapevo come la pensava lui, ma io non volevo tornare insieme. Qualcuno dice che ci innamoriamo di chi è capace di farci sognare ciò che non potremmo sognare da soli, ma io e Jason avevamo un'idea della vita troppo diversa. Eppure non riuscivo ad allontanarlo da me.

Lasciavo che le malelingue sibilassero commenti crudeli e fingevo che non esistessero. Ero abituata a essere osservata ma non capita. Era sempre stato così.

Intanto, la polizia riprendeva le fila delle indagini. Un secondo omicidio portava nuove tracce da seguire e la possibilità di trovare indizi. Il bosco fu setacciato da squadre di poliziotti venuti dalla città, con i cani addestrati a riconoscere la morte e tecniche investigative apprese chi sa dove. Con grande professionalità la scena del crimine venne congelata nei dossier: pagine e pagine di foto, descrizioni, risultati di analisi di laboratorio. Campioni di foglie, rami, terra vennero sigillati dentro centinaia di buste, per essere analizzati in laboratorio.

Mio padre usciva di casa la mattina presto e non tornava che dopo cena. Lo vidi pochissimo, le nostre conversazioni non ripresero con la morte di Laura. Questa volta tenne fede al suo proposito di lasciare il lavoro fuori dalla porta di casa. Era teso e concentrato sull'indagine, provato da quella stanchezza di chi sa di non potersi permettere di cedere.

Se da mio padre non riuscii a scoprire nulla circa le indagini, in compenso il paese mormorava. Girarono più voci di quante ce ne fossero state per la morte di Grace. Non era una cosa sorprendente, Laura Nelson era stata davvero una ragazza popolare e la sua morte toccava molti da vicino.

Ma non era solo questo.

Il secondo assassinio a così breve distanza dal primo sollevava una nuova, inquietante consapevolezza. Prima sottovoce, poi sempre più insistentemente la gente cominciò a parlare di un serial killer. Tornarono alla mente libri letti, film visti, documentari passati a tarda ora su qualche canale scientifico della tivù satellitare.

Violenza seriale. Un pazzo omicida mosso da qualche grave malattia. La morte non è arrivata qui per caso o per disgrazia. È qui per rimanere e colpire ancora. Lo farà di nuovo, finché non verrà fermato. Vuole ragazze giovani e talentuose, si prenderà il meglio di Hope e dei dintorni. Uccide e mutila le vittime innocenti, poi ricopre i cadaveri con una coperta di foglie. Lo fa con delicatezza, con amore.

Io non lo so come fossero girate quelle voci, come si fossero diffusi quei particolari sugli omicidi. Ma la gente sapeva. Sapeva e parlava. Più parlava, più pretendeva risposte. E le risposte che le persone finirono per darsi gettarono una lunga ombra di sospetti su casa Freesbury.

Era stato Roger a trovare il cadavere di Laura Nelson. Era stato lui a dare l'allarme, irrompendo nel salone dove John e Rebeca stavano dando una festa, tremando e balbettando.

Roger, il figlio strano del sindaco, il diciassettenne che si comporta come un bambino e non parla mai con nessuno, che distoglie lo sguardo e non ha amici perché vuole stare da solo. Roger, con la faccia angelica e i capelli biondi, che trascorre le giornate camminando per i boschi, attraversando la campagna, osservando da lontano i contadini lavorare, fermo in piedi ai bordi dei campi finché qualcuno non prova ad avvicinarsi a lui. Il piccolo arrivato a Hope molti anni prima, adottato da John e Rebeca. Qualcuno allora insinuò che John lo avesse fatto per calcolo, perché prendersi cura di un bambino bisognoso lo avrebbe avvantaggiato nella carriera politica, ma erano solo cattiverie. Rebeca scelse di amare come il figlio che non riusciva ad avere quell'orfano che presto si dimostrò unico, nel bene e nel male. E né lei né John diedero mai segno di essersi pentiti. Pagarono insegnanti privati, dottori e specialisti. Fecero tutto quello che era possibile per aiutarlo a crescere felice. E forse fu anche per questo che a me sembrò terribilmente crudele che i sospetti si accanissero in quel modo sul giovane Freesbury.

Tra quelli che fomentarono le accuse c'era Jason, e questo mi spinse a prendere le distanze da lui, come avrei dovuto fare già da tempo. Mi sentivo a disagio, quando mi parlava di Roger.

«Trinity, ti prego, fai attenzione» mi ripeteva ogni sera, salutandomi prima di tornare a casa.

Solitamente restavo zitta, ma arrivò il giorno in cui tutta quella storia mi sembrò insopportabile. «Attenzione a cosa?» risposi.

«Lo conosci da quando siete bambini, Roger è ossessionato da te...»

«Jason, *tu* sei ossessionato da lui» sbottai.

Non si arrese. Nei giorni dopo tornò sull'argomento in ogni modo, per ricordarmi tutti i comportamenti strani del figlio del sindaco. Voleva mettermi in guardia, ma a me dava solo sui nervi. Scoprii che ne parlava anche con i compagni di squadra. I ragazzi cominciarono a tenere d'occhio Roger: lo osservavano nei corridoi della Hope High, lo seguivano fino a casa alla fine delle lezioni.

Provai a discuterne con Jason, a farlo ragionare, ma fu inutile. Allora inventai compiti che non avevo per fermarmi in biblioteca dopo le lezioni. Cominciai a evitarlo, a non rispondere ai suoi messaggi. Non volevo più sentire le sue accuse, tutte le argomentazioni che costruiva per dimostrare che potesse esserci Roger dietro le morti di Grace e Laura.

Un pomeriggio però lo trovai fuori da scuola. Mi stava aspettando, aveva un'aria grave.

«Trinity, perché lo proteggi?» mi chiese con voce dura. Non era necessario che fosse più esplicito, sapevo benissimo di chi stava parlando.

«Perché non ha fatto nulla» dissi.

«Non lo sai. Potrebbe essere pericoloso.»

«Invece lo so.»

«Difenderlo ti fa sentire speciale?» domandò con la voce tesa.

Non risposi. Mi limitai a voltarmi, allontanandomi da lui.

Non avrei mai potuto spiegarlo a Jason, ma io conosco da sempre Roger e non ho mai creduto che fosse capace di fare del male a qualcuno. So bene che cosa significa essere diversi dagli altri, sentirsi osservati, sapere che la gente parla di te, che commenta ogni cosa che fai.

Roger Freesbury ragionava come un bambino e soffriva di una timidezza cronica. Sembrava "strano", perché non aveva amici e preferiva stare per conto suo. Amava la natura e si rifugiava in un mondo di fantasia, ma questo non faceva di lui un serial killer. Non c'era alcuna prova. Che Roger fosse nel bosco, da solo, la sera del compleanno di suo padre era normale. Lo faceva spesso, erano in molti a poterlo testimoniare. Non sopportava la folla, se più persone parlavano in contemporanea lui andava in confusione. Per questo non avrebbe mai partecipato a una festa, neppure se si trattava del compleanno di suo padre.

Dei bambini lui aveva anche l'ingenuità e l'innocenza: Roger non poteva mentire e, da quel che io sapevo, non era mai stato violento.

Ma finché l'assassino fosse rimasto senza identità, chiunque era libero di farsi un'opinione e nutrire le proprie paranoie. E Roger divenne il primo sospettato.

Passarono le settimane e la svolta decisiva delle indagini che tutti aspettavano non arrivò. Ancora una volta l'assassino aveva agito senza lasciare traccia. C'erano solo due indizi.

Venni a sapere del primo più tardi, quando l'indagine languiva. Mio padre prese l'abitudine di portare a casa i documenti da riguardare di sera e io riuscii a darci un'occhiata. Sulla scena del crimine, vicino al corpo di Laura Nelson, furono ritrovate alcune tracce di tessuto di cotone blu. Per quanti sforzi fossero stati fatti, non si riuscì a capire da dove venisse. Ipotizzarono si trattasse di una tuta da lavoro, magari usata dall'assassino per non sporcarsi mentre uccideva Laura, ma nessuno poteva dirlo con certezza. Un esperto di Texarkana sostenne che si trattava di un tipo di stoffa ormai fuori commercio da decenni.

E poi c'erano quelle atroci mutilazioni, e il fatto che alcune parti dei corpi delle vittime non furono mai trovate. Aveva preso le mani di Grace, quelle con cui suonava il pianoforte, e le gambe di Laura. Chi le aveva uccise aveva deciso di portare via con sé ciò che rendeva le sue vittime speciali.

6

Hope era cambiata quando tra i suoi boschi era comparso il Male, ma allo stesso tempo era anche rimasta uguale a qualsiasi altra cittadina di provincia. Come in ogni altro posto del mondo, l'unica cosa che si può fare è andare avanti. E questo fu ciò che accadde. La vita riprese.

L'inizio dell'inverno fu il periodo più duro. Sopportavo a fatica le stupide chiacchiere da mensa scolastica, la lotta per guadagnarsi il titolo di "più popolare", i compiti da preparare e le verifiche da superare, i sabati sera a casa di qualcuno con una cassa di birra e la musica alta, a illudersi che tutto questo contasse qualcosa.

Hope era diventata più claustrofobica del solito, se possibile. Nessuno andava in giro da solo, dopo il tramonto. Furono imposte nuove regole, orari da rispettare. Anche se molti ragazzi della mia scuola ci ridevano sopra, dichiarando di non lasciarsi intimidire da un serial killer, neppure i più spavaldi si facevano trovare per strada di notte.

Io invece non facevo finta. Non volevo permettere che la mia vita cambiasse, così facevo le stesse cose di sempre, come le avevo fatte per diciassette anni. Prestavo più attenzione a ciò che mi circondava, ovvio. Tenevo gli occhi aperti, avvisavo sempre mia madre se dopo scuola decidevo di mangiare fuori con qualche ragazza della mia classe. Credo che un po' dipendesse dal fatto che avere un poliziotto per casa è piuttosto rassicurante. Ero certa che essere cresciuta con lo sceriffo McKenzie mi avesse insegnato a badare a me stessa.

Ciò che davvero aveva cambiato la mia vita non era la paura che ci fosse un assassino in giro. Era altro: non avevo più Grace, non avevo più Jason, ero rimasta sola. Stavo per i fatti miei, cercavo la solitudine. Le altre ragazze mi lanciavano strane occhiate, credo che mi compatissero. Io ero quella a cui avevano ucciso l'amica del cuore. Ero quella che si credeva superiore, diversa, che guardava tutti dall'alto in basso ma non aveva amici. Ero quella che aveva lasciato il ragazzo migliore del mondo, facendolo soffrire e rifiutandolo. Ero Trinity la Vergine.

Studiavo spesso in biblioteca, parlavo poco. Che cosa si dicesse di me esattamente lo scoprii un venerdì sera di gennaio, poco dopo le vacanze di Natale.

Jason aveva organizzato una festa a casa sua, invitandomi. Mio padre lo scoprì da Ted e insistette perché per una volta non stessi a casa a leggere, come facevo nell'ultimo periodo. Benché non ne avessi granché voglia, obbedii. Con lo sceriffo era meglio non discutere. Spiegare perché preferissi trascorrere il sabato sera rintanata in camera mia mi sembrò più complicato che infilarmi una maglietta carina e trascorrere un paio d'ore in compagnia.

Passare una sera con Jason e i suoi amici non era il massimo, ma potevo farcela. Continuavo a volergli bene, nonostante tutto. Eravamo stati felici, e tra noi era finita solo perché ero troppo lontana dal suo mondo, tutto qui. A me non importa nulla di sport, lui non ha mai capito perché non riuscissi a vivere tranquilla come tutti gli altri. Io avevo bisogno di andare lontano, sognavo una vita nuova in una città, un lavoro interessante nella redazione di un autorevole giornale. Hope non mi sarebbe mai potuta bastare, non era abbastanza grande per i miei progetti. Quello che all'inizio ci aveva attratti, ha finito per allontanarci.

C'era anche il sesso, ovviamente: che lui desiderava, mentre io sentivo di non poter dare. Volevo aspettare. Jason è sempre stato molto amato a scuola, e non c'è da sorprendersi. Con quegli occhi verdi e il fisico atletico le ragazze stravedevano per lui. Molte avrebbero fatto qualsiasi cosa per diventare la sua fidanzata. Io lo ero stata e l'avevo fatto soffrire, e questo nessuno era disposto a perdonarmelo, alla Hope High. Mi accusarono di essere presuntuosa, di credermi superiore perfino di Jason, il ragazzo più bello, dolce e perfetto della contea. Non hanno capito che ero ancora vergine perché aspettavo qualcosa di davvero speciale, il momento giusto. Jason no, lui mi ha capita e non ha mai pensato nulla di male nei miei confronti. Lui solitamente non pensa male di nessuno. Solo con Roger si è comportato diversamente, ma è stato per gli assassini di Grace e Laura. Quelle morti ci cambiarono, tutti quanti. Fu la paura a spingere Jason, Zack e gli altri a seguire Roger. Lo tennero d'occhio per diverse settimane, tra ottobre e novembre. Credo fossero mossi da buone intenzioni, volevano assicurarsi che non facesse male a nessuno. Lo pedinarono, per ore, cercando di non farsi vedere. Solo che Roger era molto più abile di loro, a muoversi nel bosco, quindi si accorse presto di non essere solo. Per un po' li lasciò fare, poi organizzò una sorta di trappola. Contando sul fatto che i ragazzi lo avrebbero seguito, li portò fino a un punto in cui si apre un piccolo dirupo nel terreno, qualche miglio a nord della tenuta dei Barnes.

Lui avanzò di corsa, nascondendosi all'ultimo dietro alcuni cespugli. Zack e gli altri non si accorsero del terreno che franava all'improvviso sotto i loro piedi, e precipitarono per qualche metro. Roger sapeva benissimo che non correvano alcun pericolo, infatti ne uscirono solo con qualche graffio, umiliati e furiosi per essere stati imbrogliati.

Per me quella fu la prova dell'innocenza di Roger: se avesse voluto far loro del male, ci sarebbe riuscito facilmente. Invece si era limitato a trovare un modo per levarseli di torno.

Quella storia arrivò allo sceriffo. Jason e gli altri uscirono dal bosco e andarono dritti nel suo ufficio, per denunciare quel che era successo. Mio padre fece loro notare che nessuno li aveva autorizzati a vagare da soli nel bosco dopo il tramonto, né a pedinare Roger Freesbury. Riuscì a calmarli, dopo aver promesso che la polizia avrebbe preso sul serio l'ipotesi che Roger avesse qualcosa da nascondere. Io venni a sapere di quella storia grazie alle chiacchiere che girarono a scuola, ma evitai di parlarne con Jason. Non volevo dargli l'idea di sottovalutare le sue paure, ma non potevo neppure accettare le sue accuse.

Anche se i terribili sospetti che aveva fomentato su Roger ci allontanarono, continuava a essere una persona importante, per me. A modo suo restava il ragazzo più sincero, onesto, corretto che io avessi mai conosciuto, e su Roger credo che avesse solo commesso un terribile errore in buona fede.

Comunque, Jason non avrebbe mai fatto la scortesia di non invitarmi alla sua festa, non dopo quello che avevo passato, non dopo la morte di Grace. Nessuno meglio di lui sapeva quanto fossi sola, ora che la mia migliore amica non c'era più. E io ci andai, per fare felice papà.

Poi, mentre sedevo nel giardino sul retro avevo sentito discutere Horace e Zack Porter, i migliori amici di Jason.

Sedevo da sola sul dondolo al buio perché Vanessa, con cui stavamo parlando delle vacanze di Natale appena passate, era rientrata a prendere da bere. I ragazzi uscirono sulla veranda e non mi videro. Faceva freddo, quindi immagino non si aspettassero che ci fosse qualcun altro. Discutevano di ragazze, ridacchiavano. La voce di Horace è inconfondibile, perché ha un difetto di pronuncia e tende ad arrotondare certe consonanti. Probabilmente erano usciti a fumare. Zack disse qualcosa che non capii bene, perché la musica arrivava alta dal salotto.

«Quella non ce la fa proprio» rispose Horace.

Rimasi ad ascoltare, perché mi sembrava stupido alzarmi e dire: "Ehi, sono qui, non dite nulla che non potrei sentire". In fondo, non li stavo spiando.

«Se attacca a raccontare di quando è stata a teatro a Little Rock, muoio.»

«Fatti una birra, così riesci a sopportarla.»

Mi prese la nausea. Stavano parlando di me. Non potevo che essere io, perché nessun'altra ragazza era stata in città, nell'ultimo periodo. Horace disse: «Cazzo, per il suo compleanno dovremmo regalarle un biglietto di sola andata per lontanissimo».

«Faremmo un regalo a tutto il paese» rispose Zack ridendo.

Fantastico. Dunque era questa l'opinione della gente sul mio conto. Mi sentivo abbastanza a disagio da desiderare di sparire o diventare trasparente.

Sentii dei passi e poi la voce di Vanessa che chiedeva se mi avessero visto. Horace disse che lì non c'era nessuno. Le tre voci sparirono all'interno della casa, ridendo, e poi qualcuno chiuse la porta che collegava il salotto con il giardino. Rimasi sola qualche minuto, poi mi alzai con le gambe che quasi tremavano, raggiunsi il cancello e uscii. Non m'importava nulla del serial killer, io lì non volevo restarci più.

Tornai a casa molto prima del previsto. Trovai mia madre impegnata a giocare a carte con Dan.

«Vuoi giocare, Tri?» mi chiese Dan sorridendo, e io mi fermai per scompigliargli i capelli.

«La prossima volta, magari.» Inventai una scusa e spiegai che non mi sentivo bene. L'inverno era freddo e non era strano che mi fossi raffreddata.

Mi rannicchiai sotto le coperte, in camera mia, decisa a non lasciarmi ferire dalla stupidità della gente. Horace e Zack potevano credere quello che volevano. Dovetti ripetermelo parecchie volte, prima di riuscire a crederci. Mi addormentai giurando a me stessa di non pensare più alla faccenda. Dovevo solo aspettare di scoprire se ero stata accettata al college e resistere fino a giugno. Solo pochi mesi. Poi la scuola sarebbe finita e io mi sarei trasferita lontano. Avrei studiato giornalismo e conosciuto persone diverse, migliori e più sensibili.

Non raccontai a nessuno la conversazione che avevo origliato per errore. Magari altre volte erano state dette cose migliori sul mio conto, forse ero solo stata sfortunata ad ascoltare proprio quel frammento di discussione. Eppure mi rimase addosso la brutta sensazione che quella fosse l'idea che tutti avevano di me.

Nei giorni dopo la festa di Jason mi impegnai a essere più simpatica con i miei compagni di scuola e, allo stesso tempo, a cercare di starmene per i fatti miei. Sorridevo molto e parlavo poco. Fino al pomeriggio di gennaio in cui è arrivato lui.

A pensarci adesso, è strano che quanto accaduto sia dipeso da quelle stupide battute fatte alla festa sul mio conto. Eppure credo sia così. Se non avessi sentito per sbaglio quella conversazione tra Zack e Horace, probabilmente quel gelido pomeriggio mi sarei fatta i fatti miei e avrei preso la strada verso casa, invece che fermarmi a controllare con chi ce l'avessero Jason e i suoi amici.

La pioggia della notte prima aveva trasformato lo spiazzo davanti a scuola in una distesa di fango. Passai accanto a un grosso pick up parcheggiato, avanzando con piccoli passi incerti, imbacuccata nella mia sciarpa blu, con il braccio disteso pronta ad aggrapparmi nel caso fossi scivolata. Solo che dietro al furgoncino c'era qualcuno.

«Che cazzo sei venuto qui a fare?» Restai ferma ad ascoltare, perché riconobbi la voce di Zack. Ricordo che fu il suo tono a colpirmi. Era stupito, sorpreso.

Mi sporsi per vedere con chi ce l'avesse attraverso il finestrino del pick up. Fu così che lo vidi per la prima volta. Capelli castani chiari che spuntavano da sotto un cappello di lana grigia, le mani infilate nelle tasche di un cappotto verde fuori moda, scarpe da tennis di tela rossa troppo leggere per l'inverno, le lentiggini spruzzate sul volto, le ciglia lunghe. Ma più della sua bellezza fu il sorriso ironico a colpirmi. Era tra Zack e Jason, entrambi seri e per nulla amichevoli, ma non sembrava preoccupato. Guardava il mio ex con espressione quasi incuriosita, come se stesse aspettando di scoprire che cosa sarebbe successo dopo, come se nulla avrebbe potuto coinvolgerlo davvero. Come se lì, in quella situazione, lui fosse solo uno spettatore, attento e coinvolto come può esserlo il pubblico di un buon spettacolo.

Io però conoscevo Jason e Zack abbastanza da sapere quanto potevano diventare sgradevoli, se incontrati nel giorno sbagliato. Nei loro giacconi imbottiti, gli occhi duri, i capelli tagliati corti, potevano intimorire. Immaginai che fosse il nuovo arrivato, di cui avevo sentito parlare a scuola quella mattina. Che il numero dei miei coetanei residenti a Hope e dintorni fosse aumentato di una unità non mi pareva una notizia sensazionale. Uno in più costretto ad annoiarsi da queste parti, avevo pensato. Ora che lo vedevo preso di mira da metà della squadra di baseball, però, era entrato nel mio radar. Era appena arrivato in città, che poteva avere fatto di male?

Io a Hope c'ero nata e finché non fossi riuscita ad andarmene avrei sopportato tutti i suoi problemi e le sue noie. Ma lui no, non c'entrava nulla. Quindi girai attorno al pick up per raggiungere i ragazzi.

«Ehi, che diavolo fate?» dissi, cercando di darmi un tono.

«Tri, stanne fuori» rispose Jason.

«Oh che bravi, fate i prepotenti con l'ultimo arrivato! Vi disturba il fatto che non sia nato qui?» domandai con tono provocatorio.

«Ha problemi più gravi» commentò Horace, facendo scivolare le parole sulla lingua come fossero lame di coltelli da affilare.

«Perché non lo lasciate in pace e vi fate i fatti vostri, per una volta?» Sentivo il sangue alla testa e le guance farsi rosse, come mi succede sempre quando qualcosa mi fa infuriare.

«Stavo per suggerirti la stessa cosa...» si intromise Zack, appiccicandomi addosso i suoi occhi scuri.

«Cazzo, voi credete davvero che essere nati a Hope vi renda migliori» sbottai incredula.

A quel punto il ragazzo, che fino a quel momento ci aveva ascoltato in silenzio, è intervenuto. «Be', mia madre però è nata e vissuta qui un bel po'. Tecnicamente anche io sono uno di voi.» Ci siamo voltati tutti verso di lui, fissandolo. «Ho sangue di Hope, nelle vene, per metà sono un Cooper» disse, con un sorriso disarmante sul volto. Un Cooper: ecco il problema. In ogni piccolo paese c'è una famiglia "strana", con persone che si comportano diversamente da tutti gli altri. Be', da noi sono i Cooper.

A quel punto Jason fece una smorfia. «Figo» ha detto. Poi si è voltato, lentamente. Come se non volesse darci l'idea che fosse lui ad arrendersi e mettere fine alla discussione andandosene, ma che ci lasciava perché parlare con noi era fatica sprecata. È andato verso la sua auto. Horace è rimasto a guardarmi, stranito. Sembrava stesse per chiedermi: "Perché, Trinity?". Zack ha scosso la testa, stringendosi nelle spalle per poi affrettarsi verso l'auto di Jason.

Fine della conversazione. I ragazzi hanno messo in moto l'auto e se ne sono andati, sollevando schizzi di fango e sgommando appena gli pneumatici hanno raggiunto l'asfalto della strada. Mi sono mordicchiata il labbro, osservandoli allontanarsi. Il nuovo arrivato ha tirato fuori dalla tasca una sigaretta di tabacco fatta a mano e l'ha accesa come se non fosse successo nulla di particolare.

«Benvenuto a Hope» gli ho detto.

Allora lui mi ha guardata, come se mi notasse per la prima volta. Ricordo perfettamente il suo sguardo, calmo e profondo come il cielo in quelle notti d'estate bollenti e immobili.

«Gente amichevole» ha commentato senza smettere di fissarmi. Ha allungato la mano verso di me. «Sono Julian Anderson, piacere di conoscerti.»

«Trinity McKenzie» ho risposto stringendola.

Pelle calda e ruvida, profumo di tabacco nell'aria fredda di gennaio: ecco il mio primo vero ricordo di lui. Ha aspirato la sua sigaretta e ha restituito lentamente al cielo il fumo bianco. Poi si è voltato, allontanandosi. Senza mai girarsi verso di me, che sono rimasta a fissarlo.

Quando cominciavo a pensare che non ce l'avrei fatta a superare la noia e la pesantezza dell'opprimente inverno a Hope, cinque mesi dopo la morte di Grace, arrivò lui. Julian Anderson, il figlio di Ava Cooper. Ava: la mia cantante preferita, la ragazza coraggiosa che aveva lasciato Hope per cercare il successo altrove.

7

Ho pensato a lungo alla prima volta in cui ho visto Julian, a tutte le cose che sapevo sui Cooper e sulla sua famiglia ancora prima di conoscerlo, e a come nulla di quello che avevo sentito dire sul suo conto sembrasse adeguato per raccontare chi fosse. Che il nuovo ragazzo fosse Julian Anderson, figlio di Ava Cooper, dei Cooper di Robin House, lo scoprii solo quel fangoso pomeriggio di gennaio, nel parcheggio della scuola. Ma sua madre per me era tutt'altro che una sconosciuta. E di conseguenza neppure Julian lo era. Era impossibile ignorare Ava Cooper, soprattutto per me.

D'accordo, erano solo voci. Storie abbastanza assurde da convincerti a crederci, almeno un po'. Nessuno inventerebbe da zero qualcosa di tanto folle, giusto?

Si diceva che i Cooper fossero gente strana, che stava per i fatti propri e avesse segreti da nascondere. Che tutta la famiglia avesse il sangue avvelenato da qualcosa di sbagliato, una nota distorta di pazzia.

Un secolo fa un Cooper era morto schiantandosi a terra mentre tentava di volare lanciandosi giù da una collina a bordo di uno strano marchingegno di sua creazione che riproduceva il movimento delle ali di un'aquila. Poi ci fu Charlie Cooper, poetessa, che una mattina all'alba s'impiccò all'albero al centro del paese. Si dice fosse follemente innamorata di uno straniero che se n'era andato. E si sa di una Marlene Cooper che prima della guerra aveva studiato psicologia ed era convinta di poter parlare con la coscienza dei propri pazienti tramite l'ipnosi; fu ricoverata in una clinica psichiatrica a Nashville, dove morì in circostanze mai chiarite alla fine degli anni Cinquanta. Mio padre mi ha raccontato che il nonno di Julian, Ezechiele, soffriva di manie di persecuzione. Era paranoico e convinto che la fine del mondo fosse imminente. Vedeva pericoli ovunque, minacce e catastrofi. Parlava di una futura guerra che avrebbe decimato il genere umano e sosteneva che fosse necessario prepararsi. Mia madre mi ha raccontato, scuotendo la testa, che il vecchio Ezechiele a un certo punto comprò casse di provviste per fare scorta in caso di necessità. Centinaia di scatolette di cibo, attrezzi da lavoro e depuratori d'acqua per prepararsi ad affrontare il peggio erano arrivati a Hope a bordo dei camioncini di una società specializzata. Aveva fondato un'associazione per proteggere Hope dall'apocalisse, riscuotendo ben pochi consensi.

Immagino che ogni famiglia possa vantare qualche aneddoto strano, un lontano prozio eccentrico, una morte misteriosa. Se nel corso degli anni i Cooper si fossero spostati altrove, probabilmente nessuno avrebbe ricordato tutte queste storie e loro sarebbero una famiglia come tutte le altre. Vivendo sempre nello stesso piccolo paese, invece, hanno finito per trasformarsi in leggenda, guadagnandosi una fama di "maledetti". A Hope i Cooper sono protagonisti delle storie che i fratelli maggiori raccontano nelle notti di temporale per spaventare i più piccoli. Persino Dan e i suoi amici sanno tutto della famiglia più strana della zona.

In paese viveva ancora – ci viveva da sempre – la vecchia Winnifred Cooper, la nonna di Julian. Stava nella grossa casa sulla collina, una villa costruita almeno due secoli fa al centro dell'appezzamento di terra della famiglia, che un tempo era isolato e selvaggio ma che poco alla volta era stato raggiunto dal paese. I Cooper avevano venduto le terre, generazione dopo generazione, e ora Robin House stava abbarbicata, come se scrutasse i nemici che la tenevano sotto assedio, circondata da file di villette costruite quando mio padre era bambino dallo zio di Ted Barnes, che gestiva la più grande impresa di costruzioni della zona. S'intuiva che quella casa un tempo era stata lussuosa ed elegante, ma ora l'incuria le aveva donato un aspetto sinistro. L'avevano chiamata Robin House per il colore della facciata, un tempo rossa. Troppi inverni e troppe estati avevano scurito le assi di legno, che avevano preso un colore simile al sangue rappreso.

Winnifred Cooper a Robin House ci era nata, cresciuta, e si era sposata. Lì era diventata madre di Ava, e dalla vecchia casa aveva assistito alla rovina della famiglia. Era invecchiata dietro la facciata color sangue.

Doveva avere quasi ottant'anni, quando Julian tornò a Hope. Che cosa fosse accaduto negli ultimi tempi, perché avesse deciso di ospitare il nipote dopo decenni trascorsi in solitudine, nessuno lo sapeva e nessuno in paese aveva avuto la possibilità di chiederglielo. Gli ultimi dieci anni Winnifred li aveva passati chiusa in casa, evitando tutti, barricata dietro la massiccia porta di mogano della villa sulla collina. O, almeno, io non l'avevo mai vista in giro.

I ragazzini raccontavano che era una strega, che poteva fare incantesimi. Nell'estate dei miei sette anni il gatto di Grace sparì. Lo cercammo in giro per il paese, lasciammo biglietti con la foto di Micio ovunque. Finché Charles, un ragazzo di qualche anno più grande di noi, venne a dirci di piantarla, che era inutile, che il nostro gatto era sparito per sempre. Né io né Grace volevamo crederci, così il ragazzino e i suoi amici ci portarono davanti al cancello che circondava Robin House. Indicarono la casa, spiegando che il nostro gatto era finito lì dentro, che se l'era preso "lei". Dissero di dimenticarlo, se non volevamo fare anche noi una brutta fine. Al momento ne fui terrorizzata. Per tutto il resto dell'estate ci tenemmo alla larga dalla collina. Non trovammo mai Micio, e questo finì per dare credito alla storia che ci avevano raccontato quei ragazzini.

Crescendo, ho capito che Winnifred non era affatto una strega. Era solo una donna sola, che non era riuscita a lasciarsi alle spalle la tragedia che aveva travolto la sua vita. Gli anni passati non erano bastati a rendere meno dolorosa la morte della sua unica figlia, Ava.

Ava, la madre di Julian, era sempre stata una ragazza speciale. Quando arrivò in paese la notizia della sua morte molti scossero la testa, per nulla sorpresi. Sin da adolescente era stata un'originale. Ho sentito dire che andava in giro con lunghe gonne colorate, che raccoglieva i capelli in cima alla testa, come facevano le afroamericane. Scriveva canzoni, suonava la chitarra, aveva idee politiche e non si vergognava di parlarne. Diceva di avere "qualcosa dentro e di volerlo raccontare al mondo". Così aveva organizzato un circolo di poesia, e non si era scoraggiata quando solo in pochi avevano accettato di partecipare.

So queste cose perché Ava era in classe con mia madre al liceo. All'inizio era mamma che mi raccontava di Ava, perché erano state molto amiche, da ragazzine. Ne sono rimasta affascinata, così sempre più spesso ero io a chiederle di parlarmene. Era difficile restarle indifferenti, credo, perché era davvero una persona speciale.

Di quello che è accaduto dopo, quando è salita su un autobus diretta verso la costa, si sa poco. Qualche anno dopo la sua partenza da Hope, però, si ricominciò a parlare di lei. Era inevitabile, perché le sue foto erano state pubblicate su una rivista di Nashville, accanto alla copertina del disco che aveva inciso. Nella foto Ava fissava l'obiettivo con uno sguardo trionfante.

Mia madre mi ha raccontato che un anno dopo un giornalista era arrivato a Hope per fare domande in giro e fotografare Robin House. Così si venne a sapere che Ava si era trasferita a New York, dove aveva cominciato una promettente carriera come attrice di teatro. Mia madre sorride ancora, a ricordare l'espressione incredula del giornalista, quando aveva scoperto che nessuno a Hope ne sapeva nulla. Gli abitanti di Hope dovevano essergli sembrati bifolchi provinciali.

Ava Cooper era una promessa, aveva un disco di successo alle spalle e sarebbe sicuramente diventata un'attrice famosa. Aveva già firmato un contratto per recitare in un'importante produzione cinematografica, quando conobbe Robert J. Anderson, giornalista di New York. Fu tutto rapido. In pochi mesi si erano sposati e lei era incinta.

So che arrivarono a Hope per Natale, Julian era neonato. Mia madre mi ha raccontato di averla incrociata per caso fuori dalla caffetteria dei Nelson, in una giornata gelida, sotto un cielo che prometteva neve. Fu Ava a riconoscere la compagna di scuola e a fermarsi. Salutò mia madre con affetto, anche se stava per diventare una diva del cinema e mia madre era solo la moglie di un poliziotto. Pare che Ava fosse irriconoscibile. Bella, disinvolta. Sicura di sé lo era sempre stata, ma dopo tanti anni a New York quella sicurezza non appariva più stonata come era stata sulla faccia pulita di una ragazzina di provincia.

E nulla di più: qualche giorno dopo Ava e Robert tornarono a New York. L'ultimo dell'anno la loro macchina sbandò sul fondo ghiacciato della statale 27 per gli Hamptons, mentre i due viaggiavano verso la casa degli Anderson affacciata sulla Napeague Bay.

Morirono entrambi sul colpo e la notizia riempì le pagine dei giornali la mattina seguente. Attori, registi di Broadway, artisti del Village ricordarono Ava per le settimane seguenti. C'era un'unica nota di speranza nella tragedia, ripetuta da tutti: fortunatamente il piccolo si era salvato. Per una straordinaria coincidenza Julian si era ammalato il giorno prima ed era rimasto nell'appartamento dell'Upper West Side con la governante.

Winnifred non aveva mai avuto un buon rapporto con la figlia, ma da quando Ava morì fu presa da una strana irrequietezza. Andava in giro a dire che Ava non avrebbe dovuto andarsene, che le ragazze come lei facevano sempre una brutta fine. La gente cominciò a evitarla. Di Winnifred ai tempi in cui ancora usciva di casa ho qualche ricordo: era una signora trascurata, vestita con abiti malandati. Si trascinava claudicante, leggermente ingobbita, appoggiandosi a un bastone nodoso. Portava mocassini da uomo e aveva un'aria cupa, arrabbiata.

Quando la gente cominciò a preoccuparsi del fatto che stesse perdendo la ragione, lei si chiuse in casa e non ne uscì più.

Tutte queste sono storie vecchie, in verità. Negli ultimi anni nessuno parlava più dei Cooper e di Winnifred, né di Ava e tanto meno dell'incidente. La questione era scivolata inesorabilmente tra i fatti dimenticati, surclassata da nuovi pettegolezzi di paese e nuove storie. Ed era stato così fino al giorno in cui Julian ricomparve a Hope.

Il suo ritorno dimostrò quanto i Cooper e le loro vicende fossero radicate nella storia locale: bastò che il suo nome fosse nuovamente pronunciato, bisbigliato di bocca in bocca, perché tutta la storia della famiglia tornasse di urgente attualità.

8

Ora potrei fingere che fu un caso, che fu una catena di coincidenze e fatti su cui non avevo il controllo a farci conoscere, che fu perché frequentavamo lo stesso polveroso minuscolo liceo dello stesso sperduto paese. Potrei raccontare che quel primo incontro nel parcheggio della scuola, quando intervenni per difenderlo da Jason, Horace e Zack fu solo uno dei tanti insignificanti episodi di quel periodo che dimenticai presto, senza darci troppo peso.

Ma non sarebbe vero.

Quel pomeriggio, mentre lo guardavo allontanarsi, dentro di me sentivo che era l'inizio di qualcosa che *doveva* accadere, legando il mio destino al suo in un modo che andava oltre le nostre volontà. Il figlio di Ava – l'artista, la ribelle, l'unica ragazza che conoscessi che se ne fosse andata da Hope per seguire il proprio cuore e diventare *qualcuno* – era tornato, e io non potevo lasciarmi sfuggire l'opportunità di conoscerlo. E nei giorni seguenti, quando scrutavo la folla di studenti nei corridoi o nella mensa cercandolo, ero consapevole del fatto che non era solo curiosità per il nuovo arrivato. Volevo rivederlo.

Così il pomeriggio in cui lo scorsi seduto su una panchina nel parchetto dietro la chiesa, immerso nella lettura di un piccolo volume rilegato in seta, nel suo cappotto verde, fu un attimo decidere. Lo raggiunsi.

«Spero che gli altri giorni di scuola siano stati migliori del primo» dissi, fermandomi a qualche passo da lui.

Era una di quelle fredde giornate di sole in cui tutto a Hope sembra insolitamente grazioso e le facciate delle ville quasi brillano nei loro blu e rossi e celesti.

Julian sollevò gli occhi su di me. Il suo sguardo era pesante, te lo sentivi addosso, indiscreto e magnetico, come se potesse frugarti tra i pensieri e trovare sfumature di emozioni che nemmeno sapevi di avere. Scomodo ma affascinante. Affondai le mani nelle tasche del mio giaccone.

«Non posso lamentarmi» disse con un mezzo sorriso. «Non sono ancora venuti a scrivere "bentornato" con la vernice rossa sulla porta di casa.»

Sorrisi, benché non fossi del tutto certa che la sua fosse una battuta. «Da queste parti sono in molti a non fidarsi troppo di chi viene da fuori» dissi.

«Pensavo che il problema fosse che per metà sono un Cooper.»

«Diciamo che il problema sono tutte e due le cose insieme: sei un Cooper e sei anche straniero» spiegai, e il mezzo sorriso di Julian si aprì in una risata divertita. Potevo anche smetterla di scusarmi per la scarsa apertura mentale dei miei concittadini: non sembrava minimamente preoccupato di quello che la gente pensava di lui.

«Stai da tua nonna?» domandai, spostando con la punta della scarpa un sassolino, benché potessi facilmente indovinare la risposta.

«Sì, sono arrivato a Robin House la settimana scorsa.» Nessun accenno alla casa decrepita, né alle dicerie sul fatto che Winnifred potesse essere una strega. «Nel weekend lo spedizioniere dovrebbe portare le mie cose dal Texas.»

«Quindi ti trasferisci definitivamente» commentai.

«Sì, mio zio Edward si sposta a Londra e lascia il paese per un po'.»

«A Londra c'è un'ottima scuola di giornalismo» mi scappò detto. Non che davvero volessi parlargli dei miei sogni per il futuro, in verità.

«È quello che vorresti fare?» domandò con aria interessata. «Mio padre era un giornalista» aggiunse poi sovrappensiero. «In questo caso faresti meglio ad abituarti all'idea di andare via di qui. Non credo succedano molte cose, da queste parti» aggiunse.

Credo che spalancai gli occhi, a questa sua ultima affermazione. Un assassino che uccide spietatamente due ragazze, mutilandone i cadaveri, sembrava un evento *abbastanza* interessante e sconvolgente. Lui pensò alla stessa cosa, perché subito si corresse.

«Oh, be'. A parte *quello*.» E dal modo in cui pronunciò l'ultima parola era chiaro che si stava riferendo a Grace e a Laura, ai loro corpi freddi e allo sconosciuto che ancora era libero di colpire.

Era strano, ma aveva ragione: a parte *quello*, Hope era il posto sbagliato per tentare la carriera nel giornalismo. D'altra parte, era anche strana la scelta di trasferircisi, con il colpevole ancora in circolazione. Diversi quotidiani avevano cominciato a parlare di serial killer, in molti se ne sarebbero volentieri andati, se avessero potuto.

«Non hai paura a stare qui?»

Julian rifletté un momento. «No. Benché credo che eviterò di passeggiare nel bosco di notte.»

«Saggia decisione» ammisi, sbuffando aria fredda.

«E comunque non ho alternative, perché mio zio deve lasciare il paese e io non intendo trasferirmi così lontano» disse.

«Davvero non vuoi andare a vivere a Londra? Non so cosa darei io, per un anno all'estero...» dissi.

«Lo seguo nei suoi spostamenti di lavoro sin da quando sono piccolo, questa volta mi sono rifiutato. Ho già affrontato più traslochi di quanti una persona sana di mente potrebbe sopportare. Tra poco sarò maggiorenne e sarei comunque tornato qui, inutile trasferirmi in Inghilterra per pochi mesi» spiegò, e nella sua voce sentii un velo di rabbia repressa a fatica. Cominciava a fare buio e si era sollevato il vento.

Annuii. Non volevo sembrare scortese o irrispettosa indagando questioni personali, ma non riuscii a trattenere un'altra domanda.

«Avrei detto che non era poi così male vivere con uno zio che di lavoro fa l'avvocato di successo e gira il mondo...» Lo zio di Julian, Edward Anderson, era abbastanza noto. Chiunque leggesse anche solo distrattamente i giornali ne aveva sentito parlare almeno una volta. Aveva difeso miliardari, politici e petrolieri: ovunque ci fosse una causa destinata a far clamore si menzionava il suo nome. Di lui si diceva fosse intelligente e senza scrupoli in uguale misura. Sicuramente frequentava persone interessantissime e viaggiava più di chiunque altro io avessi mai conosciuto. Potevo immaginare che la vita con lui non fosse semplice, ma nessuno poteva convincermi che non fosse anche parecchio interessante. Quindi mi sembrava assurdo che Julian preferisse trasferirsi a Hope, minuscola, provinciale e colpita da un'improvvisa ondata di violenza, piuttosto che stare con lui.

«Non sempre la vita con mio zio era piacevole» disse Julian con un tono strano, tenendo gli occhi fissi davanti a sé. Stavo per aggiungere qualcosa, ma il suo sguardo mi gelò. «Non sempre» aggiunse, in un modo che spense ogni mia voglia di proseguire la conversazione sull'argomento.

Julian, lo avrei scoperto presto, era capace di parlare di qualsiasi argomento senza imbarazzi, anche di quelli più brutali e infelici. Per lui faceva tutto parte della vita, una cosa che prendi così com'è, anche quando non è all'altezza dei tuoi sogni. La si vive, non la si cambia. Era quello che faceva lui, e lo avrei imparato nelle settimane seguenti, frequentandolo. Poteva parlare di tutto, ma a una condizione: che lo desiderasse. Convincerlo a confidarsi su qualcosa che preferiva tenere per sé era assolutamente impossibile.

Julian era speciale e già quel primo giorno, chiacchierando del suo trasferimento, l'avevo intuito. Ne ebbi la conferma qualche la settimana dopo, quando a scuola accadde l'affare della magia nera. Fu più antipatico che grave, e Julian evitò di farne un caso, tanto che alla fine i professori lasciarono correre, forse senza aver davvero capito come fossero andate le cose. Che qualcosa fosse successo, però, era evidente, perché nei corridoi attorno agli armadietti del primo piano si era sollevato un brusio nervoso e incredulo. Io ero uscita dall'aula di scienze con Marla, la compagna di classe con cui stavo seguendo un progetto di scienze per il professor Bracker, grazie al quale eravamo diventate abbastanza amiche.

«Vado a vedere che succede» avevo detto, incuriosita dall'agitazione generale.

«Qualunque cosa sia, io ne starei fuori» aveva risposto lei. Avrei assolutamente seguito il suo consiglio, se non avessi scorto la zazzera di capelli castano dorato di Julian, al centro della folla di studenti. Il fulcro della confusione era lui, così scivolai tra i ragazzi che lo osservavano tenendosi in disparte, fino a raggiungerlo.

Non era davvero in difficoltà, però era evidente che non sapeva bene che cosa fare. Stava in piedi davanti al suo armadietto, fissando con aria perplessa la grossa stella a cinque punte disegnata con il colore rosso sul metallo. A chiarire meglio il messaggio c'era la scopa di saggina appesa alla chiave. Chi fosse la mente di quell'assurda buffonata non lo sapevo, ma il messaggio era chiaro: gli stavano ricordando che sua nonna è considerata una strega, da queste parti.

Probabilmente è vero quello che si dice di me, che sono presuntuosa e faccio questioni di principio su ogni cosa. Ma nella lista dei pregi ci metto il mio odio per le ingiustizie e i soprusi, oltre all'amore per la verità. Ed è stata la violenza di quel gesto a spingermi a uscire dalla folla e a raggiungere Julian con un fazzoletto di carta in mano.

«Ti aiuto a pulire questa porcheria» ho detto, cominciando a grattare via il rosso dal metallo dell'armadietto, ignorando gli sguardi imbarazzati di Marla e dei miei compagni di classe.

«Sembra una cosa del secolo scorso. Ma dove l'hanno trovata?» ha domandato Julian, incurante di tutti i ragazzi fermi a guardarci, rigirandosi la vecchia scopa tra le mani. Io mi sono voltata, rispondendo a voce alta, perché mi si sentisse bene. «Da queste parti per molte cose siamo ancora bloccati nel passato.»

Con la coda dell'occhio ho notato qualcosa muoversi dietro di me.

«Trinity, perché ti immischi in faccende che non ti riguardano?»

Era Jason, a un passo da me. Nella sua divisa da baseball sembrava più alto e muscoloso di quanto in realtà fosse.

«Scommetto che c'entri qualcosa con questo schifo» ho detto, decisa a non farmi intimidire.

«Ti sbagli» ha detto lui, in un modo che non mi ha convinto per nulla. «E se anche fosse, non sarebbero affari tuoi.»

«Lo sono, invece. Perché non posso restare a guardare mentre rendi la vita impossibile alle persone. Prima Roger, ora Julian: chi altro finirà nella tua lista nera?»

Le mie parole lo colsero alla sprovvista. Spalancò gli occhi, colpito. «Di che parli?»

«Tu e i tuoi amici avete perseguitato ingiustamente il povero Roger. Non lo si vede neppure più a scuola.» Jason si guardò attorno nervosamente.

«Chi ti dice che non viene più per colpa mia? E se fosse lui ad avere qualche problema o qualcosa da nascondere?» aggiunse poi a bassa voce, quasi sussurrando. Evidentemente non era un argomento di cui parlava volentieri davanti a tutti. Jason, il ragazzo perfetto, che si accanisce contro il povero Roger prima che la polizia sia riuscita a provare la sua colpevolezza: ne andava della sua reputazione.

La sua ipotesi comunque mi lasciò di stucco, non sapevo che cosa rispondere. Roger aveva cominciato a comportarsi diversamente, era persino più schivo del solito, spesso mancava da scuola. Le poche volte che l'avevo visto dietro casa mia, al margine del bosco, sembrava spaventato. Mi ero convinta fosse colpa di Jason e dei suoi amici, delle voci che avevano messo in giro e della loro folle idea di pedinarlo e tenerlo d'occhio. Non avevo mai pensato che potessero esserci altre ragioni.

«Bisogna essere prudenti, un pazzo ha già ucciso due ragazze, non possiamo rischiare» aggiunse Jason. Dall'espressione del suo viso compresi che neppure lui era certo della colpevolezza di Roger, come voleva far credere. Era spaventato, come tutti noi. E le persone che hanno paura diventano pericolose.

«Esatto, ci sono già due vittime... lasciamo la vecchia Winnifred in pace!» risposi seccamente, afferrando la scopa di saggina. La discussione rischiava di degenerare e Julian se n'era accorto.

«Ehi, non mi sembra il caso di fare tutta questa confusione per uno scherzo» ha detto, mettendosi tra me e Jason. «È solo una vecchia scopa.»

Non ero d'accordo. Qualcuno lo stava accusando di essere nipote di una vecchia strega, ospite non gradito della città. Il messaggio era chiaro: abbiamo già abbastanza problemi, qui. Io avevo imparato a decifrare i segni, gli sguardi, le mezze frasi, gli scherzi, lui non conosceva abbastanza Hope per riconoscere l'odio irrazionale che si stava riversando su di lui e la sua famiglia. Su una cosa però Julian aveva ragione: non c'era motivo di litigare con Jason. Quindi ho lasciato perdere.

«Jason, segui il tuo stesso consiglio: fatti gli affari tuoi» ho sibilato, prima di voltarmi e riprendere a strofinare il fazzoletto sul metallo.

Al suono della campanella, la folla che ci circondava si è dispersa. Fine dello spettacolo. Il corridoio si è svuotato rapidamente.

«È solo uno scherzo» ha ripetuto Julian dopo un po'. No, non era solo quello. Era la frattura definitiva del legame che mi univa a Jason, la fine del nostro rapporto. Con quella discussione era tutto finito. Io mi ero schierata con

Roger e i Cooper, contro di lui. L'orrenda morte di Grace e Laura aveva finito per accentuare le differenze che ci avevano allontanato.

Il mio turbamento era abbastanza evidente, perché Julian mi ha detto con voce incerta: «Grazie comunque per essere intervenuta in mio aiuto».

Mi sono voltata verso di lui, notando che sotto le sopracciglia ben delineate aveva un occhio leggermente più chiaro dell'altro. Le iridi sembravano brillare. Odorava di tabacco. Ha allungato una mano e mi ha sfiorato il braccio, facendomi rabbrividire.

«Perché non vieni da me, dopo scuola?» ha detto, cogliendomi alla sprovvista. «Potremmo studiare insieme.» Mi sono sentita sola, molto sola. Poi, poiché io non rispondevo, ha aggiunto con un sorriso di sfida: «Sempre che tu non abbia paura di nonna Winnifred».

No, non avevo paura.

«Mi piacerebbe molto» ho risposto reggendo il suo sguardo.

Ed era la verità. Lo desideravo da morire, perché a Hope non avevo più nessuno.

9

Se hai fantasticato tanto su qualcosa, affrontare la realtà può essere strano. Volevo diventare amica di Julian, ed era stato più facile di quanto mi fossi aspettata. Tante volte, sentendo i racconti di mia madre, avevo provato a immaginare Ava, la sua vita nella casa sulla collina dove tutto era cominciato, i suoi sogni da ragazza, quando a Hope era solo "quella strana", prima di diventare l'artista famosa. Forse perché era successo tutto così in fretta, ora che a Robin House potevo entrarci per davvero mi sentivo inquieta.

Camminammo fino a Robin House senza dire nulla; il silenzio non metteva a disagio né me, né Julian. Percorremmo le strade silenziose di Hope, respirando l'aria fredda di gennaio. Infine apparve, accoccolata sulla collina, svettando scura sopra le casette del quartiere: la casa della vecchia Winnifred Cooper, con la facciata di legno consumato e gli scalini della veranda sfondati, protetta dal cancello di metallo arrugginito e dalle erbacce che negli anni avevano invaso il giardino.

Prima di salire l'ultimo tratto di sentiero, Julian mi rivolse un sorriso.

«Benvenuta a casa Cooper» disse. E suonava strano, perché io l'avevo avuta davanti agli occhi per una vita mentre lui era arrivato in paese e dopo una settimana già la sentiva come casa sua.

Mentre mi avvicinavo alla porta realizzai che mi batteva forte il cuore. Julian infilò le chiavi nella serratura e io trattenni il fiato. Non so che cosa mi aspettassi di trovare oltre la pesante porta antica, forse tende nere e tappeti rosso sangue, odore di zolfo o strani amuleti in giro; sicuramente non quello che mi accolse: un ordinato ingresso di casa, pareti bianche, tappeti chiari a terra, fiori freschi disposti in un vaso verde sul raffinato tavolino d'antiquariato che stava sotto la finestra. C'erano tende di lino alle finestre e un gradevole profumo, tanta luce e un'atmosfera accogliente.

«Sei sorpresa?» chiese Julian.

Che potevo dirgli, che mi aspettavo di entrare nell'antro di una strega?

«No, è che è bello, qui!» bisbigliai guardandomi intorno. C'era una rampa di scale di legno chiaro che si arrampicava sinuosa verso il primo piano. «Da fuori non me l'aspettavo così» aggiunsi. Era tutto antico, curato, ricercato.

«Mia nonna ci tiene parecchio» spiegò Julian, prendendo la mia giacca e lasciandola cadere su una poltrona di raso verde smeraldo.

Winnifred Cooper ci teneva davvero, ne ebbi la conferma appena entrai nella spaziosa cucina affacciata sul retro della villa. Lì ogni mobile, ogni suppellettile, i vasi di ceramica bianca e le tazze decorate con delicati fiori, le sedie e la credenza con i piatti antichi e i libri di cucina, il tavolo di legno, ogni cosa dava l'impressione di essere vissuta, piacevolmente disordinata. Quella stanza non avrebbe sfigurato sulla copertina di una rivista d'arredamento.

Mentre Julian mi serviva un piatto di pasticcio di manzo e patate entrò lei, Winnifred. Era più curva di come la ricordavo, magra e appoggiata al suo bastone nodoso. Indossava un abito di velluto blu con le toppe sui gomiti e mi guardava sorridendo, in piedi sulla soglia della stanza. Benché fosse minuta di corporatura, appariva maestosa ed elegante. Era incredibile pensare che fosse lei, la madre di Ava.

«La giovane Trinity, figlia dello sceriffo McKenzie» esclamò venendo verso di me.

Che mi riconoscesse con tanta facilità era sbalorditivo. Quindi non era solo Hope a ficcare il naso negli affari dei Cooper. «Sei identica a tuo padre da giovane» aggiunse.

La ringraziai per l'ospitalità e lei scosse la testa, come a dire di non pensarci neppure. Per essere vissuta chiusa in casa per una decina d'anni, sembrava sorprendentemente espansiva e cordiale. Winnifred domandò al nipote della giornata a scuola e Julian evitò di menzionare la scopa di saggina e la stella rossa disegnata sul suo armadietto. Invece, raccontò della lezione di biologia. Si dicevano cose strane sui Cooper, ma a vederli così sembravano persone normalissime. Anzi, Winnifred era straordinariamente lucida, per la sua età. Scherzò sulla lezione del professor Bracker, dimostrando di sapere parecchie cose di cellule. Si preoccupò che avessi avvisato mia madre che ero da loro. «Di questi tempi non si sa mai» sentenziò con espressione accigliata. Dopo averci servito una generosa fetta di torta di mele, ci disse di andare pure, assicurandoci che avrebbe finito lei di sistemare la cucina.

C'era buon umore e serenità, in quella casa, e tutta quella normalità cancellò presto dalla mia testa i timori con cui ero arrivata. Forse la follia si traveste per non farsi riconoscere, eppure l'istinto mi suggeriva che lì, a Robin House, non c'era nulla di strano o pericoloso. Se sbagliai, se nelle voci di paese qualcosa di vero c'era, non fu per ingenuità: davvero quel giorno non vidi nulla che confermasse le mille dicerie e malignità che avevo sentito.

Entrando in camera di Julian per prendere i libri che servivano a preparare il compito di letteratura da consegnare il giorno dopo – Julian aveva già affrontato l'argomento in Texas e mi aveva gentilmente offerto un aiuto – mi sembrò tutto anche *meglio* del normale.

La sua stanza occupava buona parte dell'ultimo piano della casa, nel sottotetto. Le pareti erano tappezzate di una carta da parati che ricordava una foresta di betulle, mentre una parte del soffitto era ricoperta, tra le grosse travi di legno, di mappe geografiche incollate l'una accanto all'altra in un puzzle che ricomponeva il mondo intero. C'erano libri ovunque – volumi di poesie, commedie e tragedie greche antiche e un quantitativo incredibile di romanzi – e quadri. Non poster, come avevo visto spesso appesi alle pareti, ma veri quadri incorniciati, paesaggi montani del secolo scorso appesi accanto a tele più moderne, con macchie di colori vivaci difficili da decifrare.

In un angolo c'era un grosso letto di ferro battuto e uno scrittoio antico. Ma la sorpresa più interessante era appesa sul muro in fondo: un grande foglio di compensato su cui erano stati incollati articoli di giornale, pagine di riviste, recensioni, fotografie, locandine di spettacoli teatrali e perfino la copertina di un vinile. Mi avvicinai incuriosita, mentre Julian faceva spazio per le mie cose sullo scrittoio. Ava, ogni cosa riguardava lei. Foto sfuocate, scattate quando era bambina, i fogli con le sue prime canzoni e le poesie, le recensioni pubblicate dopo l'uscita del suo disco, spartiti musicali, interviste, perfino l'articolo scritto dal giornalista venuto a curiosare a Hope, quello di cui mi aveva parlato mia madre. Riconoscevo gran parte di quel materiale, ma le foto no, erano nuove anche per me.

«Lo guardo ogni giorno.»

Sobbalzai sorpresa, Julian era vicinissimo a me. Passò le mani sul vetro che proteggeva una foto appesa al centro della parete. Ava sorrideva, stringendo tra le braccia un neonato addormentato. Robert le cingeva la vita, guardandola. Non era possibile sbagliare, nei suoi occhi c'era amore.

«Questa foto è stata scattata pochi giorni prima che morissero» spiegò.

«L'incidente sulla strada ghiacciata.»

Non mi chiese come facessi a conoscere quella storia, sembrava essersi dimenticato di me. «Dicono che fu una fortuna che io fossi malato, perché altrimenti sarei morto con loro. Ma io penso che, se non mi fossi ammalato, loro non avrebbero fatto tardi e sarebbero partiti di mattina come avevano programmato, prima che le strade ghiacciassero. E non sarebbero morti.»

Mi voltai verso di lui: sul suo viso bellissimo non c'era dolore né rabbia, vidi solo una rassegnazione distante.

Poi Julian si scosse dai suoi pensieri e tornò bruscamente al presente. «Sarà meglio che cominci a spiegarti cosa scrivere in quel compito di letteratura.»

Era come se il momento in cui aveva parlato della morte dei genitori non fosse mai esistito. Presa alla sprovvista da quel repentino cambio di argomento non trovai nulla da ribattere e non mi restò che seguirlo allo scrittoio, dove mi fece sedere prima di sistemarsi accanto a me e, appoggiando il braccio sullo schienale della mia sedia, cominciò a dettarmi il tema che avrei dovuto presentare al professor

Pilgrim la mattina seguente. Scrissi tutto quello che disse, senza capirci nulla. Ero distratta dalla parete in fondo alla stanza, da cui Ava ci guardava sorridendo innamorata della vita, del marito e del figlio neonato. Ero sempre stata affascinata da lei, ma da quando avevo deciso che non avrei trascorso il resto della vita a Hope la mia ammirazione era persino cresciuta. Per me era un modello, era la dimostrazione che si poteva scappare da qui ed essere felici. Il mio sguardo fuggiva dal foglio e scivolava continuamente a incrociare gli occhi blu di Ava Cooper.

Ed ero distratta anche dalla vicinanza di Julian, dal suo profumo di tabacco, dal suo braccio allungato verso di me, dalle lentiggini chiare che ricoprivano la mano che correva sul libro aperto tra noi. Una mano forte e delicata. Guardavo i libri di poesia, i quaderni dall'aria vissuta con gli angoli piegati, le mille tracce di sé che già aveva lasciato in quella camera, sua da pochissimo eppure già così personale.

Due ore dopo, quando la mia ricerca era finita, non mi restava che sperare che al professor Pilgrim non venisse in mente anche d'interrogarmi, perché non avrei saputo ripetere neppure una frase di quanto avevo scritto. La cosa strana è che non me ne importava nulla dei voti, della scuola, di quello che avrebbe detto mia madre nel caso di un'insufficienza. Quando lasciai Robin House avevo un unico pensiero in testa: volevo tornare ancora nella casa sulla collina, lì dove aveva vissuto Ava Cooper.

10

Temevo di dover faticare per rivedere Julian, ma mi sbagliavo.

Fu lui a cercarmi, già il giorno dopo il nostro pomeriggio di studio. Fuori da scuola affrettò il passo per raggiungermi, facendosi largo tra i ragazzi. Indossava lo stesso cappotto verde svolazzante, le stesse scarpe di tela troppo leggere. Sorrideva con gli occhi, sotto i ciuffi di capelli arruffati.

«Com'è andata con il professor Pilgrim?» domandò arrotolandosi una sigaretta di tabacco. Non conoscevo nessuno che fumasse quella roba.

«Bene» risposi sorridendo.

Ero felice di vederlo. Mi consigliò di leggere Sylvia Plath e di lasciar perdere Ezra Pound, a suo parere una brutta persona. «Non puoi diventare un poeta davvero, se sei uno stronzo» mi spiegò. Non avevo mai incontrato nessuno, prima d'ora, che avesse opinioni personali di quel tipo, in fatto di poesia.

«Potresti suggerirmi qualche titolo...» gli dissi.

«Certo, te li scrivo» rispose. E tirai fuori il cellulare dalla tasca, pronta a scambiarci il numero.

«Io non ce l'ho» disse stringendosi nelle spalle.

«Che cosa?» domandai sorpresa.

«Il cellulare.» Lo guardai, temendo di non avere capito. «Ti mando una mail, perché non ho il cellulare.»

Credo che un'espressione di incredulità comparve sul mio viso, ma lui cambiò rapidamente argomento, come se quella non fosse una questione importante. «Spero tu abbia letto Coleridge, altrimenti non so se potremmo mai essere amici» disse, e io fui lieta di poterlo rassicurare: l'avevo letto, eccome.

Mi accompagnò fino al punto in cui la Audubon Street si biforcava. A destra raggiungeva il quartiere residenziale e poi incontrava la deviazione per Robin House, a sinistra andava verso casa mia e il fiume. Restai a guardarlo salire verso la villa, il passo spedito e i capelli mossi dal vento, con la sensazione di avere incontrato una persona diversa da tutte quelle che avevo conosciuto fino a quel momento.

Se poi cominciai a frequentarlo davvero, e successe quello che successe, fu anche in minima parte responsabilità di mia madre. A casa, mentre preparava la tavola, chiese com'era andata a scuola, e quando raccontai che avevo incontrato di nuovo Julian si fermò con aria incerta. «Credo che dovresti invitarlo qui da noi a mangiare, una volta. È stato gentile ad aiutarti con la ricerca e mi farebbe piacere conoscerlo» disse.

Mia madre era chiaramente curiosa di conoscere il figlio di Ava, ultimo Cooper tornato a Hope. Oltre a questo, però, non le andava che io frequentassi qualcuno che lei non aveva mai visto, di cui non si era fatta un'opinione. Per questo le venne l'idea di invitarlo da noi, proposta che colsi al volo. Se mia madre l'avesse giudicato "un tipo a posto", non mi avrebbe fatto storie e io avrei potuto tornare a Robin House. Riferii l'invito a Julian il giorno dopo e lui sorrise stringendosi nelle spalle.

«Perché no» disse soltanto.

Non ero sicura di sapere che cosa aspettarmi. D'accordo, ero nervosa. Volevo che mia madre si facesse una buona impressione di lui. Solitamente non me ne sarebbe importato nulla, ma questa volta temevo il suo giudizio. Quella notte dormii male, ero nervosa. E la mattina seguente aspettai la campana di fine lezioni con trepidazione. Cercai di non farglielo capire, mentre camminavamo insieme fino a casa. Mia madre lo salutò fissandolo con un sorriso che mi sembrò sincero.

«Sono felice di conoscerti» disse, senza menzionare il fatto che fosse stata amica di sua madre. Mio fratello Dan insistette per mostrargli la sua casetta di legno, in fondo al giardino, e divenne rosso d'orgoglio quando Julian gli fece i complimenti.

Ci sedemmo a tavola, Julian era perfettamente tranquillo. Rispondeva alle domande di mia madre sul Texas e su sua nonna, chiacchierava, si complimentò per le *hush puppies*. Così mi rilassai anche io. Dopo mangiato mamma uscì per accompagnare Dan in piscina.

«Tornerai a trovarci?» chiese mio fratello, e Julian gli scompigliò i capelli con la mano.

«Ma certo!»

Julian aveva superato l'esame, conquistando la sua simpatia.

Come rimanemmo soli, si lasciò cadere contro lo schienale della sedia.

«A questo punto sarei curioso di vedere camera tua» annunciò fissandomi.

Mi alzai e senza dire nulla lo portai al piano di sopra. Lui mi seguì, entrò nella stanza e restò a osservare le mie cose in silenzio. La mappa degli Stati Uniti, il computer, i miei vestiti ammucchiati a terra, ai piedi del letto, i disegni di Dan appesi alle pareti, le mensole dove avevo impilato libri e quaderni.

Trattenni il fiato, aspettando di capire che cosa ne pensasse. Mi sentivo terribilmente vulnerabile, in quel momento. Julian raggiunse il mio portatile e digitò qualcosa sulla tastiera. Una vecchia canzone di Johnny Cash riempì la stanza. Poi andò a sedersi alla finestra. Si muoveva con disinvoltura, come se quella fosse camera sua.

«È bello, qui» commentò scrutando il bosco che cominciava poco oltre il mio giardino. «In Texas era diverso.»

«Io avrei voluto nascere in una città» spiegai, fermandomi in piedi davanti a lui.

«Ci puoi sempre andare» replicò sollevando gli occhi per guardarmi. Fissai le iridi chiare, il contorno morbido delle labbra.

«È esattamente quello che mi rispondeva sempre Grace» dissi.

Mi pentii subito di averla nominata, era un argomento troppo complicato da affrontare e non volevo rovinare il momento. Temevo domande sulla nostra amicizia, curiosità a cui avrei finito per rispondere con qualcosa di triste e un po' patetico. Invece Julian mi spiazzò con tutt'altra domanda.

«Secondo te perché l'assassino ha ucciso proprio lei?»

Mi prese una vertigine e risposi senza pensare.

«Perché Grace era diversa.» Julian mi guardò seriamente, le labbra tirate, gli occhi immobili su di me. «Ti faccio vedere» dissi, voltandomi per raggiungere il sottoscala che mio padre aveva trasformato in un guardaroba per me.

Ciascuno di noi ha segreti da proteggere. I miei erano conservati in un vecchio baule di pelle infilato sotto una scarpiera. Mi inginocchiai per tirarlo fuori, Julian si sedette a terra accanto a me, con le gambe incrociate. A parte la musica alla radio, la casa sembrava insolitamente silenziosa, come se volesse proteggerci dal mondo di fuori. Le serrature scattarono, sollevai il coperchio. Un profumo dolce riempì l'aria.

«Gelsomino» disse Julian chiudendo gli occhi. Annuii. Il mio primo diario segreto aveva le pagine profumate. C'era quello, insieme con decine di cartoline di città del mondo, mappe geografiche, un vecchio volume che avevo rubato in biblioteca e che non avevo nessuna intenzione di consegnare, un reggiseno di pizzo nero che mia madre mai mi avrebbe permesso di indossare, la foto di un ragazzino che aveva vissuto un anno a Hope prima di trasferirsi, per cui avevo preso una cotta colossale. Julian si avvicinò e recuperò un articolo del quotidiano locale che avevo conservato perché si parlava anche di Grace e dei concerti in cui si era esibita. *Hope, tra musica e ballo*, aveva scritto il giornalista, sostenendo che Hope vantasse un numero sopra la media di talenti artistici. Citava Laura Nelson e la compagnia di ballo di Hope e anche, ovvio, "la grande" Ava Cooper.

«L'ho letto anch'io» disse Julian, posando l'articolo solo quando gli passai il grosso quaderno che volevo vedesse.

L'aveva scritto Grace per me. Lì dentro c'era la parte migliore di Grace, i suoi sogni, la prova del suo talento: disegni, canzoni, musica.

Julian sfogliava lentamente le pagine, leggendo.

Sentivo di poter condividere i pensieri di Grace con Julian. Avrebbe capito senza giudicare, in fondo era figlio di una ragazza eccezionale. Mi piaceva immaginare che avesse preso qualcosa da Ava. E non mi sbagliavo.

«Questi li ha scritti lei» constatò con tono ammirato quando tra le pagine trovò diversi spartiti. Era musica che

Grace componeva e poi mi faceva sentire. A volte ci scriveva anche le parole, a volte no. «Era incredibile il modo in cui riusciva a tradurre in note le sue emozioni» dissi. Grace la musica ce l'aveva dentro, era un dono.

Tra le pagine c'erano fotografie che Grace aveva scattato nel bosco, frammenti di sogni di cui aveva preso nota, poesie.

«Aveva talento» commentò Julian.

«Non l'ho mai fatto vedere a nessuno» spiegai quando richiuse il diario, allungandosi per riporlo nel baule.

«Grace era consapevole di quello che avrebbe potuto fare?»

«Si sarebbe trasferita presto a New York, per studiare, aveva vinto una borsa di studio che l'avrebbe portata via da Hope, credo per sempre.»

Lo spazio ristretto del sottoscala ci costringeva a stare l'uno accanto all'altra, il profumo di tabacco dei suoi vestiti si mescolava a quello dolce del baule. Socchiusi gli occhi, senza pensare a nulla. Quando li riaprii Julian era chino sul baule e teneva in mano un disco. Era il vinile di Ava, quello che aveva registrato pochi anni dopo avere lasciato Hope. Lo guardava con aria vagamente confusa. Credo si domandasse che ci facesse lì, tra le mie cose.

«Era sulla bancarella di una fiera e l'ho comprato» spiegai. Non dissi che l'avevo cercato per mesi, che su internet ne avevo trovato solo una copia originale, ma costava una cifra folle. Non gli raccontai quanto mi tremavano le mani per l'emozione, quando l'avevo visto in mezzo a cianfrusaglie di ogni tipo.

«L'hai mai ascoltato?»

Annuii piano. «È bello.»

Julian fissava il sorriso di Ava, congelato a diciassette anni prima su un viso eternamente giovane.

«So che un giorno lo ascolterò» disse.

«Non l'hai mai fatto?» domandai sorpresa.

«Solo una volta, molti anni fa. Ma era troppo difficile.»

C'era una luce strana nei suoi occhi, qualcosa che brillava in fondo, oltre le difficoltà, oltre il dramma della morte dei suoi genitori.

«Il giorno che deciderai che il momento è arrivato, basta che vieni qui e apri il baule.»

Mi rivolse un sorriso così aperto e luminoso, che sentii di dovergli dire la verità.

«Io l'ho ascoltato un milione di volte, è il mio preferito.»

«Il disco di Ava?» Era sinceramente stupito.

«Lo adoro. Adoro lei, la sua voce, le sue canzoni malinconiche e piene di speranza insieme. L'ho sempre ammirata, per quello che ha fatto e per avere avuto il coraggio di andarsene da qui quando ha capito che non poteva ottenere ciò che desiderava» spiegai.

«Sai parecchie cose di lei...» disse sorpreso.

«Credo che Ava fosse una ragazza speciale. Come era speciale Grace.»

Julian lasciò scivolare la mano sul legno del pavimento, lentamente, avvicinandosi a me. Ogni istante si dilatò all'infinito, mentre si accorciava la distanza che ci separava. Julian, sempre più vicino. Ora potevo distinguere ogni singola lentiggine sul suo viso. Trattenni il respiro, mentre lo vidi socchiudere le labbra.

«Non è semplice essere unici, Trinity» sussurrò.

11

Io sognavo di scappare da quell'incrocio di strade perse tra i campi, lui aveva vissuto in un numero imprecisato di città seguendo suo zio Edward Anderson in giro per il paese. Aveva vissuto a Nashville, a San Diego, a Austin e a Texarkana. Non sapeva che cosa significasse davvero crescere in una famiglia e avere radici che ti tengono ancorato in un luogo, ma io potevo spiegarglielo. Julian era abituato a sentirsi estraneo, e questo l'aveva reso forte. Non era semplice per nessuno dei due, ma quando eravamo insieme non dovevamo dimostrare o nascondere nulla. Ogni cosa sembrava naturale.

Cominciammo a cercarci a scuola, tra una lezione e l'altra. So per certo che Jason e Zack ne parlarono con Marla, per sapere che diavolo mi fosse preso e che ci trovassi di tanto interessante nel giovane Cooper. Marla fu saggia abbastanza da suggerire loro di non preoccuparsi per me.

Poi divenne un'abitudine trascorrere insieme anche i pomeriggi, perché comunque non avevamo altri amici. A me piaceva andare a Robin House, sorprendermi ogni volta delle stanze ben ammobiliate che si nascondevano dietro la facciata decrepita.

Scoprii che la vecchia Winnifred aveva davvero qualcosa di strambo. La sorpresi più di una volta a parlottare in salotto, come se stesse confidando qualcosa di molto importante a qualcuno, ma quando mi affacciavo sulla soglia della stanza la trovavo sola. E poi, scoprii che sapeva moltissime cose di Hope e dei suoi abitanti. Per essere stata chiusa in casa tanto tempo, era sorprendentemente informata su quello che accadeva. Sapeva che Grace sognava un futuro nella musica, che Ted aveva cominciato a lavorare da mio padre e che Jason era diventato capitano della squadra. Non ho mai capito esattamente come potesse tenersi così informata, immagino che avesse qualche amico con cui chiacchierava, vecchie conoscenze. In fondo, i Cooper erano stati una famiglia importante, da queste parti, sono a Hope da sempre.

Era chiaro che la vita di Hope le interessava, ma prestava poca attenzione a me e Julian, limitandosi a prepararci da mangiare e a rivolgerci qualche domanda sulla scuola. Era sempre gentile e cordiale, sapeva essere ironica e divertente, ma non aveva nulla in contrario a lasciarci soli tutto il pomeriggio, scomparendo in qualche meandro della casa. Se mia mamma avesse saputo come andavano le cose a Robin House, non mi avrebbe permesso di frequentare la casa sulla collina: aveva fiducia nel mio giudizio ma riteneva poco conveniente che io trascorressi così tanto tempo con un ragazzo, in totale libertà, senza nessun altro intorno. Su questo era piuttosto tradizionalista.

Per me non dover subire la curiosità o le attenzioni di un adulto era un sogno. Mi aggrappai a Julian e alla pace di Robin House per sopravvivere alla malinconia di quell'inverno straordinariamente freddo, alla mancanza di Grace, alle indagini che tenevano mio padre in ufficio fino a tardi.

Finché stavo con Julian potevo dimenticare il resto. Aveva un modo unico di guardarmi, così intenso da cancellare tutto, facendomi sentire l'unica cosa importante di tutto il pianeta. Non c'era nessuno come lui, a Hope. Senza cellulare, ma con un'intera collezione di libri di poesie.

«Tri, vieni qui» diceva abbassando la voce fino a renderla roca, quando il sole calava all'orizzonte e camera sua scivolava nella penombra. Allora mi alzavo dalla scrivania e lo raggiungevo a terra, sul grande tappeto antico dove si sdraiava per studiare, sparpagliando quaderni intorno a sé. Lo raggiungevo e ascoltavamo vecchi dischi di Cole Porter, lasciando correre i sogni sulle mappe geografiche che tappezzavano il soffitto.

Quando allungava la mano verso di me per afferrare una ciocca dei miei capelli e farla scivolare tra le sue dita mi sentivo rabbrividire in un modo che non avevo mai provato con Jason. Julian si comportava con la sicurezza di chi non deve domandare nulla, come se avesse avuto un diritto incontestabile su ciò che desiderava.

All'inizio immagino che fu la noia a farlo avvicinare a me, il fatto che non avesse altri con cui passare il tempo. Ero la ragazza di provincia sprovveduta con cui intrattenersi in attesa di partire di nuovo. Poi, gli dimostrai che io potevo capirlo. Accadde il giorno in cui trovai un libro di poesie sul suo comodino.

«Ti piace Walt Whitman?» domandai sorpresa, stringendo il volume tra le mani.

«Ti sembra una lettura così strana?» chiese lui con tono secco, sistemando la puntina del giradischi sul vecchio vinile. Lo avevamo trovato in salotto e avevamo deciso che sarebbe stato più utile su, in camera di Julian.

«Sì, è strano. Ma piace anche a me» risposi titubante.

La musica riempì la stanza, Julian si avvicinò e mi prese il libro di mano. Feci appena in tempo a notare che alcune pagine erano state riempite di appunti presi a matita, scritti in una calligrafia minuta e nervosa. Provai a sostenere il suo sguardo, ma sembrava volermi accusare di avere violato uno spazio che non intendeva condividere. Chiuse il libro nel cassetto del comodino poi si fermò davanti a me, vicinissimo. Sentivo il sibilo del suo respiro, il profumo di tabacco della sua pelle.

«*Eravamo insieme, tutto il resto del tempo l'ho scordato*» disse piano, citando a memoria un aforisma del poeta.

Poi la tensione scomparve all'improvviso, Julian si voltò dandomi le spalle e, con tono di nuovo normale, aggiunse: «Non penso che potrei discutere delle mie letture con molta gente, da queste parti».

«No» ammisi. Per la maggior parte dei ragazzi di Hope leggere poesie era un'occupazione assurda.

Cambiai velocemente argomento ed evitai di dimostrare troppa curiosità. Julian non amava le domande. Non parlava del passato, né di suo zio Edward. Non raccontò quasi nulla di Austin e del Texas, o dei posti in cui aveva vissuto, degli amici che aveva lasciato, delle ragazze che sicuramente aveva avuto. Sapevo che negli ultimi tempi aveva cambiato città spessissimo, perché suo zio continuava a trasferirsi per seguire i casi più interessanti, in giro per il paese. Era un avvocato famoso, della sua vita privata, però, si sapeva poco. Intuii che era un uomo severo, attento alla disciplina, per nulla affettuoso. Non si era mai sposato, che io sappia non ha mai neppure avuto una compagna. Era chiaro che a Julian non faceva piacere parlare di lui, come del suo passato in generale. Faceva eccezione solo per sua mamma: era l'unico argomento che accettava di affrontare. E io, dal canto mio, avrei potuto parlare di Ava per ore.

Gli raccontai quel che sapevo dei tempi in cui i nostri genitori frequentavano la Hope High. Cominciavamo a discutere di Ava e spesso finivamo a parlare di Grace. Al tempo non lo compresi, ma ora so che era Julian a portarmi su quell'argomento. Io sedevo a terra, con la schiena appoggiata alle pareti tappezzate e lui si sdraiava appoggiando la testa sulle mie gambe, fingendo di non accorgersi dell'effetto che mi faceva sentire i suoi capelli dorati tra le dita. Ma sono certa che lo sapesse: non ero stata così vicina a nessun altro ragazzo a parte Jason, e in quei momenti gli avrei rivelato qualsiasi cosa.

Le nostre restarono chiacchiere fino a un tardo pomeriggio di fine febbraio in cui lasciò trapelare le sue vere intenzioni.

Eravamo sul grande letto in ferro battuto, io seduta a gambe incrociate e lui sdraiato, e stavamo ascoltando un vecchio disco di Hank Williams che Julian aveva trovato in salotto. Tutto in quella casa era rimasto fermo al passato.

«Credi che lo troveranno?» mi chiese a un tratto.

«Chi?»

«L'assassino.»

«Non lo so. Di certo stanno lavorando duramente.» Ultimamente mi ero interessata meno alle indagini, l'arrivo di Julian mi aveva dato altro a cui pensare. Non ero più sola, adesso c'era lui. E poi non c'erano state eclatanti novità. Brianna, Ted e Samuel continuavano a seguire ogni possibile pista per identificare l'assassino, ma il loro era diventato un lavoro lento e metodico, basato sulla verifica dei fatti, sulle analisi fatte in laboratorio. Tenermi aggiornata su quel che accadeva era diventato quasi impossibile.

Lui si sollevò, appoggiandosi sul gomito, il suo viso a una spanna dal mio. Aggrottò la fronte in un'espressione severa.

«Possibile che non ti faccia impazzire sapere che lui è ancora là fuori?»

Ebbi l'impressione che mi stesse accusando di qualcosa, così replicai scocciata: «Certo che è assurdo, ma che cosa ci posso fare?». Lui continuava a fissarmi, immobile. «Comunque potrebbe essere una *lei*» aggiunsi, a disagio.

«In che senso?» domandò interessato.

«Chi ha ucciso Grace potrebbe essere un uomo non troppo muscoloso ma anche una donna.»

Ora Julian era davvero interessato.

«E tu come lo sai? Non ho letto nulla del genere da nessuna parte» mi incalzò.

«Lo so e basta» replicai seccamente, senza registrare quel che era davvero importante: si era documentato, aveva seguito l'indagine. La mia attenzione era tutta rivolta ad altro. Avevo commesso una leggerezza di cui mi ero già pentita, nessuno doveva sapere quello che mio padre mi raccontava.

«D'accordo, Triny, lei o lui che sia: ha ucciso già due volte, come fai a startene così tranquilla, continuando la solita vita, limitandoti ad aspettare che l'assassino commetta un passo falso e venga catturato? Non è possibile che tu non faccia *qualcosa*.»

A sentire queste parole drizzai la schiena. Eravamo l'uno davanti all'altro, entrambi serissimi. Mi stava trascinando in una discussione senza senso. Di che cosa mi voleva incolpare?

«Ju, stiamo parlando di un serial killer, cosa diavolo ti aspetti che faccia?» ribattei stizzita.

«Dicono che è qualcuno di qui, che conosce bene la zona e sa come muoversi. Al bosco è arrivato a piedi, perché non hanno trovato tracce fresche di pneumatici. Questo era scritto perfino sui giornali.» Altri dettagli che dimostravano come avesse seguito la vicenda.

«D'accordo, e allora?»

«La polizia starà facendo un ottimo lavoro, ma questa è una faccenda che riguarda personalmente gli abitanti di Hope e te in particolare. Triny, ha ucciso la tua migliore amica e tu stai qui a non fare nulla. Io non ti capisco» disse con voce dura.

Trattenni il fiato, sentendo il sangue arrossarmi le guance. Ero arrabbiata, ce l'avevo con chi mi aveva portato via Grace e anche con lui. Che diritto aveva di giudicarmi? Solo perché aveva viaggiato per mezzo Paese pensava di sapere come affrontare una situazione così difficile?

«Che cosa dovrei fare, secondo te?»

«Ti lamenti tanto di Hope, conti i giorni che ti separano dal momento in cui potrai andartene e cominciare un college lontano da qui, ma sei quella che ha reagito meno di tutti. Molti ragazzi hanno organizzato ronde per controllare le strade, persino il tuo ex fidanzato ha cercato di scoprire chi fosse stato…» Avvampai. Come faceva a sapere di me e Jason?

«Sì, ma sospetta la persona sbagliata e ha reso la vita un inferno a un innocente» sibilai furiosa.

«Tuo padre è lo sceriffo, la vittima era la tua migliore amica: tu puoi scoprire che cosa è successo.» Il suo tono era duro, quasi cattivo.

«Non credo proprio che potrei fare nulla del genere.»

«Potresti *provarci*.»

«E se anche lo facessi? Che cosa cambierebbe?» domandai con tono provocatorio.

«Non sogni di fare la giornalista?» mi domandò fissandomi. Senza aspettare la mia risposta continuò: «Comincia a farti delle domande e trova le risposte».

Uscii da Robin House arrabbiata, offesa e confusa allo stesso tempo. Attraversai velocemente il paese, a passi rapidi, senza davvero vedere nulla di quello che mi circondava. Ero furiosa.

Entrai in casa cercando di evitare mia mamma e Daniel, che stavano preparando dei biscotti in cucina, e mi chiusi in camera mia, dove mi lasciai cadere sul letto, con gli occhi chiusi, affondando la testa nel cuscino.

Che ne sapeva, Julian. Mi ero tormentata con mille domande sin dal giorno in cui Grace era scomparsa, senza ottenere nulla di più che rovinarmi l'esistenza: chi è stato, perché, possibile che nessuno sappia nulla, che legame c'era tra Grace e il suo assassino, che cosa ha provato nei suoi ultimi istanti di vita. Perché portarle via le mani, perché dimostrare tanta cura nel sistemare il cadavere. Perché Laura Nelson. C'erano altre ragazze morte, nascoste da qualche parte, là fuori? E, ancora peggio, ce ne sarebbero state altre, in futuro?

Troppe domande restavano senza risposta, di certo non perché non desiderassi scoprire la verità.

12

Quella notte restai a riflettere troppo e dormii poco, rigirandomi nel letto con gli occhi fissi al soffitto bianco su cui la luna disegnava linee curve che si perdevano nel nulla come i miei pensieri. Le domande mi rimbombavano nella testa, mescolandosi a paure e brutte sensazioni.

Il giorno dopo mi svegliai all'alba. Lo specchio mi restituì l'immagine della mia faccia pallida, con gli occhi cerchiati di scuro, incorniciata dai miei lunghi capelli castani spettinati. Mi concessi una lunga doccia bollente, poi infilai un paio di stivali sui jeans, una felpa scura, e uscii di casa prima del solito. Sentivo lo stomaco stretto come un pugno rabbioso, a fare colazione non ci pensavo proprio. A mia madre, che incrociai in cucina ancora in pigiama e vestaglia, raccontai che dovevo incontrare Julian per rivedere una ricerca prima di consegnarla al professor Pilgrim. Le bugie condite con un pizzico di verità risultano sempre più convincenti. Lei mi lanciò un'occhiata obliqua, ma non mi disse nulla.

Raggiunsi la collina di Robin House e mi fermai sul ciglio della strada, davanti al cancello arrugginito. L'aria era fredda, il cielo grigio e nuvoloso, il quartiere immerso nel silenzio. Una leggera nebbiolina si era depositata a terra, tra i cespugli spinosi e l'erba alta. Infilai le mani nelle tasche del mio parka e aspettai, mordicchiandomi le labbra come facevo sempre per vincere il nervosismo. Dopo poco la porta si aprì e Julian scese lentamente verso di me, lungo il vialetto che attraversava il giardino incolto, con il suo passo lento e la borsa con i libri a tracolla. Osservai i jeans stretti sulle gambe, le ciocche di capelli castani che spuntavano da sotto il cappello di lana, lo sguardo beffardo e le labbra morbide, terribilmente sensuali.

«Ciao, Triny» disse raggiungendomi. Non sembrava affatto sorpreso di vedermi davanti a casa sua a quell'ora. Mi domandai se ci fosse qualcosa capace di sorprenderlo.

Facendomi coraggio dissi quello che avevo in mente, prima di cambiare idea: «Oggi vieni con me in un posto».

«D'accordo» rispose stringendosi nelle spalle.

Non chiese spiegazioni, non volle sapere dove lo stavo portando. Probabilmente lo sapeva già, ed era quella la ragione del mezzo sorriso che comparve sul suo volto. Aveva vinto lui, mi aveva lanciato una sfida e io avevo abboccato. Era questo suo atteggiamento spavaldo a rendermi più audace di quanto fossi mai stata.

Non avevo mai saltato un giorno di scuola in tutta la mia vita. Nessun ragazzo oltre a Jason mi aveva mai accarezzato i capelli o appoggiato la testa sulle mie gambe, guardandomi nel modo in cui mi guardava Julian. La lista delle mie "prime volte" cominciava a essere lunga, ma io in quella fredda mattina di febbraio pensavo solo alla sua presenza accanto a me, alla sua mano che qualche volta sfiorava la mia, mentre avanzavamo vicini.

Scelse di seguirmi in silenzio, attraversando le strade di Hope fino a Ouachita Road, senza chiedermi nulla.

Incrociammo l'auto di Ted diretta alla centrale e io trattenni il fiato; per fortuna non ci notò.

La strada attraversava un gruppetto di case sempre più distanti l'una dall'altra, nella periferia del paese. Da quelle parti i giardini erano trascurati, le auto parcheggiate nei vialetti vecchie e le facciate scrostate.

Dopo avere raggiunto i primi alberi, l'asfalto lasciava il posto alla terra battuta. Oltre c'era il bosco, l'ombra umida della notte tra i tronchi antichi, un intreccio inestricabile di querce e aceri centenari, cespugli spinosi, muschio e foglie putrefatte.

Restammo un po' fermi a guardare quello spettacolo, interrogandoci su tutti i segreti che si nascondevano là dentro. Sembrava un mondo a sé, alieno da Hope, senza tempo. Poi Julian si voltò verso di me e disse solo: «Andiamo». Fu lui a dirlo, non io.

Sapeva esattamente che cosa avevo in mente, sapeva dove ero diretta, cosa intendevo affrontare. Lo sapeva già da prima che lo capissi io, e non c'era bisogno di dirci nulla. Era pronto ad accompagnarmi, a restare al mio fianco.

Julian era terribilmente intelligente, questo lo compresi frequentandolo. Aveva quel genere di sensibilità che può essere un grande dono o un'arma micidiale, a seconda di quello che vuoi farci.

Ci siamo avventurati tra gli alberi, su quel sentiero oltre il Green Stone River che conduce al luogo dove Grace era stata uccisa. A terra un tappeto di foglie secche ormai ricoperte di fango attutiva i nostri passi, mentre i rami spogli lasciavano filtrare la luce fredda del sole infrangendola in ombre lunghe e confuse. L'aria era immobile, umida. L'atmosfera pesante e opprimente. Gli alberi sembravano sollevare i loro rami secchi verso il cielo grigio, in una preghiera muta e disperata.

«Veniva a correre qui, da sola?» domandò Julian, guardandosi intorno.

Annuii, rabbrividendo. Poi mi concentrai sul sentiero che scivolava tra i tronchi ricoperti di muschio e gli arbusti spogli, attraverso la vegetazione selvatica. Il bosco circondava Hope, ma il paese se ne teneva a distanza. Qualcuno andava a camminare sui sentieri principali, i ragazzi si tuffavano nel Green Stone River nell'unico punto dove il fiume offriva una spiaggetta di sassolini, d'estate. Ma la maggior parte degli abitanti di Hope stava alla larga da quel posto. Troppo buio, freddo, ostile.

Più avanzavamo, più sentivo crescere in me un senso di repulsione, ma non mi fermai. Ero decisa ad arrivare fino in fondo.

Quasi certamente non avrei trovato alcuna risposta tra quei vecchi aceri, ma non avrei dato a Julian la possibilità di accusarmi una seconda volta di non affrontare i demoni che avevano sconvolto la mia vita.

Così lo portai oltre il fiume, ingrossato dalla pioggia dell'ultimo mese, fino alla piccola radura oltre la quale il suolo si apriva in un crepaccio.

E lì mi fermai. «L'hanno ritrovata qui» dissi senza guardarlo, sollevando il mento per indicare il punto.

Fino a quel momento avevo evitato quel luogo, e non immaginavo che sarebbe stato così duro. Non restava più nulla; era stato tutto fotografato, raccolto in sacchetti di carta, catalogato e numerato. Eppure il ricordo di Grace mi travolse. La mia amica, il cui cranio era stato fracassato con un sasso pesante. Era stata soffocata, fino a farle uscire gli occhi dalle orbite, fino a farle esplodere i capillari del volto.

Le sue mani segate via e mai più ritrovate. Un cadavere sepolto sotto una coperta di foglie secche, nella terra umida.

Quei pensieri improvvisamente mi colpirono come un pugno sferrato a sorpresa, trascinandomi in una vertigine di orrore. Non tentai neppure di fermare le lacrime, singhiozzai mentre un capogiro mi costringeva ad aggrapparmi a Julian. Finii tra le sue braccia, affondai la faccia nel suo maglione, stringendomi al suo petto. Piansi come avrei dovuto fare quel giorno di agosto, abbandonandomi al dolore che ti afferra il cuore e serra i suoi artigli togliendoti il fiato. Lui mi accarezzò dolcemente il capo, lasciando correre le dita tra i miei capelli.

Aveva dannatamente ragione: quel posto mi aspettava. Dovevo tornare qui, dovevo vedere, immaginare che cosa era accaduto, affrontare l'incubo che si era portato via Grace.

Non so quanto restai lì, persa in quei pensieri, ma il tocco delicato della sua mano sulla pelle del mio collo lentamente mi riportò alla realtà. Era come se il peso del dolore e della paura avesse spalancato al centro del mio cuore un baratro che pretendeva di essere colmato.

Sollevai il viso e trovai i suoi occhi immobili, le ciglia lunghe. Il profilo perfetto del naso, le efelidi chiare e le labbra morbide, socchiuse. In nessun'altra situazione avrei osato farlo, ma in quel momento non ero del tutto in me: le mie mani sfiorarono il suo petto.

Oddio, com'era buono il suo profumo. Bastava smettere di pensare, concentrarmi sul battito del suo cuore e dimenticare tutto il resto.

«Triny...» disse piano. Poi mi strinse a sé, il mio corpo si sciolse, un calore improvviso fece avvampare le mie guance, sentii il suo respiro diventare più profondo. Chiuse gli occhi e lasciò correre le labbra socchiuse lungo il mio collo, su verso l'orecchio, seguendo la curva del mento e poi sempre più vicino alle mie. Dovevo fermarlo, perché non poteva succedere questo – non in quel momento, non nel bosco – eppure volevo solo che andasse avanti.

Totalmente sbagliato, eppure non avevo mai desiderato così tanto qualcosa.

«Julian...» ansimai sottovoce, ma mi bloccai all'improvviso.

Il rumore secco di un ramo spezzato ci riportò alla realtà. C'era qualcuno nel bosco, tra gli alberi spogli. Riconobbi il rumore di sassi smossi, un respiro in affanno. Il respiro di un uomo. Ma chi poteva esserci proprio lì, dove Grace era stata ritrovata, in una mattina di un giorno qualunque come quello? Mi guardai attorno e non vidi nessuno. Mi sembrò di riconoscere dei passi lenti, ma era impossibile capire da dove esattamente venissero.

«Ehi!» urlò Julian. Nessuno rispose.

Chiunque fosse, si stava nascondendo. Mi sentivo osservata, vulnerabile, terribilmente imbarazzata per quello che stava succedendo tra me e Julian sotto quello sguardo sconosciuto.

Improvvisamente il rumore secco di un ramo spezzato ruppe il silenzio, rimbombando tra gli alberi, e il cielo si macchiò delle piume nere di un gruppo di corvi che presero il volo, gracchiando spaventati. Sobbalzammo entrambi. Poi, senza bisogno di dire nulla, cominciammo a correre verso Hope, la mia mano stretta nella sua e la sensazione di essere seguiti sempre più intensa.

Corsi senza pensare più a nulla, con i muscoli che bruciavano e il sudore che mi incollava la maglia alla pelle. Il panico mi offuscava la mente, finii per perdere ogni punto di riferimento. Correvo e basta, senza pensare a dove stavo andando.

Julian si bloccò all'improvviso, io finii contro di lui, rischiando di cadere a terra. Realizzai che era a Hope da pochissimo, che non poteva conoscere quei luoghi, che probabilmente ci stavamo muovendo a caso. Solo io potevo riportarlo in paese, ma la paura mi confondeva.

Risuonò nel bosco il rumore di passi affrettati: chiunque fosse non si preoccupava più di nascondersi, ci stava seguendo. Essere spiati in quel luogo macchiato da un dramma violento, proprio mentre io e Julian ci stavamo per baciare, era già orrendo. Ma scoprire di essere seguiti rendeva la situazione insopportabile. I miei occhi si riempirono di lacrime, sentivo le gambe tremare e i polmoni esplodere.

«Andiamo» disse stringendo la mia mano con forza.

Riprese a correre, trascinandomi con sé. Riuscì a orientarsi e a trovare il sentiero. A un tratto vidi in lontananza il campanile della chiesa oltre gli alberi, sentii il borbottio di un trattore. Ormai mancava qualche decina di metri alla strada. Proprio quando stavo cominciando a pensare che ce l'avevamo fatta, Julian voltò bruscamente a destra e mi trascinò dietro un grosso masso. Fu una mossa così improvvisa che incespicai e caddi. Mi ritrovai a terra, sdraiata contro di lui, le mie gambe intrecciate alle sue, il suo braccio stretto attorno le mie spalle, la sua mano premuta saldamente sulla bocca per non farmi parlare. Increspò le labbra per dirmi di non fiatare, poi indicò qualcosa sul sentiero. Alzai lo sguardo e lo vidi: Roger Freesbury sbucò dal bosco. Sul suo volto angelico c'era un'espressione strana, che non gli avevo mai visto.

13

Quando risalimmo di corsa la collina di Robin House avremmo dovuto essere a scuola, perché mancavano ancora un paio d'ore alla fine delle lezioni. Per strada non avevamo incrociato nessuno di conosciuto, ci eravamo calati i cappucci in testa ed eravamo tornati in paese a passo rapido. Ci infilammo dentro casa chiudendoci alle spalle la massiccia porta di legno. Tutto era silenzioso, non c'era traccia di nonna Winnifred. Chissà che cosa avrebbe detto, se ci avesse trovati a casa a quell'ora.

«Andiamo» mi bisbigliò Julian all'orecchio.

Salimmo in punta di piedi le scale fino a camera sua, e solo quando ci chiudemmo la porta alle spalle cominciai a sentirmi al sicuro.

«Oddio, ci stava guardando» dissi, lasciandomi cadere a sedere sul letto di Julian e accoccolandomi sulla trapunta celeste. Avrei voluto che venisse da me, che mi stringesse ancora tra le braccia, ma la magia di quel momento nel bosco sembrava essere scomparsa. Camminò nervosamente per la stanza, con le mani tra i capelli chiari, arruffandosi i ciuffi disordinati.

«Sì» disse, «ho avuto il sospetto che qualcuno ci stesse spiando.» Stupidamente mi infastidì scoprire che, proprio mentre io pensavo solo alle sue labbra, Julian era vigile e osservava quel che succedeva intorno a noi.

«Che imbarazzo» bisbigliai, arrossendo. Che cosa aveva visto Roger? Aveva capito che cosa stava accadendo tra me e Julian?

«Triny» disse Julian fermandosi in piedi davanti a me e costringendomi a sollevare lo sguardo per guardarlo, «non è il momento di vergognarsi.»

«Be', mi sembra abbastanza normale, no?» replicai seccata, distogliendo lo sguardo. Iniziai a domandarmi che idea si fosse fatto Julian di me, ma lui mi riportò bruscamente alla realtà.

«Non è importante quello che ha visto, ma la ragione per cui era nel bosco.»

«Roger trascorre tantissimo tempo nel bosco, ha una grande difficoltà a relazionarsi con le persone...» cominciai a spiegare.

«Di tutti i posti possibili, lui ama passeggiare proprio dove è stato commesso un omicidio? Non hai mai sentito tuo padre parlare delle abitudini dei serial killer? Tornano nel luogo dove hanno perpetrato la violenza.» Io rimasi in silenzio, a mandare giù quel boccone amaro. «Il bosco è grande, perché Roger era lì, tra le decine di ettari di natura incontaminata che circondano Hope?» aggiunse.

«Oh Dio...» dissi, ripensando a tutti i pettegolezzi che avevo sentito nelle ultime settimane.

«Non sto dicendo che ha ucciso Grace, però è strano» aggiunse Julian.

«Potrebbe essere un caso.»

«Ci credi davvero?» mi domandò chinandosi sulle ginocchia. Ora eravamo l'uno davanti all'altro, io sul letto e lui a terra, le sue mani strette sulle mie ginocchia. Non risposi perché no, non credevo nemmeno io che fosse un caso. Roger conosce il bosco meglio di chiunque altro, sa orientarsi tra i suoi sentieri anche con il buio. Ma ancora faticavo a credere che dietro ai suoi silenzi e ai suoi strani comportamenti si nascondesse il mostro che aveva ucciso Grace.

«Roger è estremamente sensibile, non potrebbe fare del male a nessuno» spiegai.

«Lo conosci davvero o questa è l'idea che ti sei fatta di lui?» domandò Julian con dolcezza, lasciando risalire le mani lungo le mie gambe mentre si sedeva a terra, pronto ad ascoltare quel che avevo da dire. Cercai di non pensare a quanto fosse vicino a me e mi concentrai su quello che sapevo di Roger.

«Lo conosco abbastanza da avere un'opinione, non l'ho mai visto fare nulla di violento. Mai, neppure quando ne avrebbe avuto ragione...» mi lasciai sfuggire.

Oh Dio, la presa delle sue mani sulle mie gambe mi offuscava i pensieri.

«Ci sono state occasioni in cui avrebbe potuto reagire male?» mi domandò. Capivo che il mio discorso andava nella direzione opposta a quella che avrei voluto, ma ormai era tardi per negare.

«D'accordo, è stato preso in giro da qualcuno, anni fa. Ma quando la faccenda è venuta fuori, il preside ha convocato i genitori. È perfino arrivato uno psicologo per parlare di bullismo e tutto si è risolto. Sono anni che nessuno disturba più Roger.»

«In pratica lo escludono, lasciandolo solo...»

Sospirai. Non era semplice da spiegare. Nulla in Roger era semplice. «Roger ha sempre avuto difficoltà a parlare, benché sia molto intelligente.» Julian mi fissava con aria poco convinta. Presi fiato e mi preparai a una descrizione dei fatti più dettagliata di quella che avrei voluto affrontare in quel momento. «A scuola abbiamo fatto dei test, molti anni fa, e lui è risultato dotato in modo straordinario. Se si tratta di risolvere un esercizio di matematica o di capire un teorema di fisica, è imbattibile. Ma su ogni altra faccenda, be', Roger è un ragazzo…» faticai a trovare la parola, così Julian mi venne in aiuto: «… diverso».

«Roger parla poco, non ha amici, evita gli ambienti affollati e quelli sconosciuti. Con i numeri e la matematica è un genio, ma quello che non può controllare lo manda in panico e lo terrorizza. E nulla è più imprevedibile di una persona spaventata» riassunse Julian.

«Posso dirti che cosa hanno capito i dottori: prova emozioni come chiunque altro, ma non riesce a esprimerle alle persone che lo circondano e questo gli rende impossibile adeguarsi alla vita che noi tutti consideriamo normale.»

Julian mi guardò sollevando le sopracciglia: «Che cosa intendi?».

Sospirai e provai a spiegargli meglio. «Si comporta in totale coerenza con ciò che prova. Se a scuola durante una lezione si sente felice perché fuori c'è il sole, non è capace di restare seduto in silenzio.»

«Come un bambino.»

«Esatto, per certi versi avrà sempre quattro anni.»

«Un bambino con la faccia d'angelo e l'intelligenza da premio Nobel…»

Spiegata così era inquietante. Ma bisognava conoscere Roger, per capirlo.

«Ha l'innocenza di un bambino, i suoi comportamenti non sono mai frutto di calcolo. È spontaneo, generoso, la violenza lo terrorizza.»

«Ma i bambini possono anche essere terribilmente crudeli, anche senza ragione» aggiunse Julian con aria meditabonda.

«E non sanno tenere un segreto» aggiunsi a bassa voce, mentre un terribile pensiero era emerso tra tutte le altre considerazioni.

«No, soprattutto se vedono qualcosa che non capiscono...» aggiunse Julian, socchiudendo gli occhi e lasciando correre le mani sulle mie gambe fino ad afferrarmi i fianchi, «... o qualcosa che li incuriosisce, su cui non possono smettere di rimuginare.» Mi tirò a sé, fino al bordo del letto, lui seduto a terra, gli occhi fissi nei miei con quell'espressione che non sapevo decifrare.

«Ci stava spiando» bisbigliai, rabbrividendo un po' al pensiero di quegli attimi nel bosco, un po' per il calore delle mani di Julian strette sul mio bacino.

«E scommetto che gli piaceva.» La voce di Julian si fece roca, mentre con le braccia mi stringeva, accompagnandomi giù dal letto, seduta a terra davanti a lui. Era così vicino a me che mi parve di vedere i suoi tratti sfuocati. Mi domandavo che cosa stessi facendo, come fossimo arrivati a questo – io e lui, stretti l'uno all'altro – se appena pochi minuti prima discutevamo della possibilità che Roger fosse un serial killer. Desideravo andarmene e desideravo avvicinarmi ancora di più.

«Anche a me piaceva quel che stava accadendo nel bosco...» mi sussurrò Julian, facendo correre le labbra lungo il profilo del mio orecchio e poi sulla pelle bollente del mio viso. Sfiorò la mia bocca e mi sentii precipitare in un vuoto da cui non sarei uscita mai più, se fosse dipeso da me, e per reagire a quella vertigine mi strinsi contro di lui, le mie mani sui suoi fianchi e poi lungo la schiena, a esplorare i muscoli che si muovevano mentre le sue braccia si spingevano sotto la mia maglietta. Sentivo il tocco morbido delle sue dita attorno al mio ombelico e poi giù, oltre i pantaloni, a sfiorare l'elastico ruvido delle mie mutande.

Non ho mai permesso a nessuno di farmi questo, pensai con sorpresa mentre le mani di Julian risalivano repentine incrociandosi sulla mia schiena, stringendomi in un abbraccio a cui mi abbandonai completamente, socchiudendo le labbra contro le sue.

Ci baciammo con dolcezza, lentamente, indugiando in ogni nuovo istante. Fu come rivivere il mio primo bacio; come se il suo tocco potesse farmi riscoprire di avere una pelle capace di avvampare, come se fosse lui a comandare i miei muscoli, il mio sangue, il battito del mio cuore, rispolverando desideri che con Jason avevo sempre zittito, seppellendoli sotto altri pensieri.

Il suo bacio era dolce, ma le sue mani si muovevano decise, scivolando nuovamente sotto la mia maglietta, risalendo i contorni di pizzo del mio reggiseno per poi accarezzare la linea delle scapole. Il suo era un tocco sicuro, sceglieva con cura quali punti di me esplorare. Il suo bacio divenne molto più appassionato e profondo. Mi spinse indietro, la schiena contro il tappeto, la pressione del suo corpo contro il mio. Chiusi gli occhi e cercai ancora le sue labbra, mentre sentivo la mia maglietta risalire e il bottone dei jeans cedere sotto le sue dita.

Un nuovo brivido mi scosse, ma non era il freddo a provocarlo, quanto l'improvvisa consapevolezza che non avrei avuto la forza di fermarmi. Non questa volta, non con Julian. Sollevai la sua felpa per sfilarla, ma Julian si ritrasse di colpo, ricoprendo nervosamente i centimetri di pelle nuda. Si alzò da terra e sedette accanto a me, a gambe incrociate, in un silenzio che portò il gelo tra noi.

Mi risistemai la maglietta, mi girai su un fianco e strinsi le ginocchia al petto, guardandolo.

«Julian» bisbigliai soltanto, senza trovare le parole giuste per esprimere la confusione che provavo. Che era accaduto, che cosa avevo fatto di male? Perché si era allontanato da me in quel modo?

«Triny, scusami» disse con un tono ferito. Aveva uno sguardo perso, fragile. Improvvisamente Julian – il ragazzo senza famiglia che aveva vissuto ovunque e non temeva nulla – mi sembrò vulnerabile. E la colpa era solo mia.

«Non sei tu» aggiunse, come se potesse leggermi i pensieri. Ma io non potevo credergli. Certo che avevo sbagliato qualcosa, perché altrimenti non si sarebbe fermato. Non in quel momento.

Mi sentii una stupida. Ero pronta a fare con Julian quello che non avevo mai concesso a Jason, ed era finita così, con un suo rifiuto. Mi veniva da piangere, ma non volevo concedergli di umiliarmi una seconda volta.

Julian mi tirò a sé, abbracciandomi dolcemente.

«Scusa, Triny, prometto che ti spiegherò tutto.»

«Non ora, però, immagino» dissi.

«No. Non adesso.»

Mi alzai, cercando di ricompormi. Raccolsi la mia giacca con le mani che tremavano e andai verso la porta. Lui mi seguì. Julian sollevò il braccio verso di me, come se mi volesse fermare, ma non disse nulla e si fermò al centro della stanza. Mi voltai un'ultima volta, domandandomi se quello che era successo tra noi, qualunque cosa fosse, stesse finendo così. Poi uscii dalla sua stanza, chiudendomi la porta alle spalle.

Tornai a casa sentendo i pensieri ovattati e la testa lontana. Ero confusa, stordita da quanto accaduto, umiliata. Salii i tre scalini della veranda e mi fermai davanti alla porta d'ingresso. Tutto era silenzioso. Entrai in cucina e non trovai nessuno, ma la tavola era apparecchiata. Accanto al piatto c'era un foglio su cui mia madre aveva scarabocchiato qualcosa: "Ti ho lasciato il pranzo nel forno, sono con Dan alle prove del teatro".

Mi sentii male per le bugie che avevo raccontato ai miei genitori e per come si sarebbero sentiti se avessero scoperto la verità. Ripensai alle mani di Julian sulla mia pelle e avvampai, vergognandomi. Conoscevo bene l'opinione dei miei al riguardo. E l'avevo pensata allo stesso modo: anch'io volevo essere una brava ragazza, studiare per ottenere i voti migliori e poi venire ammessa in una buona università, anch'io credevo nella parola di Dio e credevo che il sesso fosse qualcosa di speciale, per cui aspettare il momento giusto. L'avevo pensato anch'io, prima che la mia migliore amica fosse assassinata da un serial killer, prima che il figlio di Ava Cooper arrivasse da chissà dove e posasse su di me quel suo sguardo magnetico.

Ignorai il pasto e corsi su per le scale, in camera mia. Mi spogliai e restai a lungo sotto la doccia, sperando che l'acqua calda potesse togliermi di dosso il ricordo delle sensazioni che avevo provato a Robin House.

Poi mi infilai un paio di pantaloni di felpa, legai i capelli in una coda e accesi il computer. Avevo due ricerche di storia da finire e *Addio alle armi* da leggere per il corso di letteratura. Recuperai libri e quaderni, decisa a mettermi in pari con i compiti e a concentrare le mie energie in qualcosa di costruttivo. Studiare mi impediva di pensare e mi faceva sentire nel giusto, finalmente.

Restai seduta sul letto fino al tardo pomeriggio, con il portatile acceso, circondata da libri e quaderni. Mi sentivo strana, ma lo studio mi distraeva. Poco prima di cena sentii una macchina parcheggiare nel vialetto e poi dei rumori al piano di sotto.

Mio fratello corse su per le scale, mamma si mise a trafficare in cucina. Mentre il profumo di verdure si diffondeva per casa sentii anche l'auto di mio padre fermarsi nel retro di casa. Il pomeriggio di studio mi aveva aiutato a tornare la Trinity di sempre, almeno all'apparenza. Chiusi i libri soddisfatta per ciò che avevo fatto e scesi da basso. Potevo affrontare le chiacchiere di mia madre e le domande di mio padre sulla giornata, scherzare con Dan e fingere che con Julian non fosse accaduto nulla di strano.

In quella serata tranquilla come mille altre, a tavola con la mia famiglia, promisi a me stessa di prendere le distanze da Julian, smettere di frequentare Robin House, ricominciare a focalizzare la mia attenzione sullo studio. Potevamo restare amici, forse. Ma dovevo ricordarmi che non avevo bisogno di nessuno: da quando mi avevano portato via Grace avevo imparato a sopravvivere alla solitudine. Potevo farcela anche senza di lui, così come sua madre Ava aveva realizzato i suoi sogni da sola, senza contare su nessuno.

14

Mi dedicai a quelle che mia madre avrebbe definito "occupazioni costruttive". Trascorsi sempre più pomeriggi in biblioteca, seduta all'ultimo tavolo della sala di consultazione, dando le spalle al resto della stanza. Se alzavo gli occhi dal libro potevo vedere solo un rettangolo di cielo celeste. Mi bastava. Recuperai un'insufficienza in matematica e mi offrii volontaria per preparare una ricerca di storia sull'avanzata giapponese in Cina. Tenevo occupata la testa con lo studio, cercavo di non pensare.

Trascorsi così tanto tempo in biblioteca che Miss Finch finì per chiedermi se mi interessasse offrirmi volontaria per sistemare alcune casse di libri donati da ex studenti, in cambio di crediti scolastici extra. Mi interessava.

Non ero sempre sola, ovviamente. Tra una lezione e l'altra stavo spesso con Marla. Marla ha un carattere strano, l'umorismo graffiante e le sue battute ciniche la fanno sembrare supponente, impressione confermata dai vestiti di seconda mano un po' assurdi con cui si veste, a rimarcare il fatto che non le importa nulla di piacere agli altri. Non era particolarmente popolare, così le andava bene stare con me. In mensa si sedevano spesso al nostro tavolo anche Adela Ruiz e Fanny Jackson, mie compagne del corso di spagnolo. A me andava alla grande, perché avevamo pochissimo in comune e le nostre conversazioni si limitavano a insignificanti e leggere chiacchiere su quello che accadeva a scuola. Adela frequentava la chiesa e sognava di partire un giorno per qualche missione all'estero, mentre Fanny era un genio con i computer. Erano a posto e sopportavano i miei silenzi senza pretendere molto da me.

Riuscire a evitare Julian era l'impegno più faticoso. Durante le lezioni che frequentavamo entrambi ci sedevamo lontani. Ero stata io a cominciare: il giorno dopo il mio pomeriggio a Robin House ero entrata nell'aula di storia appena prima che la lezione cominciasse e, ignorando il posto vuoto accanto a lui, mi ero andata a sedere vicino ad Adela. Pregai che mi dicesse qualcosa, che mi salutasse. Invece si limitò a fissarmi, muto. A pranzo era passato accanto a me con il suo vassoio e io avevo abbassato lo sguardo immergendomi nella lettura di *Addio alle armi*.

Qualche giorno dopo ci siamo ritrovati all'ingresso della scuola, entrambi in ritardo. Lo vidi all'ultimo, correvo e per poco non gli finii addosso.

«Ciao» dissi con un tono di voce molto più teso di quanto avrei voluto, superandolo velocemente.

«Ehi.» La sua voce mi inchiodò all'ultimo scalino. «Mi pare di capire che non vuoi più avere a che fare con me» disse con voce neutra. Era una constatazione, la sua. Avevo un milione di cose da dirgli. Mi tornò improvvisamente in mente la sensazione delle sue mani sulla mia pelle, la dolcezza del suo bacio, il suo profumo, la consapevolezza irresistibile di non poterlo capire davvero completamente. Ma anche l'umiliazione del suo rifiuto, il freddo lasciato dal suo corpo che si allontana da me, il peso del suo silenzio, la vaga promessa di spiegazioni future. Come avrei potuto spiegare tutto questo lì, all'ingresso della scuola?

Restai in silenzio. Julian mi fissò per alcuni lunghissimi secondi, poi riprese a camminare verso l'aula di inglese, passandomi accanto e superandomi.

Smise di cercarmi, si comportò come se non esistessi. Ero diventata trasparente.

Quella situazione all'inizio mi feriva, poi trovai il modo di ignorarlo. Stavo male, eppure scivolai in una strana pace. Fu un periodo strano, durò per tutto marzo. Mi mancava e lo odiavo allo stesso tempo. Potevo ingannare me stessa, ma non chi mi conosceva bene.

Dopo la rottura tra me e Julian, Jason mi fermò all'uscita dell'aula di chimica. «Tri, che succede?» mi domandò con tono preoccupato.

«Niente» risposi cercando di passare oltre e superarlo, ma lui mi afferrò il braccio e mi si parò davanti, deciso. Per poco non mi scivolarono dalle mani gli appunti.

«Che cosa ti ha fatto?»

«Chi?» domandai, benché sapessi perfettamente di chi stesse parlando.

«È successo qualcosa, ne sono sicuro. Da quando è arrivato siete stati sempre insieme, poi all'improvviso hai cominciato a startene da sola. Che cosa ti ha fatto?»

Strinsi i pugni sulla tracolla della mia borsa, chiudendo gli occhi. È difficile tenere un segreto a Hope, ma la verità è un terreno insidioso. Come potevo dirgli che Julian mi piaceva come mai nessuno prima, che con lui ogni sogno futuro sembrava possibile, anche andarmene lontano da lì, per diventare una giornalista. Come potevo spiegargli quanto rivedevo Ava in lui?

Se avessi voluto essere onesta, avrei dovuto dirgli che Julian non ricambiava i miei sentimenti, benché nella stanza in cima a Robin House fossi stata a un passo dal concedergli ciò che a lui, quando era stato il mio fidanzato, avevo sempre rifiutato.

Mi ero comportata in modo ingiusto, scorretto. Ero una persona cattiva.

«Jason, sto bene» provai a dire con il tono più convincente che mi riuscì.

«Sei sempre chiusa in biblioteca, nell'ultimo periodo sei cambiata. Lo eviti, e non dire che non è vero.»

«Voglio concentrarmi sullo studio e alzare alcuni voti...»

«Nessuno si è mai lamentato dei tuoi voti.»

«Be', nessuno si è mai neppure lamentato del fatto che studiassi *troppo*...» dissi spazientita, divincolandomi dalla sua stretta. Lui mi guardò con aria triste. Era davvero preoccupato per me. «E poi non eri tu a dirmi che non dovrei frequentare Robin House?»

«Hai smesso di frequentarlo per qualcosa che riguarda Ava Cooper?» mi chiese improvvisamente. Allora io mi fermai di colpo, fissandolo.

«Che cosa intendi?»

«Sei sempre stata un po'...» si fermò, in cerca della parola giusta, «*ossessionata* da Ava, e lui è suo figlio.»

«Non ho alcuna ossessione, la ammiro solo per quello che ha fatto!» sbottai.

«Sei cambiata, ultimamente, e mi preoccupo solo perché non credo tu sia felice» disse con un tono che di polemico non aveva più nulla.

«Cosa intendi, Jason?»

«È cominciato quando Grace ha vinto la borsa di studio per New York, poi è peggiorato quando è morta. E adesso con Julian… non so, ti conosco abbastanza per capire che c'è qualcosa che non va.»

Mi avvicinai a lui, gli presi le mani. «Jason, hanno ucciso la mia migliore amica» dissi, guardandolo negli occhi. «E Julian è un bravo ragazzo, siamo solo amici.»

«Ti conosco troppo bene perché tu possa prendermi in giro così, Triny…» disse, prima di farsi da parte per lasciarmi passare. «Se ti fa qualcosa di male dovrà vedersela con me» aggiunse, mentre lo superavo a passi veloci, allontanandomi per il corridoio.

Con quel suo interessamento Jason riuscì a farmi sentire ancora peggio. Si preoccupava per me e io gli mentivo. Ma che altro avrei potuto fare?

Non ero *ossessionata* da Ava Cooper, ma era vero che per me era un esempio sotto molti punti di vista. Da quello che sapevo grazie ai racconti di mia madre, Ava se l'era sempre cavata da sola e aveva dimostrato al mondo che essere diversi, qualche volta, significa essere migliori. È stata questa sua forza a permetterle di avere successo, e in questo io volevo seguire il suo esempio. Quindi no, non avevo bisogno dell'aiuto di Jason.

Dopo che Jason sparì in fondo al corridoio, diretto verso gli spogliatoi, mi rintanai nell'aula di informatica con la scusa di una ricerca da finire. Avrei dovuto lavorare su un codice di programmazione, ma mi limitai ad accendere il computer e a sedermi sotto la grande finestra affacciata sul retro della scuola. La mia vita era diventata una strada in salita diretta verso una destinazione incerta.

I ragazzi della squadra di baseball si stavano allenando, in lontananza osservai Jason giocare. Eravamo stati insieme parecchi mesi, stavamo bene. Mi piaceva il suo modo di fare deciso, il suo essere uno sportivo anche quando non indossava la divisa della Hope High. Per lui il mondo era semplice da capire: c'erano cose giuste e cose sbagliate. Era leale, corretto, coerente con ciò che credeva. E aveva scelto me, tra tutte. Lo osservai, attraverso la finestra dell'aula, e improvvisamente mi sentii triste. Strinsi le braccia attorno alle ginocchia e piansi. Pensai che avevano ragione tutti quelli che sparlavano alle mie spalle: forse ero arrogante e presuntuosa. Ero sbagliata e ferivo le persone che tenevano a me.

Il sole scese all'orizzonte, Jason e gli altri ragazzi lasciarono il campo, ridendo e spintonandosi scherzosamente a vicenda. Mi alzai in piedi, sentendomi addosso il peso della solitudine, e spensi il computer. Gli dovevo delle scuse, per come l'avevo trattato. In fondo, si stava preoccupando per me. L'avrei aspettato nel parcheggio, avevo il tempo di raggiungere la sua macchina mentre si cambiava. Volevo fargli capire che potevo farcela, non doveva preoccuparsi. Erano successe tante cose, ma potevo venirne fuori. Jason meritava di venire trattato meglio.

Percorsi i corridoi vuoti del terzo piano, scesi le scale fino all'uscita sul retro. Costeggiai i campi da baseball e sbucai nel parcheggio. C'erano ancora parecchie auto, perché oltre agli sportivi si trattenevano a scuola anche il gruppo di teatro e gli studenti che sceglievano di studiare in biblioteca nel pomeriggio. Mi appoggiai all'auto di Jason e infilai le mani in tasca. Stava facendo buio, l'aria era fredda. Ero immersa nei miei pensieri, cercavo le parole giuste, impaziente di dirgli quanto mi spiacesse per come mi ero comportata. Così all'inizio non ci feci caso. Era un sibilo proveniente dal vecchio deposito della scuola, un edificio di cemento piuttosto diroccato dove venivano ammassate le attrezzature sportive che non servivano, insieme a tutto quello che era finito in disuso nel corso degli anni. Il rumore proveniva da una delle finestre; il vetro era rotto, oltre alle sbarre metalliche vidi scivolare un'ombra.

Ebbi paura: il parcheggio era deserto, i campi da baseball vuoti, gli spogliatoi troppo lontani perché qualcuno potesse sentirmi. Mi voltai e cominciai a camminare verso la scuola, ma qualcosa mi bloccò.

«Trinity.»

Era una voce familiare, così mi voltai di scatto. Davanti a me era comparso Roger Freesbury.

«Trinity» ripeté.

«Roger, mi hai fatto spaventare...» dissi, portandomi una mano al petto. Il cuore mi stava ancora battendo all'impazzata. Non ero a mio agio, lì da sola.

«Non devi farlo» mi disse tutto d'un fiato, senza guardarmi in volto.

«Che cosa?» domandai, cercando di mostrarmi calma. Un corvo gracchiò, facendomi sobbalzare. Anche Roger si spaventò. Cominciò a serrare e poi aprire le mani, nervosamente, sempre più veloce.

Indietreggiai di un passo e lui ripeté: «Non farlo, Trinity».

Mi assalì un senso di nausea, ripensando a me e Julian nel bosco, abbracciati.

«Roger, non voglio discutere con te di quello che faccio...» provai a spiegargli, ma lui mi afferrò i polsi.

«Non fare quelle cose, stai lontano dal bosco» disse mentre la pressione delle sue mani sui miei polsi si faceva sempre più violenta. Era magro ma muscoloso, a un passo da me.

«Roger, lasciami, mi fai male» lo implorai.

Ero terrorizzata. Non capivo la sua reazione e non mi piaceva affatto quello che stava dicendo. Nei suoi occhi c'era paura e confusione.

«Non voglio che muori...» fece in tempo a dire, prima che due mani lo afferrassero per le spalle, trascinandolo indietro e allontanandolo bruscamente da me. Persi l'equilibrio e finii a terra, coprendomi la faccia con le braccia.

«Non provare mai più a toccarla» ringhiò qualcuno.

Aprii gli occhi. Julian stava spintonando Roger. Era furioso, sul suo volto c'era rabbia feroce. Roger sollevò le mani per proteggersi, indietreggiando spinto dai colpi.

«Basta!» urlai. Julian si voltò verso di me e Roger ne approfittò per alzarsi di scatto e allontanarsi di corsa. Fu agile e veloce in modo inaspettato.

Prima di sparire nei campi oltre la strada si voltò un'ultima volta. Vidi le sue labbra muoversi: *non morire*, disse prima di dileguarsi nel crepuscolo. Julian mi raggiunse, mi afferrò il braccio e mi rimise in piedi. Con la stessa brutalità con cui aveva spintonato Roger mi strinse a sé, cingendomi tra le sue braccia. Mi strinse fino a serrarmi il fiato, fino a farmi male.

«Ehi» dissi, e lui allentò la presa. Ero senza parole.

«Che cosa ci fai qui?» chiesi, scossa.

«Ti ho vista uscire dall'aula di informatica e ti ho seguita.» La naturalezza con cui ammise di avermi tenuta d'occhio mi fece trasalire.

«Mi stavi spiando?» domandai incredula.

«Temevo potesse farti del male» disse, cingendomi delicatamente il volto tra le mani.

Ero sempre più confusa.

«Julian, non mi piace quello che è successo» cominciai a spiegargli. Non mi andava che mi controllasse, così come non mi piaceva la reazione violenta che aveva avuto con Roger. Mi divincolai dalla sua stretta, stavo per andarmene e lui lo capì.

«D'accordo, non possiamo più rimandare le spiegazioni» disse con un tono che mi inchiodò dov'ero, congelando ogni pensiero.

Mi prese dolcemente per mano e io non opposi resistenza. «Vieni con me.» In fondo era quello che volevo, capire.

Ero ancora arrabbiata, eppure lo seguii dietro il deposito, in uno spiazzo dove era parcheggiato il vecchio pulmino arrugginito della Hope High, accanto a una pila di casse di legno ormai marce per la pioggia. Oltre, c'era una striscia di sterpaglie incolte e il retro della caserma dei pompieri, separata dalla scuola da un'alta recinzione metallica. Lì nessuno poteva vederci.

Julian si tolse il cappotto e lo appoggiò a terra. Restò un momento in piedi davanti a me, senza guardare nulla, poi sollevò lentamente la felpa, scoprendo la pelle. Il suo petto era ricoperto da un reticolo di cicatrici, alcune più sottili e altre più marcate. Erano decine, intrecciate tra loro, nuove sulle vecchie. Proseguivano sui fianchi e, immaginai, anche sulla schiena. Non riuscii a immaginare come erano state fatte, ma una serie di immagini terribili si susseguirono davanti ai miei occhi: un coltello, una frusta, sangue che cola, pelle bluastra, urla di dolore, lacrime. Ero attonita.

«Chi ti ha fatto questo?» sussurrai. Allungai la mano verso di lui, ma lui mi fermò, serrandola nella sua fino a farmi male. C'era un confine che non potevo superare.

«Non volevo che lo vedessi» disse, evitando di rispondere alla mia domanda. Era impossibile estorcere a Julian ciò di cui non voleva parlare, così non insistetti. Intuii l'imbarazzo, la vergogna, il dolore tracciato da quelle ferite. Era il suo segreto, qualcosa da tenere nascosto anche agli occhi di chi ami. Soprattutto a loro.

«Dovevi dirmelo.»

Avrei capito e non avrei sofferto, pensai.

«No» rispose con tono dolce ma inflessibile.

Gli sistemai con delicatezza la felpa, coprendo la pelle martoriata. La delusione che avevo provato negli ultimi giorni era stata completamente sopraffatta da quel doloroso spettacolo. Avrei voluto insistere, chiedere chi era il responsabile di quella violenza e di tutto quel dolore, che cosa si nascondeva nel suo passato. Che altro aveva dovuto subire, che io non sapevo.

Lasciai correre le mani sui suoi fianchi, sotto la felpa, sfiorando piano le cicatrici. Lui socchiuse gli occhi e questa volta mi lasciò fare. Accarezzai la pelle, in silenzio. Il respiro di Julian si fece più intenso, appoggiò le mani sulle mie e poi si chinò verso di me.

Socchiusi le labbra, le nostre lingue si sfiorarono. Si avvicinò ancora e io indietreggiai di un passo, finendo contro una cassa di legno. Mi baciò il collo, avvampai, mentre si insinuò con il ginocchio tra le mie gambe. Mi colse completamente impreparata, non riuscii a muovermi. Mi baciò gli occhi, passò la lingua sulle labbra, strinse le mani sui miei fianchi.

Poi il suono di un clacson in lontananza ruppe il silenzio. Sobbalzammo per lo spavento. Sentii la voce di Jason che urlava qualcosa, subito seguita dalle risate di altri ragazzi. La magia era finita, Julian si scostò da me. Passò le mani tra i capelli, poi mi abbracciò dolcemente, cullandomi finché il rombare dei motori si spense in lontananza.

«Non posso lasciare che una cosa del genere accada di nuovo, capisci? Ti proteggerò» disse quando fu di nuovo tutto in silenzio.

Lo guardai negli occhi, non ero sicura di aver capito. Non riuscivo a levarmi dalla testa l'immagine di quelle cicatrici, intrecciate l'una sull'altra. «Julian, credo tu stia esagerando. Roger è un tipo strano, ma non mi farebbe mai del male, davvero» dissi.

«Non sto parlando di Roger. Magari è innocuo come dici tu, d'accordo. Ma qualcuno ha ucciso Grace e Laura, qualcuno le ha trascinate nel bosco per poi mutilarle. Io non so chi è stato, ma qui fuori c'è un pazzo pericoloso, che non si farà scrupoli a uccidere di nuovo, quando ne avrà voglia.»

Per una volta dovetti dargli ragione. Alzai gli occhi al sole pallido e basso del tardo pomeriggio. Uno stormo di cornacchie attraversava il cielo sopra un campo di granoturco. Hope sembrava immobile, soffocata sotto la minaccia di nuovi orrori.

15

Inutile nasconderlo. Volevo rivedere Julian, ricominciare a frequentarlo, volevo che mi stringesse ancora a sé, volevo scoprire fin dove ero pronta ad arrivare. Tra noi c'era qualcosa. Lo aveva urlato la mia pelle ogni volta che aveva sfiorato la sua, lo confermava quel magnetismo che mi impediva di staccare lo sguardo dai suoi occhi. Era il desiderio di conoscerlo, come se Julian fosse un mistero che mai avrei potuto svelare. Un enigma meraviglioso, capace di trasformarmi in una persona migliore, nella ragazza che sognavo di essere. Volevo rivederlo, semplicemente perché stavamo bene insieme. Ed ero sicura che lui provasse le stesse cose per me.

Mostrandomi le sue cicatrici mi aveva fatto intuire un passato complicato: probabilmente quel che stava accadendo a Hope gli risvegliava ricordi di violenze subite. Avrei rispettato il suo dolore, gli avrei concesso i suoi tempi.

Conoscevo la sua opinione sulla morte di Grace e Laura: era un dramma che mi riguardava direttamente, una tragedia che aveva sconvolto la mia vita e che avrebbe dovuto scuotermi e spingermi ad agire. Arrivò a dirmi che Ava avrebbe fatto così, avrebbe cercato di scoprire il colpevole, e io gli diedi ragione. In un'intervista avevo letto che una volta Ava aveva quasi fatto a botte con dei compagni di classe che prendevano in giro il vecchio Ezechiele e le sue fissazioni sulla fine del mondo. Lei agiva, non aspettava che fossero gli altri a risolvere i problemi.

Decisi di prendere seriamente le sue critiche. In fondo, io stessa ero in pericolo; non potevo fare finta di nulla e limitarmi ad aspettare che accadesse *qualcosa*.

«Pensa a mia madre» mi aveva detto una volta. «Quando è partita da Hope per andare a New York, tutti le dicevano che era una follia, che sarebbe andata incontro a delusioni e insuccessi. Lei però non ha dato retta a nessuno e ha ottenuto l'impossibile: ha registrato un disco, è diventata famosa, ha raggiunto il successo e conquistato le copertine dei giornali del tempo.»

«D'accordo, ma resta comunque molto diverso rispetto a incastrare un serial killer...» avevo commentato io, lanciando un'occhiata alle foto di Ava appese al muro.

«Non importa. Sto parlando della capacità di fare quel che è giusto.»

Avevo sempre guardato ad Ava Cooper con ammirazione: se n'era andata, aveva costruito una vita lontano, facendo quello che amava. Julian mi fece riflettere su come le sue scelte non fossero affatto semplici e su come il successo fosse incerto.

Ora capisco che una parte di me temeva il suo giudizio. Non volevo sembrare una ragazzina di provincia senza spirito d'intraprendenza. Volevo dimostrargli di avere carattere. Avevo bisogno di provare a me stessa che avrei potuto seguire le orme di Ava Cooper, un giorno.

Così, il pomeriggio dopo il nostro bacio dietro scuola, mi chiusi in camera e sparpagliai a terra tutto il materiale che avevo raccolto sulle morti di Grace e Laura. Avevo vecchie copie del "Daily Hope", notizie scaricate da internet e stampate, gli appunti presi su un bloc-notes dopo avere chiacchierato con mio padre. Il pavimento della mia stanza si riempì di fogli, un collage di orrore e dettagli macabri, articoli dedicati a Hope e reportage sulla vita delle vittime, accompagnati da foto di ragazze i cui sorrisi ormai non esistevano più, spenti per sempre. Lessi tutto, in ordine cronologico. Con calma, cercando di riflettere.

L'assassino non era particolarmente muscoloso, né grosso di corporatura: lo sosteneva la scientifica, deducendolo dalle tracce lasciate dai corpi trasportati nel fogliame. Poteva essere una donna o un ragazzo. Aveva faticato a spostare Grace e Laura, i suoi movimenti erano stati goffi e incerti, aveva trascinato i corpi a fatica.

In compenso, sapeva dove nascondere i cadaveri delle vittime, e questo suggeriva che conoscesse la zona. Si sentiva abbastanza sicuro da fermarsi nel bosco dopo averle uccise per amputarne gli arti. Era un'operazione macabra e truce, e – sapevo grazie a mio padre – non veloce da eseguire. Servivano attrezzi adatti, sangue freddo e muscoli che l'assassino sembrava non avere. Senza forza nelle braccia doveva averci impiegato un bel po' a tagliare via le mani di Grace e le gambe di Laura.

L'ipotesi che si trattasse di qualcuno da fuori, uno straniero che aveva perlustrato il bosco prima di entrare in azione, era stata scartata: nessuno a Hope aveva segnalato la presenza di sconosciuti e forestieri nei dintorni del paese. Decine di persone erano state interrogate in proposito. La polizia aveva sentito tutti i negozianti del paese e i proprietari delle case affacciate sulla statale.

Né Laura né Grace hanno lottato per difendersi. Il loro aggressore non aveva un aspetto minaccioso e le ha colpite senza che loro se lo aspettassero. Oppure era un volto noto, qualcuno che entrambe conoscevano. Qualcuno di cui si fidavano.

Il killer doveva essere una persona metodica, sicuramente organizzata. È stato prudente: prima ha tramortito le sue vittime, poi le ha trascinate in un luogo appartato dove ucciderle. Ha infierito su di loro solo dopo essersi assicurato che non respirassero più.

Non ha lasciato tracce di sé. Nel corso delle settimane sono stati analizzati un incredibile numero di reperti trovati nel bosco, vicino ai cadaveri: foglie, sassi, campioni di terra. La polizia sospetta che l'assassino indossasse guanti e cappello, e che abbia preso precauzioni perché il proprio DNA non restasse sui corpi delle sue vittime. L'unica traccia è un frammento di tessuto blu, che non corrisponde a nulla attualmente in commercio. Brianna Dawson per settimane ha analizzato centinaia di campioni provenienti dai negozi dello Stato, senza concludere nulla.

Un giornale aveva intervistato uno psicologo di Washington, esperto in materia. Il professore sosteneva che il killer avesse uno scopo superiore. Non uccideva per il piacere di farlo, lo considerava necessario per portare a termine un progetto più ambizioso. Non infieriva sulle vittime, si preoccupava che non soffrissero, dimostrava rispetto verso i cadaveri, lasciandoli dove sarebbero stati ritrovati. Di ogni ragazza cercava qualcosa in particolare. Le mani di una pianista, le gambe di una ragazza che amava ballare. Rubava loro il talento. Che cosa avesse in mente esattamente, nessuno però ancora lo sapeva.

Mi fermai a riflettere.

Possibile che Grace fosse rimasta tranquilla davanti a uno sconosciuto apparso nel bosco, completamente vestito da capo a piedi nonostante il caldo estivo?

Non si sarebbe preoccupata solo se l'assassino fosse stato qualcuno da cui ci si aspetta un comportamento strano. Qualcuno che si comporta in modo insolito, che sai di poter incontrare nel bosco.

Come arrivai a quella conclusione mi prese un senso di disagio. Un filo di vento entrò dalla finestra spalancata di camera mia e io rabbrividii.

Mi alzai da terra e accesi il computer. Caricai una mappa satellitare di Hope, poi ingrandii quanto possibile la zona del bosco dove erano state uccise Laura e Grace. Era un'intuizione, ma avevo bisogno di verificare la mia idea.

I sentieri principali erano piuttosto semplici da individuare, ma osservando con più attenzione vidi altri punti in cui la vegetazione sembrava più rada. Una ragnatela sottile e incerta di sentieri tracciati da chi ha passeggiato nel bosco, alcuni ormai in disuso e sul punto di sparire. Su alcuni mi era capitato di passare, di altri ignoravo completamente l'esistenza.

Riprendendo gli appunti delle chiacchierate fatte con mio padre individuai i punti in cui erano stati trovati i corpi. Poi mi allontanai dalla scrivania, spingendo indietro la sedia. La schermata era completamente occupata dal verde del bosco. Ampliai l'area con uno zoom out e restai a fissare quel verde indistinto, finché poco alla volta non comparve davanti ai miei occhi.

Restai a fissarlo a lungo, domandandomi che cosa significasse esattamente. Poi chiusi il portatile, lo infilai nella borsa e corsi fuori dalla mia stanza, giù dalle scale.

«Trinity, dove corri?» domandò mia madre mentre le passavo davanti, in cucina.

«Ho bisogno dell'aiuto di Julian per finire un compito di informatica» risposi senza fermarmi, mentre uscivo di casa. Ringraziai il cielo che i miei voti fossero effettivamente migliorati, da quando Julian era arrivato. Per i miei, lui era un grande aiuto nello studio.

Quindici minuti dopo risalivo la collina di Robin House. Raggiunsi di corsa la porta di casa, suonai ma nessuno venne ad aprire. Allora misi la mano sulla maniglia, la porta era aperta.

«Julian?» chiamai affacciandomi all'ingresso. Il suo cappotto era buttato su una sedia, così entrai e salii velocemente le scale.

La porta di camera sua era socchiusa, da dentro arrivava una musica classica.

«Julian...» dissi affacciandomi. Lui era sdraiato sul tappeto, a terra, e leggeva un vecchio libro dalla copertina celeste. Sollevò la testa per guardarmi, non sembrava sorpreso di trovarmi lì, in casa sua. «C'è una cosa che dovresti vedere» spiegai, raggiungendolo. Rimase in silenzio, appoggiando a terra il libro. Incerta, mi sedetti accanto a lui e aprii il portatile, che si riaccese con un tenue ronzio.

«Che hai scoperto?» domandò allora fissandomi, e io indicai lo schermo su cui era comparsa la foto del bosco attorno a Hope. Indicai la tenuta dei Freesbury, il parco che la circondava e il sentiero che dal fondo della proprietà si addentrava verso il bosco. Era appena visibile, una sottile linea più chiara tra gli alberi che procedeva irregolare verso est, girava attorno a una piccola altura e poi costeggiava il torrente fino al punto in cui era stata uccisa Grace.

«È un sentiero?» chiese Julian, allungando la mano verso il computer per ingrandire l'immagine.

«Già, vecchio e dimenticato.»

«È parecchio lungo, mi domando chi lo usasse...» disse Julian, e io decisi di dirgli la verità.

«Tuo nonno Ezechiele, fu lui a costruirlo.»

Julian mi rivolse un'occhiata stupita.

«Era terrorizzato all'idea che potesse esplodere una nuova guerra mondiale, così aveva creato delle vie di fuga per scappare da Hope attraverso il bosco. Un tempo il sentiero arrivava fino a Robin House, quando la foresta si spingeva fino a qui. Mio nonno lo aiutò a tagliare alcuni alberi della proprietà...»

«Sì, forse nonna Winnifred un giorno mi ha accennato a qualcosa del genere» disse Julian, meditabondo.

«Qualcuno cominciò a dire che Ezechiele stava impazzendo e tua madre lo difese con grande coraggio.»

«Tipico suo» commentò Julian, poi ingrandì ancora l'immagine e la fece scorrere verso destra, seguendo il sentiero.

«Prosegue ancora» disse, senza staccare gli occhi dallo schermo.

«Sì, costeggia la casa di Roger Freesbury, continua fino al punto in cui è stata ritrovata Laura e poi a quello dove è stata uccisa Grace.»

«Un unico sentiero che collega i due omicidi» bisbigliò, assorto.

«Chiunque avrebbe potuto passare di lì, però» mi affrettai ad aggiungere.

«Certo» disse. La sua voce suonava crepata da qualche incertezza, così aggiunsi: «Non prova la colpevolezza di nessuno».

«Eppure è strano, no? Non solo Roger sicuramente conosce il bosco, ma c'è un sentiero che parte da casa sua e passa dai luoghi dei delitti...» disse lui, scegliendo con cura le parole.

Non sapevo che cosa rispondere, ero anch'io confusa.

«Credi che la polizia abbia notato questa cosa?» domandò fissandomi negli occhi, serio.

«Che io sappia, no. Non è mai stato menzionato nei giornali o su internet e mio padre non me ne ha mai parlato.»

«Che cosa facciamo, ora?»

«Voglio andare a fondo di questa faccenda» risposi. Ci credevo davvero. Che fosse la cosa giusta da fare, intendo.

16

Non eravamo la polizia, non avevamo i loro strumenti e probabilmente c'erano informazioni di cui eravamo all'oscuro. Avevamo però un vantaggio: potevamo infrangere la legge. Stava a noi non farci scoprire.

Lo pianificammo a lungo, nei giorni che seguirono la mia scoperta. Ripresi a trascorrere i pomeriggi a Robin House, anche se a mia madre spesso raccontavo che ero in biblioteca. C'era il coprifuoco, non potevamo andare in giro, dove volevamo. Dovevamo trovarci in un luogo sicuro soprattutto nel tardo pomeriggio, quando il sole si abbassava all'orizzonte, oltre i campi arati pronti per la semina, allungando le ombre per le strade di Hope. Che fosse la biblioteca o Robin House ai miei genitori comunque andava bene. Si fidavano.

Per me era anche un modo per trascorrere del tempo insieme a Julian. Stavamo seduti a terra, sparpagliate tra noi le dettagliate mappe della zona che aveva recuperato dalla biblioteca di casa. Erano antiche, stampate su una carta spessa. Probabilmente erano appartenute a suo nonno. Avevamo un blocco per gli appunti e caraffe di limonata che Winnifred mi metteva in mano quando entravo in casa.

«Per far funzionare il cervello serve zucchero» diceva con noncuranza. Ogni volta mi domandavo se avesse idea di cosa stessimo facendo. Se lo domandava, almeno? O semplicemente dava per scontato che stessimo studiando? Quando accennai alla questione con Julian, lui si limitò a stringersi nelle spalle. «Mia nonna è strana» disse solo.

«Ti lascia parecchia libertà, sei fortunato.»

«Sono abituato e impazzirei se non lo facesse. Mio zio era sempre al lavoro, non faceva molto caso a me. Potevo fare quel che volevo, purché andassi bene a scuola e non mi mettessi nei casini.»

Ripensai alle cicatrici che gli coprivano il corpo. Avevo fatto qualche ricerca su internet e avevo scoperto che Edward Anderson non era esattamente il tipico zio amorevole. All'università aveva picchiato selvaggiamente un compagno di corso, e solo l'intervento della famiglia – ricca, rispettata, nota – aveva messo la faccenda a tacere. In una vecchia intervista Ava aveva dichiarato di non frequentare molto gli Anderson, e io mi ero fatta un'idea, sull'argomento. Nella sua carriera Edward Anderson aveva dimostrato più volte di essere disposto a tutto, pur di raggiungere i suoi obiettivi. C'era chi sosteneva addirittura che provasse una soddisfazione personale a spedire persone nel braccio della morte, verso la condanna più severa.

Ero sempre più convinta che fosse stato Edward Anderson a picchiarlo in quel modo. Doveva essere un uomo severo, inflessibile, quasi crudele. Da quel poco che Julian aveva raccontato, avevo capito che dedicava al lavoro ogni energia, lasciando il nipote da solo per intere giornate. Quando un nuovo caso richiedeva la sua presenza in una città lontana, non si faceva scrupoli a spostare la famiglia.

Scoprendo tutte queste cose avevo capito cosa intendeva Julian quando diceva che la vita con suo zio non era sempre facile, e questo me lo faceva ammirare ancora di più. Era stato costretto a crescere in fretta, ma non sembrava provare rancore. Era diventato maturo, sensibile, coraggioso. Era diventato la versione migliore di se stesso, come sua madre.

Mi piaceva trascorrere le ore insieme, avere un obiettivo comune, un segreto da condividere. Imparai a conoscerlo meglio, scoprii che era perfino più intelligente di quanto credessi. Julian ragionava in modo preciso e metodico, poteva tornare sullo stesso argomento infinite volte, in cerca di punti deboli. E questo era maledettamente utile, perché il piano che avevamo in mente era azzardato e folle. Commettere errori non era una possibilità, per noi. Se ci avessero scoperti, per mio padre sarebbe stato un grave imbarazzo, probabilmente avrebbe perso il caso, e io sarei finita chiusa in casa a tempo indefinito.

L'idea era abbastanza semplice: ci saremmo intrufolati a casa dei Freesbury per dare un occhio alla camera di Roger. Dopo avere scoperto il sentiero nel bosco, ci sembrava necessario verificare se la vecchia villa nascondesse segreti.

Riuscirci senza venire scoperti, però, richiedeva che pianificassimo ogni dettaglio. Avevamo deciso di aspettare il venerdì in cui i Freesbury sarebbero andati a Little Rock per la cena di raccolta fondi dell'Historic Arkansas Museum. Roger avrebbe partecipato alle prove della banda del liceo. C'era una signora che aiutava Ava in casa, una sorta di cameriera tuttofare, ma aveva a disposizione due stanze separate dal resto della casa e sapevamo che approfittava della serata libera per andare a cena al Santa Ana, il ristorante messicano sulla Lafayette Avenue. La camera di

Roger era al primo piano, l'ultima del corridoio, affacciata al giardino sul retro.

«Secondo te perché non ci ha pensato tuo padre?» mi chiese Julian, quando ormai avevamo discusso fino allo sfinimento ogni possibile imprevisto.

«Intendi a entrare di nascosto a casa Freesbury?» risposi con tono ironico.

«Perché non si è procurato un mandato di perquisizione?» Julian non si lasciava distrarre dal mio umorismo.

«Da quel che so, non c'è nulla di concreto contro Roger, nessun indizio, tanto meno prove. Senza, il giudice non concede mai l'autorizzazione. Soprattutto se è minorenne e figlio di un politico. Non puoi entrare a casa di qualcuno e frugare nei suoi armadi solo perché ti sembra un tipo strano...» spiegai.

«Vuoi dire che non è mai stato tra i possibili sospetti, benché sia stato lui a trovare Laura?» chiese Julian, rigirandosi tra le mani una vecchia foto di Roger, scattata durante una festa in giardino da noi.

«Dai documenti di mio padre che sono riuscita a leggere pare che la sera in cui Grace è stata uccisa lui era in casa.»

«Chi lo dice?»

«La testimonianza fatta sotto giuramento dai suoi genitori e dalla cameriera.»

«Che dicono esattamente?» Io distolsi lo sguardo. Non mi andava di raccontargli quel che avevo letto di nascosto tra i documenti relativi all'indagine che mio padre aveva portato a casa dalla centrale. Julian sembrò leggermi nei pensieri. «Tri, stiamo per entrare in casa loro, che importa se mi dici che cosa hanno dichiarato alla polizia?» Davanti al suo sguardo mi arresi.

«Giurano che Roger è stato in casa tutto il pomeriggio, che ha aiutato sua madre a potare le rose della serra e poi a cucinare.»

«Non ti sembra curioso che proprio quel giorno sia stato sempre con sua madre?»

«Ovvio che sì.»

«Roger trascorre moltissimo tempo nel bosco, vero?»

Annuii. «Potrebbero mentire per dargli un alibi, e ancora questo non proverebbe che è colpevole» aggiunse poi Julian. Sapere che dentro di sé non aveva già deciso che fosse un assassino mi fece sentire un po' meglio.

«È per questo che voglio farlo» spiegai. «Io lo conosco e so che non farebbe del male a nessuno.»

«Vuoi dimostrarlo» disse Julian e io annuii.

«Conosco Roger ma non posso ignorare quel che è successo. Era nel bosco, ha trovato Laura. Ho bisogno di certezze, di sapere chi è davvero: un assassino come molti pensano o una vittima di questa situazione?»

«Sei sicura che in camera sua troveremo qualcosa?» mi domandò serio.

«Non lo saprò finché non ci entro.»

Non sono sicura che Julian avesse davvero capito le motivazioni che mi spingevano a quel gesto, ma era disposto ad aiutarmi. E questo era già più di quello che mi potevo aspettare da chiunque altro.

Quella sera restai a cena a Robin House e nonna Winnifred non si fece vedere. Mangiammo pollo fritto con le mani, alla luce delle candele allineate sul davanzale delle finestre e sul tavolo. Era un'abitudine dei Cooper: in casa c'erano candele ovunque.

«Credi che tua madre possa scoprirci?» mi domandò

Julian, sistemando i piatti nel lavandino. Era quel momento incerto appena prima che il sole tramontasse, quando la luce diventa fredda e sembra che debba succedere qualcosa di grave.

Mi avvicinai a lui e guardai il giardino incolto fuori dalla finestra. «Non credo possa venirle in mente di verificare se sono davvero con Marla ad assistere alle prove della banda» dissi, rabbrividendo.

Ero sempre stata una brava ragazza, fino a quel momento. Giudiziosa e responsabile. Mai una bugia, mai un problema. Per una volta, avrei tradito la fiducia dei miei genitori. Ero cambiata, senza dubbio. Ma è impossibile restare la stessa persona, dopo che qualcuno ha ucciso la tua migliore amica.

«Bene. Allora andiamo» disse Julian.

Sollevai il cappuccio della felpa nera sulla testa e lo seguii fuori dalla porta di legno chiaro che dalla cucina di Robin House portava in giardino.

Nelle nostre felpe scure con i cappucci calati sugli occhi ci sentivamo invisibili. Scegliemmo le strade secondarie, tenendoci lontano dalla Main Road e passando dove la luce dei lampioni era più fioca. Attraversammo il parcheggio vuoto dell'Hudson's Supermarket, lieti che il coprifuoco tenesse alla larga i gruppetti di miei compagni del liceo che solitamente si ritrovavano lì per fumare e bere birra, e ci addentrammo nel bosco.

«Hai paura?» mi chiese Julian, senza guardarmi, a bassa voce.

«No» risposi io.

Era la verità: finalmente stavo facendo *qualcosa*. Era una sensazione bella, quella che nasceva dall'essere passata all'azione. Affrontare le paure le rendeva più sopportabili.

Raggiungemmo la proprietà dei Freesbury dal lato in cui confinava con il bosco e ci intrufolammo nel parco della villa arrampicandoci su per la recinzione di legno. In lontananza si intravedeva il profilo nero della grande villa. Era tutto buio, sembrava che non ci fosse nessuno.

Uscimmo dagli alberi secolari a passi rapidi, attraversammo di corsa il roseto di Ava per raggiungere il retro della casa e lì ci fermammo a prendere fiato.

«Pronta?» mi disse Julian piano.

Ero pronta. Tirai fuori dalla tasca dei jeans la chiave e la infilai nella serratura di casa Freesbury.

L'idea mi era venuta una settimana prima, mentre mi rigiravo nel letto senza riuscire a dormire, domandandomi come introdurmi in casa di Roger. Avevo già pensato i metodi più complicati e macchinosi, escludendoli uno dopo l'altro. Ormai cominciava ad albeggiare e sapevo che non mi sarei riaddormentata in nessun caso, così mi ero alzata e avevo lanciato un'occhiata al foglio appeso sulla mia scrivania, con le lezioni e i laboratori per ogni giorno della settimana. Ne avevo ben due in comune con Roger: chimica e storia dell'arte. Fu così che trovai la soluzione.

Il martedì successivo mi intrattenni sulle scale ed entrai nel laboratorio in ritardo, appena dopo che la campana era suonata. I posti erano già tutti occupati, tranne quello al tavolo in cui sedeva Roger, in ultima fila. Sapevo che non perdeva mai quelle ore di lezione, erano le sue preferite. Molte altre aveva cominciato a saltarle, da quando Jason si era messo contro di lui, ma quelle no.

Lo raggiunsi e sedetti accanto a lui, sorridendo. A quel punto aspettai. Quando la professoressa lo chiamò alla cattedra per rivedere insieme l'esperimento appena concluso, io allungai la mano verso il suo zaino e recuperai il grosso mazzo di chiavi dalla tasca interna. Lo avevo già visto altre volte, sapevo perfettamente che cosa stavo cercando. A quel punto non mi restò che sfilare dall'anello che teneva il mazzo la chiave giusta. Non potevo essere certa di aver individuato quella che mi serviva, ma esclusi quelle più grandi, che mi sembrarono aprire porte blindate. Ne scartai una troppo piccola, e un'altra dall'aria vecchia, adatta a una cantina. La villa dei Freesbury aveva diverse entrate, così il mazzo di Roger era insolitamente grande. All'intervallo avevo passato la chiave a Julian, che era andato a farne una copia da Jerry's Handcraft all'uscita da scuola. Poi era tornato per rendermela, e io avevo approfittato delle prove di musica del pomeriggio per raggiungere gli armadietti in corridoio e rimettere la chiave nel mazzo.

Ora, davanti alla porta che dalla cucina della villa dei Freesbury conduceva al giardino, potevo solo sperare di essere stata fortunata. Se avessimo fatto la copia sbagliata, avrei potuto provare qualche altra serratura, ma non mi sarei azzardata ad aprire una delle porte sulla facciata principale della casa.

Trattenni il fiato e con la mano che tremava leggermente infilai la chiave nella serratura. Oppose una leggera resistenza, ma poi la porta si aprì. Ce l'avevamo fatta.

Dentro, tutto era in penombra. La luce della prima sera proiettava ombre lunghe sul pavimento di legno, colorando di bluastro i mobili della cucina e il grosso tavolo al centro della stanza. Non sembrava una casa vera, abitata da persone reali. Julian si guardava intorno, come se non avesse alcuna urgenza. Lo tirai per la manica della felpa e con il capo gli feci cenno di seguirmi. Raggiunsi le scale di casa e indugiai sul primo scalino. Era tutto immobile. Da lì potevo vedere l'intero salotto, con i grandi divani color crema e i cuscini perfettamente sprimacciati, il tavolino basso di legno con sopra appoggiati due grossi libri fotografici su Parigi. Mi sembrò tutto troppo perfetto, ogni dettaglio curato in maniera innaturale. Con un senso di disagio ripresi a salire le scale, diretta verso il primo piano. La camera di Roger era l'ultima in fondo al corridoio, dopo lo studio di sua madre e una stanza adibita a libreria. Socchiusi la porta lentamente, benché fosse evidente che in casa non c'era nessuno.

Julian mi passò accanto ed entrò, precedendomi. Non era la prima volta che entravo in camera di Roger, perché quando ero bambina frequentavo la casa con la mia famiglia. Ma era parecchio che non ci venivo e nella penombra tutto mi sembrò strano e inquietante. Le pareti erano ricoperte di fotografie, pagine strappate da riviste o giornali, stampe. Era però impossibile dire che cosa avesse attirato l'attenzione di chi le aveva scelte, o individuare un filo conduttore. Solitamente i ragazzi appendono poster di cantanti, foto di amici. Sulle pareti davanti a noi, invece, non c'era nulla di così prevedibile. Un'immagine di un virus visto attraverso un microscopio, le impronte di un piede sulla sabbia, il volto di una donna indiana, il dettaglio della ruota di una macchina, una mela marcia a terra: era un collage imprevedibile di oggetti disparati, ciascuno insignificante se guardato singolarmente ma inquietante nell'effetto complessivo.

Restammo a osservare le pareti per qualche minuto, poi Julian fece un passo verso la scrivania sistemata contro il muro, aprì i cassetti e cominciò a frugarci dentro. C'era qualcosa di tremendo in quello che stavamo facendo, ma una parte di me sapeva anche che era nulla, rispetto a quel che era accaduto a Hope recentemente.

È necessario, ricordai a me stessa mentre aprivo le ante dell'armadio a muro e cominciavo a guardare tra le pile di magliette bianche e di felpe scolorite di Roger.

Non sapevamo che cosa stessimo cercando, ovviamente. Certezze, verità, qualsiasi cosa potesse darci delle risposte alle infinite domande che mi esplodevano in testa: che c'entrava Roger con le morti avvenute a Hope? Aveva fatto qualcosa di male a Laura e Grace, aveva visto qualcosa nel bosco? Chi aveva ucciso la mia migliore amica?

In ginocchio a terra frugai tra i suoi vestiti, cercai nei cassetti, dietro tutti i libri della libreria e poi tra le loro pagine, nelle grosse scatole di cartone sistemate sopra l'armadio. Lavoravamo in silenzio, scambiandoci solo qualche sguardo nervoso, senza osare dir nulla, attenti a fare meno rumore possibile, perché l'idea di esserci introdotti di nascosto nella casa del sindaco era comunque terribile, anche se erano tutti fuori, lontano.

«Merda» disse poi Julian, rompendo il silenzio. Sobbalzai spaventata e mi voltai verso di lui. Era in piedi davanti al muro, da cui aveva staccato una foto. Mi avvicinai, sporgendomi oltre la sua spalla.

Quando vidi di che si trattava mi venne un conato di vomito.

Ero io.

In quella foto ero ritratta io.

Era stata scattata recentemente e di nascosto, stavo uscendo da scuola e camminavo a testa bassa. Indossavo la mia solita giacca sopra ai jeans neri e alle All Star bianche, i capelli castani raccolti in una coda che mi scendeva sulla spalla. Poteva essere un qualsiasi giorno dei mesi precedenti. Stavo pensando a qualcosa, avevo un'aria assorta. Per quanto mi sforzassi di ricordare quel momento, in testa avevo solo vuoto.

«È stata scattata da lontano e poi ingrandita. Non ti sei neppure accorta che lui era lì e che ti osservava...» disse Julian.

Poi mi passò la foto e ne staccò un'altra dal muro. Rappresentava un cavallo molto magro, dall'aria malata, che brucava l'erba in un prato spelacchiato: nulla che io avrei mai appeso in camera mia. Dietro, c'era attaccata un'altra foto. Era Grace, sorridente. Questa volta sapevo esattamente quando era stata scattata: alle sue spalle si vedevano le bancarelle della festa di fine scuola. Era stato l'anno precedente, per forza. Grace indossava un abito celeste leggero, il suo preferito. Aveva in mano una mela caramellata e rideva pensando alle vacanze imminenti. Lo sapevo per certo, perché eravamo insieme. Io ero accanto a lei, anche se Roger questa volta aveva deciso di tagliarmi fuori dalla fotografia.

Julian rimise le due foto al suo posto, fissandole con le puntine, e ne staccò delle altre. Dietro alcune non c'era nulla, dietro altre sì. Trovammo uno scatto leggermente sfuocato che ritraeva me e Grace insieme, sulla riva del fiume. C'era una foto di Laura e una di Serena Lee, una mia compagna di scuola.

Avrei voluto portare via con me quelle immagini rubate, ma Julian scosse la testa categorico.

«Non deve accorgersi che siamo stati qui» disse con decisione.

Era in piedi sul letto, impegnato a raggiungere la parte più alta del muro, quando sentimmo un rumore che ci immobilizzò. Erano passi su per le scale, qualcuno era entrato in casa. Guardai Julian spalancando gli occhi. Non temevo più solo i casini che ci sarebbero toccati se ci avessero scoperti, ora avevo paura di Roger.

Julian finì di sistemare due puntine che tenevano la foto al muro e balzò a terra.

Allora accade qualcosa di ancora più terribile. Il silenzio mortale della casa venne rotto dalla voce di Roger.

«Sei tu?» chiese, quasi urlando. Guardai Julian, sentendomi completamente prendere dal panico.

«Vieni!» mi bisbigliò Julian con urgenza, afferrandomi per il braccio e portandomi alla cabina armadio. Ci nascondemmo lì, e solo quando la porta della camera di Roger si aprì lentamente realizzai quello che Julian aveva capito immediatamente. Non avevamo alcuna possibilità di allontanarci da quella stanza senza essere visti. Non potevamo che nasconderci da qualche parte.

Stretta nell'armadio mi sentivo mancare l'aria. Quando oltre la porta socchiusa intravidi Roger entrare nella stanza in penombra, cominciai a tremare. Julian mi strinse a sé, portandosi l'indice sulle labbra.

Silenzio e immobili: era la nostra unica possibilità. Roger era al centro della stanza, sembrava non stesse facendo nulla. I capelli biondi risplendevano alla tenue luce che entrava dalle persiane socchiuse. Rimase così, al buio, almeno per un paio di minuti. Mi travolse una nuova ondata di terrore: si era accorto della nostra presenza? O era davvero completamente pazzo?

Sentimmo il rumore di un cassetto che veniva aperto e poi chiuso, e Julian strinse ancora più forte le braccia attorno a me. Lo vidi chiudere gli occhi e poi muovere le labbra, sembrava stesse pregando. Invece, rifletteva.

Un istante dopo mi lasciò andare.

Il telefono, disse, muovendo le labbra senza che dalla

sua bocca uscisse un suono. Non capivo che diavolo volesse fare, ma eseguii. Con gesti lenti infilai la mano nella tasca della giacca e lo recuperai. Mi cadde l'occhio sullo schermo: erano le dieci e cinque, troppo presto; Roger avrebbe dovuto essere ancora a scuola, le prove sarebbero durate ancora mezz'ora. Julian si assicurò che fosse in modalità silenziata, poi sblocco lo schermo ed entrò nella rubrica. Non impiegò molto a trovare quel che cercava. Lo vidi selezionare un numero e poi far partire la chiamata. Un istante dopo il telefono di casa Freesbury cominciò a suonare. Sentii Roger dire qualcosa di incomprensibile e poi uscire dalla stanza.

Julian mi portò fuori dalla cabina armadio, richiuse le porte e mi condusse verso il corridoio. Aveva avuto l'idea giusta, ma ora stava a me guidarlo. Ero io a conoscere quella casa, solo io potevo portarlo fuori di lì. Chiusi gli occhi e mi concentrai. Il telefono era all'ingresso, quindi non potevamo scendere al piano inferiore senza che Roger ci vedesse.

Presto, Trinity, dovetti ricordare a me stessa. Sentivo i passi di Roger sulle scale, sapevo di non avere tempo. Julian mi rivolse uno sguardo teso, allora io feci qualche passo per il corridoio e mi infilai nella prima porta che trovai. Era lo studio di Rebeca, una piccola stanza tappezzata di carta da parati a motivi floreali, affacciata sul retro della casa. C'era un terrazzo su cui la signora Freesbury sedeva nelle mattine di primavera, a leggere. Qualche volta, prima che Daniel nascesse, io e mia madre avevamo preso il tè con lei, lì.

Aprii la porta finestra, mentre il telefono di casa aveva smesso di suonare e dal cellulare che Julian stringeva in mano giunse la voce roca di Roger. Mi affacciai oltre la ringhiera del terrazzo e indicai a Julian la colonna in pietra che correva da terra fino al pavimento del primo piano. Lui annuì e interruppe la telefonata. Velocemente scavalcai il parapetto, mi accucciai tenendomi con le mani alla ringhiera e strinsi le gambe alla colonna. Sentii Julian imprecare sottovoce, ma non alzai lo sguardo verso di lui. La pietra ruvida mi graffiava la pelle, scivolai giù più velocemente di quanto avrei voluto e sentii i jeans cedere e strapparsi all'altezza delle ginocchia. Persi la presa e precipitai a terra, dove per fortuna la mia caduta fu attutita dall'erba perfettamente curata del prato sottostante.

Julian comparve accanto a me e allungò la mano per aiutarmi a tirarmi su. Anche la sua era graffiata e sanguinava.

«Andiamocene» disse a bassa voce, trascinandomi via, lontano da quella casa e dai misteri che proteggeva, oltre il roseto e poi la recinzione che correva attorno alla villa dei Freesbury.

17

Il giorno dopo aver scoperto le foto nascoste nella camera di Roger ho messo su una canzone di Ava e sistemato in una grossa scatola di cartone tutto il materiale che avevo raccolto sulle tragiche morti di Hope, con l'idea di portarla a Robin House. Pagine ritagliate del giornale locale, chiavette USB piene di articoli delle edizioni online, interviste, servizi del telegiornale scaricati da internet, i miei appunti: raccolsi tutto.

Era un sabato freddo ma assolato, aprile era iniziato ma l'inverno ancora non dava segno di volersi arrendere alla mite primavera del Sud. In cucina mia madre stava impastando il pane ascoltando una vecchia canzone di Frank Sinatra, mio fratello giocava a pallone con il canestro in giardino e per tutta la casa c'era profumo di caffè.

Mentre sistemavo nella scatola tutti i documenti e le informazioni raccolte diligentemente per settimane, mi domandai se i miei genitori sapessero di quelle mie ricerche. Non che mia madre sbirciasse tra le mie cose, questo no, ma sicuramente era entrata in camera mia, e di sicuro aveva aperto le ante della cabina armadio per sistemare i miei vestiti. Forse aveva notato le pile di fogli e il grosso raccoglitore dalla copertina blu sistemati sull'ultimo ripiano, magari ci aveva anche dato un'occhiata, incuriosita. Comunque fosse andata – che avesse visto senza chiedere nulla o che non avesse notato niente – il suo comportamento era strano.

Mi infilai un paio di jeans neri aderenti e una camicetta rossa, raccolsi i capelli sulla nuca e mi guardai allo specchio. I miei occhi verdi splendevano e avevo le guance arrossate. Passai un filo di lucidalabbra e uscii dalla stanza con lo scatolone tra le braccia. Arrivata alla fine delle scale di casa, trovai mio padre appoggiato allo stipite della porta. Stringeva una tazza di caffè tra le mani e indossava una vecchia camicia di flanella. Aveva un'aria stanca e mi sembrò improvvisamente invecchiato.

«Sei tornata tardi, ieri sera» mi disse.

«Dopo le prove della banda sono rimasta ancora un po' a scuola con gli altri, poi mi ha accompagnato a casa Julian» spiegai guardandolo negli occhi, ripetendo la storia che avevamo inventato per coprire la nostra incursione in casa Freesbury.

Julian mi aveva davvero riaccompagnato a casa poco prima delle undici – come si dice, il posto migliore per nascondere una bugia è vicino alla verità – e, a parte lo strappo sui miei jeans, nulla avrebbe potuto rivelare quel che avevamo fatto. La mia spiegazione reggeva, eppure mio padre non sembrò particolarmente interessato alla mia serata.

«Vi vedete spesso, voi due» constatò.

«Sì, siamo diventati amici» dissi con tono incerto. Non ero preparata a mentire anche su questo. «Abbiamo tante cose in comune» aggiunsi, poiché mio padre continuava a fissarmi in silenzio, sorseggiando il suo caffè.

«Sono contento, è importante non essere soli.» Sentii mia madre aprire il forno in cucina, Frank Sinatra tacque e al suo posto cominciò a cantare Ella Fitzgerald. Il pallone di mio fratello colpiva ritmicamente il muro. Avevo l'impressione che papà volesse dirmi qualcosa, ma non capivo.

«Non sono sola» lo rassicurai, stringendomi al petto lo scatolone.

«È bene avere qualcuno di cui fidarsi» aggiunse. Annuii, sentendo i pensieri smuoversi. Un'idea mi balenò in testa. Fiducia, ecco la questione attorno a cui ruotava tutto. Grace e Laura si fidavano della persona che poi le ha uccise, io ho smesso di avere fiducia in Jason e in Roger. Si sceglie seguendo l'istinto, ma uno sbaglio ti conduce alla morte, qui a Hope.

«A scuola le cose non sono facili, per Julian» dissi.

«Sai perché i Cooper da sempre sono guardati con sospetto?» domandò, senza guardarmi, come se stesse riflettendo tra sé. Io scossi la testa e lui rispose. «Il loro problema è che non hanno davvero bisogno di far parte della comunità, a loro non importa sentirsi accettati dal resto dal paese. Ed è sempre stato così.»

«Sembra ingiusto, però, emarginarli solo per questo» commentai. Allora mio padre sembrò tornare improvvisamente in sé, mi fissò e aggiunse con tono leggermente sorpreso: «Ma sono loro che si tengono fuori da tutto, nessuno li esclude».

Io sussultai leggermente, perché non avevo mai pensato alla faccenda da questo punto di vista.

«Prendi il vecchio Ezechiele Cooper, il nonno di Julian. Ha dedicato anni a prepararsi per affrontare da solo un'improbabile fine del mondo. Credeva davvero che l'umanità stesse andando incontro all'apocalisse, ma mai neppure per un istante pensò di salvare qualcun altro oltre che se stesso. Non si fidava di nessuno e finì per convincersi che tutti a Hope ce l'avessero con lui.»

«E non era vero?» domandai.

«Ovvio che no» rispose mio padre stringendo le mani sulla tazza.

«Oggi pomeriggio devo andare a Little Rock» disse poi, dopo un attimo di silenzio.

«Di sabato?»

«Al laboratorio hanno trovato qualcosa di interessante su un ramo vicino al punto in cui è stata ritrovata Laura» spiegò.

«Potrebbe essere la svolta che aspettavi?» domandai trattenendo il fiato.

«Lo spero davvero» disse con una luce negli occhi strana, quasi minacciosa.

All'improvviso compresi che anche mio padre era una vittima dell'assassino, e che non sarebbe mai più tornato lo stesso uomo di prima. Non solo l'indagine sulle morti di Grace e Laura avrebbe cambiato la sua carriera, nel bene o nel male, ma era diventata una questione personale. Era una sfida tra lui e il killer: morte o giustizia. Per lui ormai quella era la cosa più importante, non pensava ad altro. Non mi chiese che cosa fosse lo scatolone che tenevo in mano, né dove andassi. Passai davanti alla porta della cucina e avvisai mia madre che avrei pranzato dai Cooper, poi mi allontanai velocemente, senza aspettare una risposta, grata che ci fosse mio fratello Daniel a tenerla impegnata.

Trovai Julian nella veranda di Robin House, con una vecchia maglietta e i capelli bagnati. Era una costruzione di legno, metallo e vetro sul lato destro della casa, dall'aria persino più cadente del resto.

Mi fermai sulla porta a osservarlo, con lo scatolone stretto tra le braccia. Julian sembrava provenire da un altro universo, lontanissimo da Hope. Indossava un paio di pantaloni di velluto ed era a piedi scalzi sulle assi di legno grezzo, impegnato a bagnare alcune piante che non riconobbi. Erano strane, avevano foglie spesse e carnose.

«Ehi, Tri!» mi disse venendomi incontro. Sorrisi, distogliendo lo sguardo. Aveva capito quanto mi piaceva, l'effetto che faceva su di me? Sapeva quanto era strano per me frequentare la casa di un ragazzo terribilmente bello?

«Come hai dormito questa notte?» mi chiese con tono gentile, sistemandomi una ciocca di capelli dietro l'orecchio.

«Sorprendentemente bene, considerando quello che abbiamo scoperto in camera di Roger» risposi seria.

«In verità, c'è qualcos'altro che devo mostrarti» disse con aria seria, posando sul tavolo l'annaffiatoio metallico di nonna Winnifred.

Lo seguii su per le scale, fino alla camera nel sottotetto. Mi sorprendeva sempre quella camera: era lì da poche settimane, eppure già l'aveva resa completamente sua. C'erano nuovi libri impilati contro le pareti, probabilmente provenivano dalla libreria del salotto. Non avevo mai conosciuto nessuno che leggesse così tanto. Recuperò una felpa appoggiata alla sedia, frugò nelle tasche e ne tirò fuori una foto che mi passò senza dire nulla. La presi, trattenendo il fiato. Era una vecchia fotografia leggermente scolorita. Ava stava ballando su un prato, vestita con un lungo abito dorato allacciato in vita da una cintura sottile. Cercai di capire dove fosse, ma quel posto non mi diceva nulla. I suoi lunghi capelli scuri si muovevano al vento, sorrideva tenendo gli occhi chiusi. Sembrava felice.

«Da dove viene?» domandai, pur immaginando perfettamente la risposta.

«Era nascosta dietro una di quelle assurde foto di Roger» rispose Julian.

«Perché l'hai presa?» chiesi, preoccupata. Una volta portata via dalla camera di Roger, non avevamo modo di dimostrare dove l'avevamo trovata. Se anche ne avessimo parlato con la polizia, sarebbe stata la nostra parola contro quella di Roger; e la nostra credibilità si sarebbe comunque azzerata, se avessimo ammesso la nostra incursione notturna a casa del sindaco.

Eppure era importante: quella foto rivelava le ossessioni di Roger, poteva aiutarci a comprendere chi fosse davvero. A mio parere portarla via era stato un errore, ma Julian la pensava diversamente.

«Se il figlio del sindaco è davvero quel che sembra, ho paura che scopriremo molto altro, qualcosa di terribilmente peggiore che una vecchia immagine di mia madre» disse, rigirandosi la foto tra le dita.

Poi sembrò notare improvvisamente lo scatolone che avevo portato con me, appoggiato a terra.

«E quello?»

«C'è dentro tutto quello che so sulle morti di Laura e Grace» spiegai. Lui si avvicinò lentamente, lo sistemò al centro della stanza sul vecchio tappeto logoro e sedette a gambe incrociate.

«Riguardiamo tutto» disse.

Metodico, paziente, determinato: Julian aveva tutte le caratteristiche dei più temibili predatori. Ma era dalla mia parte, e questo mi faceva sentire al sicuro. Non avevo paura di nulla.

Mi sedetti al suo fianco e cominciai a tirare fuori pile di

carta e di ritagli di giornale. Suona assurdo, eppure per me non ci poteva essere modo migliore di trascorrere un sabato. In fondo, aveva ragione: indagare sulla morte della mia migliore amica era l'unica cosa in grado di farmi sentire meglio. Soprattutto se lo facevo con lui.

Trascorsi tutto il sabato a Robin House, rileggendo i miei appunti dall'inizio alla fine e riflettendo su quanto sapevamo. La casa era immersa nel silenzio, si sentiva solo un pettirosso cantare su un ramo del vecchio acero fuori dalla finestra. Nonna Winnifred sembrava sparita, Julian disse solo che era impegnata con i suoi fiori, ma io non sentii alcun rumore provenire dalla serra o dal giardino. Nel primo pomeriggio Julian si infilò una felpa di Joe Pug e mi fece strada fino alla cucina. Il frigo era pieno di frutta, verdura, contenitori di plastica e pacchettini di carta colorata legata con dello spago. C'era molta più roba di quanta due persone avrebbero mai potuto mangiare. Recuperò qualche fetta di prosciutto Virginia e una terrina di insalata di patate, poi lo aiutai ad apparecchiare a un lato del lungo tavolo di legno chiaro. Fuori dalla finestra potevo vedere i cespugli di oleandri e, sopra, il cielo pallido. Era come se Hope scomparisse dietro il cancello di Robin House.

«Chi poteva desiderare che morissero?» mi chiese Julian a bruciapelo, quando sedemmo a mangiare.

«Intendi Grace e Laura? Nessuno» risposi decisa.

«D'accordo, ho posto male la domanda. Chi provava risentimento nei loro confronti?»

«Erano entrambe abbastanza belle da attirare l'attenzione dei ragazzi, ma né Grace né Laura avevano fretta di uscire con qualcuno» spiegai.

«Nessun fidanzato?» domandò stupito.

«All'inizio dell'estate Grace era uscita per un po' con Zack Porter, ma non stavano esattamente insieme...»

«Zack Porter della squadra di baseball?» chiese Julian sollevando un sopracciglio, perplesso.

«Proprio lui.»

Grace non solo era bellissima, ma sembrava anche non provare alcun interesse per i ragazzi della scuola. Zack era un bel ragazzo, capelli neri corti, occhi scuri. Eppure aveva faticato parecchio per ottenere quell'appuntamento: aveva cominciato a frequentare la biblioteca e il corso pomeridiano di musica, e solo così era riuscito a farsi dare il suo numero di telefono. Poi si era impegnato a scriverle messaggi gentili e romantici per qualche settimana, con una determinazione che mai gli avevo visto per altre ragazze. A scuola correva voce che fosse tutto cominciato per gioco, quando Zack aveva scommesso con gli amici che sarebbe riuscito a uscire con Grace. Però io so per certo che Zack ci teneva davvero, anche se si vergognava ad ammetterlo. Me lo aveva rivelato Jason.

«Sono usciti per circa un mese, all'inizio Grace non era convinta che lui fosse il suo tipo ma poi ha ceduto.»

«Zack ha parecchie ammiratrici, però» commentò Julian. «Voglio dire, è così strano che Grace abbia accettato di uscire con lui?»

«È bello, ma è anche uno sbruffone arrogante: quando un anno fa ha attaccato pesantemente Marla su Instagram, Grace era disgustata. Per questo non impazziva dalla voglia di uscirci insieme...»

«Non credo che Grace corresse rischi di venir attaccata sui social» commentò Julian, sollevando un sopracciglio. Era arrivato a Hope da poco ma sembrava essersi già fatto un'idea abbastanza precisa di tutti.

«No, anche perché il problema di Marla era una stupida foto in cui si intravedevano i capezzoli sotto la maglietta. Nulla che potesse accadere a Grace.»

«Alla fine, però, sono usciti.»

«Sì» ammisi. «Grace ha ceduto e sono andati al cinema.»

«E poi?» mi domandò Julian, improvvisamente molto interessato. Occhi verdi, sguardo intenso capace di farti raccontare qualsiasi cosa, anche i segreti della tua migliore amica.

«Zack si è comportato perfettamente, senza neppure provarci. Ha fatto commenti intelligenti sul film e poi le ha parlato dei suoi piani per il college» continuai, con una smorfia sul viso che Julian notò subito. «In verità per fare colpo aveva letto prima la recensione del "New Yorker" scritta da un famoso critico cinematografico...» raccontai, e Julian scoppiò a ridere.

«Si è preparato alla perfezione per recitare la parte del bravo ragazzo.»

«Già, e ha funzionato. Sono usciti anche il sabato dopo. Questa volta per una pizza.»

«E si sono baciati» ha detto Julian con assoluta sicurezza. Era sempre un passo avanti, lui. Aveva un'intelligenza speciale, e tenere alte le nostre medie scolastiche era solo una piccola parte di ciò di cui era capace.

«Si sono baciati e si sono visti ancora per qualche sera: lui la passava a prendere sulla sua Mustang e lei indossava qualcosa di carino» dissi, ripensando a quel periodo. Io avevo detto a Grace che Zack non era assolutamente il suo tipo, e lei mi aveva dato ragione. Poi, però, mi aveva accusato di dire quella cosa su Zack solo per gelosia. "Non mi stai mettendo in guardia per il mio bene" aveva detto con aria scossa, quasi sconvolta. Sosteneva che non mi andasse che anche lei stesse uscendo con un ragazzo. Diceva che volevo essere l'unica delle due ad avere un fidanzato. Al momento mi era sembrata una cattiveria gratuita e mi ero offesa da morire, tanto che non ci eravamo né viste né sentite per un po', finché Grace una sera aveva bussato alla porta di casa mia. Era venuta a scusarsi. Ripensare a quella discussione mi faceva ancora male. C'era qualcosa di *sbagliato*, in tutta quella tensione tra me e Grace. Due amiche non dovrebbero litigare per un ragazzo, giusto?

«E poi?» chiese Julian, strappandomi dai miei pensieri.

«Niente, poi lei lo aveva lasciato. Frequentarlo le aveva dato la conferma di quello che in fondo già sapeva: Zack non era il suo tipo.» Non raccontai a Julian della discussione che c'era stata tra me e Grace, perché a ripensarci improvvisamente mi ero sentita sprofondare nel dubbio: e se Grace avesse avuto ragione? Forse ero stata davvero gelosa. In fondo lei era la migliore delle due, quella talentuosa e dotata di una bellezza rara; l'unica cosa che io avevo in più era Jason, il fidanzato perfetto.

Julian si alzò e mise i piatti sporchi nel lavandino, poi tornò a sedersi, con due cucchiaini in mano e una terrina di Marionberry pie che depositò davanti a me. Mi chiesi nuovamente chi cucinasse tutte quelle cose e quando, dal momento che nonna Winnifred si faceva raramente vedere.

«Zack e Laura» disse Julian, scandendo i due nomi.

Sospirai, capendo che cosa aveva in mente. «Zack è bello, ma si comporta come uno che ha sempre qualcosa da dimostrare. È uno sbruffone e non ispira fiducia alle ragazze. Hai sempre l'impressione che potrebbe ferirti, lasciarti con il cuore a pezzi, delusa e umiliata. Non sai mai quanto prenda sul serio le cose...»

«Non è un atteggiamento che paga, vero?» mi domandò.

«No, soprattutto con due come Grace e Laura.»

«Grace era bellissima e notoriamente irraggiungibile...»

«Laura era bella e popolare, amata da tutti, con un carattere fantastico, intelligente e impegnata in mille iniziative diverse.»

«La ragazza ideale per uno che sente di dover dimostrare qualcosa» concluse Julian.

«Credo che in fondo Zack si sentisse solo insicuro...»

«Com'è andata?» domandò Julian, appoggiando i gomiti sul tavolo e sprofondando la testa tra i pugni chiusi. Aveva già intuito che era accaduto qualcosa anche tra Laura e Zack, da me gli servivano solo i dettagli.

«Lui l'ha invitata a uscire e Laura non ha accettato. Una settimana dopo si è messa con George Barnes.»

«È successo dopo la breve storia che ha avuto con Grace?»

«Sì» confermai.

In cucina calò un silenzio carico di cose non dette. Parecchi indizi sembravano puntare verso Roger Freesbury, ma lui non aveva davvero ragioni per prendersela con Laura e Grace. Prima che Julian mi portasse a ragionarci su, non ci avevo mai pensato. Ma era innegabile: Zack sicuramente provava rancore verso entrambe le vittime del killer.

Pensare che quella rabbia potesse trasformarlo in assassino era assurdo, ma ogni morte violenta lo è, in fondo. Li conoscevo entrambi da sempre, Roger e Zack, e non riuscivo a credere che avessero ucciso. Ma bastava cambiare prospettiva, analizzare i fatti con gli occhi di qualcuno arrivato in paese da poco, per capire che le cose potevano forse essere diverse. Era questo, in fondo, che mi affascinava tanto di Julian: mi ricordava quanto il mondo possa essere differente da quello che crediamo.

«Dobbiamo scoprire se Zack è menzionato da qualche parte nell'indagine, anche in modo marginale» disse alzandosi. «Credi che tuo padre e la squadra di detective conoscano la storia che mi hai appena raccontato?»

«Ne dubito. Sandra non sapeva che sua figlia stesse uscendo con Zack, e i suoi amici sono bravissimi a tenere per sé i fatti propri.» Zack, Jason, John e Horace si consideravano fratelli, pronti a difendersi e a proteggersi dal resto del mondo.

«Vuoi dire che a scuola nessuno sapeva nulla, oltre ai ragazzi della squadra di baseball?»

«Grace era una tipa molto riservata e aveva chiesto esplicitamente a Zack di tenere per sé il fatto che uscissero.» Julian annuì serio e io mi domandai a quali conclusioni stesse arrivando.

Lasciammo i piatti nel lavandino della cucina e tornammo in camera per continuare il nostro lavoro di ricerca. Io consultai tutti i documenti che avevo, in cerca di accenni a Zack. Era stato alle veglie funebri? Era nelle squadre di ricerca che avevano battuto il bosco quando Grace era scomparsa? Aveva fatto qualche dichiarazione?

Intanto Julian prese un foglio bianco e cominciò a scrivere quel che sapevamo: il killer conosceva la zona, sapeva muoversi nei boschi intorno al paese. Conosceva Grace e Laura o comunque non aveva un aspetto tale da spaventarle. Aveva scelto le sue vittime, probabilmente le aveva studiate, e sapeva come sorprenderle sole. Aveva fatto attenzione a non lasciare tracce di sé: quasi sicuramente aveva indossato guanti e coperto i capelli. L'arma scelta non era stata identificata e non era stato trovato alcun coltello o seghetto in vendita nei negozi dello Stato compatibile con i tagli. Roger sembrava ossessionato dalle due vittime, tanto da scattare foto di nascosto e poi nasconderle in camera sua. Zack sicuramente provava risentimento verso entrambe.

Mi domandai chi altro potesse avercela con loro. Cominciai a scrivere sul mio bloc-notes tutti i nomi che venivano menzionati negli articoli di giornale pubblicati sul caso. Zack veniva citato abbastanza spesso, sicuramente più di quanto avessi notato fino a quel momento. Era stato addirittura intervistato, perché aveva partecipato alle ricerche di Grace, la notte in cui era scomparsa da casa. Nell'intervista raccontava della banda musicale della scuola, per cui Grace suonava il pianoforte. Ricordavo che anche un giornalista dell'"Arkansas Daily" aveva approfondito lo stesso argomento, la banda musicale della Hope High. Ai cronisti piaceva, perché faceva sembrare Hope un paese come infiniti altri e rendeva ancora più sensazionale il crimine che era stato commesso.

Recuperai il reportage, incentrato su come una tranquilla cittadina di provincia fosse stata sconvolta da due morti violente. Era uscito quando ancora i giornalisti delle testate nazionali coprivano il caso, ma le indagini si erano già arenate. In mancanza di vere novità, l'autore non aveva trovato niente di meglio che tentare un ritratto del paese. Aveva intervistato il sindaco e raccolto le testimonianze di numerose persone, tutte sconvolte per quanto era accaduto. Cominciai a rileggerlo e, arrivata a metà pagina, mi fermai sentendomi gelare.

Lo passai a Julian, indicando il punto che aveva attirato la mia attenzione. La professoressa di musica, Geraldine Spencer, aveva dichiarato che Roger era un buon musicista, ma aveva problemi di costanza e spesso saltava le prove. Entrava nella sala musica della Hope High per primo, si sistemava in disparte, osservava gli altri arrivare e prendere posto sulle sedie di plastica colorata e solo allora decideva se restare oppure no. Qualche volta capitava che se ne andasse, senza dare spiegazioni. Era come se scomparisse in silenzio, scivolava oltre la porta senza farsi notare e in un attimo – mentre ancora gli altri chiacchieravano, aprivano le custodie degli strumenti, spiegazzavano gli spartiti – lui non c'era più. "E dove va?" aveva domandato il giornalista. Geraldine Spencer aveva risposto semplicemente: "Torna a casa sua".

«Ieri sera di sicuro non è rimasto a scuola fino alla fine delle prove, ma qui si dice che lui se ne va all'inizio, prima che si cominci a suonare. In effetti non è possibile che lasci la sala a prove iniziate. Per farlo dovrebbe scavalcare metà della banda, è esattamente quel genere di situazione che attira l'attenzione e che lui evita» dissi a Julian. Lui mi fissava in silenzio, ed ero certa che avesse già capito che cosa intendevo. Sentii comunque il bisogno di domandarlo ad alta voce.

«E se fosse tornato a casa subito, se fosse stato in giardino quando noi siamo entrati in casa sua?» dissi con un filo di voce.

«Non possiamo saperlo.»

«Però si è comportato in modo strano, no? È entrato in casa in silenzio, senza accendere le luci, e solo mentre saliva le scale ha urlato» dissi.

"Sei tu?" aveva gridato. La sua voce mi era rimasta impressa in testa. Mi bastava chiudere gli occhi per sentirlo di nuovo. «Sapeva che qualcuno era in casa» dissi. E lo sguardo di Julian mi confermò che anche lui ne era convinto. Quello che però non potevamo sapere, e che tutti e due ci stavamo chiedendo, era se ci aveva visto. Sapeva che eravamo noi due, ad aggirarci per i corridoi bui di Freesbury House? Osservai il sole tramontare, oltre la finestra della soffitta di Robin House, sentendo addosso una sgradevole sensazione di disagio.

Una possibile risposta mi sarebbe arrivata molto presto, come un incubo che ti sveglia, strappandoti dal sonno.

18

Dopo un weekend trascorso con Julian a rimettere ordine in tutto quello che sapevamo degli assassini di Hope, la settimana cominciò offrendomi un'occasione inaspettata per scoprire qualcosa di più dell'indagine. Mio padre, che per tutto il weekend era stato con i detective federali nei laboratori scientifici di Little Rock, lunedì non andò in ufficio e lavorò da casa.

Tornai da scuola presto e lo trovai seduto al tavolo del soggiorno, la testa stretta tra i pugni, impegnato a leggere i documenti che aveva sistemato ordinatamente, davanti a sé. La luce incerta del tardo inverno entrava dalla finestra alle sue spalle, facendolo sembrare immobile come un brutto ricordo. Sul tavolo c'erano diversi raccoglitori di cartone azzurro, abbastanza zeppi da tenere in tensione gli elastici che li chiudevano a fatica. Sopra c'erano codici fatti di numeri e lettere scritti in bella calligrafia, dentro i risultati dei laboratori della scientifica. Sapevo che erano stati raccolti campioni di foglie, legno, terra nella zona dove erano state ritrovate Grace e Laura. Se era emerso qualcosa di nuovo, stava sicuramente tra quei documenti.

Salutai mio padre e gli chiesi se avesse già mangiato.

«No, ho perso il senso del tempo» rispose, lanciando un'occhiata all'orologio che portava al polso.

Mia madre era impegnata al pranzo che il reverendo Sutton organizzava in chiesa una volta alla settimana, per coinvolgere gli anziani e le persone sole, ma ci aveva lasciato del cibo pronto. In cucina la tavola era apparecchiata e due grossi panini di granchio stavano in una terrina, ricoperti da uno strofinaccio.

«Tutto bene a scuola?» domandò mio padre distrattamente, sedendosi davanti al suo piatto.

«Mi aspettavo che l'ultimo anno fosse peggio» risposi. Per un po' non disse nulla, masticando lentamente con aria assorta. Poi appoggiò il panino e si schiarì la voce.

«Ultimamente sono stato assente e mi dispiace.»

«Non c'è problema, papà. Quello che stai facendo è importante» dissi, e ci credevo davvero, non lo dicevo solo per farlo sentire meglio.

«È il tuo ultimo anno a casa e mi sembra di perderlo.»

«Trova chi ha ucciso Grace» dissi, fissandolo negli occhi. «È la cosa più importante.»

Finimmo il pranzo in silenzio, perché c'erano troppe cose che avrei dovuto dirgli e ancora di più erano quelle che nascondevo. E poi, in fondo aveva ragione: negli ultimi mesi non c'era stato. L'indagine l'aveva assorbito completamente.

Sparecchiai e annunciai che avevo da studiare. Era vero, ma nella testa avevo ben altro. Presi i libri e mi sistemai a sedere alla finestra di camera mia. Da lì, sporgendomi, potevo controllare la strada e la fine del vialetto d'ingresso.

Erano circa le sei quando vidi l'auto di mia madre avvicinarsi lentamente. Sapevo che aveva il baule pieno di grosse sacche di plastica da scaricare, con i pentoloni usati per il pranzo, così scattai in piedi lasciando cadere i libri a terra. Percorsi il corridoio in punta di piedi e aspettai all'inizio delle scale che l'auto imboccasse il vialetto di casa, trattenendo il respiro. A quel punto andò come immaginavo: mio padre si alzò, lasciando il lavoro sul tavolo, e uscì dalla porta di casa per andare ad aiutare mia madre. In giardino mio fratello stava urlando qualcosa circa un nuovo videogioco che voleva assolutamente in regalo per il suo compleanno.

Io mi lanciai giù dalle scale di corsa, con il telefono cellulare in mano. Lanciai un'occhiata alla finestra: papà e mamma stavano scaricando la macchina, scambiandosi parole che non potevo sentire, mentre Daniel saltellava loro intorno, con un'aria lacrimevole. Li intravedevo appena, attraverso il lunotto posteriore della vecchia Volvo bianca di mia madre.

Guardai quello che mio padre stava leggendo prima di alzarsi, era la perizia di uno psichiatra che faceva ipotesi sul profilo criminale del killer. Aprii le cartellette blu e trovai i risultati delle autopsie di Laura e il referto di un esperto di armi da taglio. Poi, trovai qualcosa che mi gelò il sangue. Si parlava di un'altra ragazza, trovata morta e mutilata alcune miglia a sud di Hope, due mesi prima dell'assassinio di Grace. Si chiamava Brittany Ann Beatty, aveva sedici anni ed era scappata di casa un anno prima circa, una delle migliaia di adolescenti che si perdono per il paese, in fuga da famiglie difficili e dalla povertà. Feci in tempo a scoprire che il cadavere della ragazza era stato trovato da un cacciatore e che erano state necessarie settimane per identificarlo. Il referto menzionava delle mutilazioni, ma non trovai altri dettagli. Una nota in fondo alla pagina ribadiva la volontà di non divulgare l'informazione alla stampa e un appunto aggiunto a mano specificava che non c'era alcuna prova definitiva che legasse la morte di Brittany Ann Beatty a Grace e Laura. Si trattava solo di un'ipotesi investigativa.

In fondo alla cartelletta trovai una sua foto, e immediatamente ne ebbi la certezza. La morte di quella ragazza era collegata a Hope. Restai a fissarla, sentendo addosso una sensazione di angoscia soffocante: era stata scattata a scuola, per l'annuario scolastico, Brittany era in posa e si sforzava di sorridere. I lunghi capelli castani le incorniciavano un viso dall'ovale perfetto, gli occhi erano vispi e verdi.

Sentii dei passi sulla veranda, la voce di mia madre che ringraziava mio padre e mio padre che prometteva qualcosa a Daniel. Con il telefono scattai una foto della pagina che riguardava Brittany Ann, poi infilai la foto dove l'avevo trovata e raggiunsi le scale di corsa. Quando la porta si aprì, tutto lasciava credere che stessi arrivando da camera mia.

«Serve una mano?» domandai sorridendo. In risposta, mia madre mi mise tra le braccia tre grosse caraffe di vetro. Era accaldata e una ciocca di capelli chiari le si era appiccicata sulla fronte.

«Avevamo ben venti anziani a pranzo, oggi, la signora Johnson finalmente ha accettato di unirsi al gruppo. Credo che cominci a non ragionare più del tutto, non mi sento sicura a sapere che a casa da sola tutto il giorno...»

Le chiacchiere e i racconti di mia madre mi sembrarono meravigliosamente rassicuranti. Là fuori c'era un mondo dove le persone diventavano anziane, andavano a pranzo in parrocchia e nessuno veniva assassinato nel bosco e poi mutilato. Le domandai come stava la signora Adam, che l'inverno precedente aveva lasciato la nostra strada per trasferirsi più vicino al figlio e mi complimentai per come era riuscita a preparare da mangiare per tutti quanti. Chiacchiere, per fingere che fosse tutto come un tempo.

Mio padre, però, era assorto nei suoi pensieri, si capiva che aveva la testa altrove. Mi dispiacque: era distante, non c'era nulla della normale vita di Hope che potesse interessarlo, ormai. Colsi un'ombra d'apprensione sul viso di mia madre. Questa situazione la faceva soffrire, ma sopportava. Aiutai a pulire i pentoloni e restai finché la cucina fu di nuovo in ordine.

«Passo da Julian, Winnifred mi ha invitato a cena: ha bisogno del nostro aiuto per sistemare la biblioteca di casa» dissi a mia madre.

«Posso accompagnarti» rispose lei, guardando con apprensione la sera che calava fuori dalla finestra.

«Faccio due passi finché c'è luce e mi faccio accompagnare al ritorno» risposi con il mio miglior sorriso. Mia madre non disse nulla, e io lo presi come un sì.

Poco dopo ero per strada, con la mia sacca in spalla e tanta fretta di raccontare a Julian quel che avevo scoperto.

A Robin House, però, le finestre erano tutte buie. Risalii a piedi la collinetta su cui sorgeva la villa. Mi sentivo inquieta, da quando Julian era tornato a vivere a Hope non era mai successo che in casa non ci fosse nessuno. Affrontai gli ultimi scalini nervosamente e per poco non rischiai di inciampare. La porta era chiusa, suonai il campanello e lo sentii risuonare nell'ingresso. Dalla casa non giunse alcun rumore. Allora raggiunsi la finestra della cucina e sbirciai dentro: era tutto buio. Vidi i soliti mobili antichi, il grande tavolo di legno chiaro, nulla di diverso dal solito. Eppure, e non avrei saputo dire perché, sembrava una casa disabitata.

Mi sentii prendere dal panico. Recuperai il telefono e provai a scrivere una mail a Julian, maledicendo il suo assurdo rifiuto di possedere un telefono cellulare.

Dove sei?
Ho scoperto delle novità importanti!
Sono passata da te ma non c'è nessuno…

Sapevo che avrei potuto entrare in casa attraverso la porta sul retro, quella che portava alla cantina, ma Robin House in quella sera mi sembrò lugubre e inquietante. Senza Julian e nonna Winnifred era tornata a essere la casa infestata da cui i bambini si tenevano lontani.

Si alzò un alito di vento freddo che mi fece rabbrividire. Mi sembrò incredibile che un tempo Ava ci avesse vissuto. Mia madre mi aveva raccontato che Ava organizzava feste in giardino, con la musica e una birra fatta venire apposta da Little Rock. I ragazzi ci andavano, anche se restavano guardinghi e poi, appena uscivano dal cancello, cominciavano a prendere in giro il vecchio Ezechiele. Guardai il giardino incolto: non era rimasto nulla di quegli anni lontani.

Volevo solo andarmene da lì, al più presto. Poi realizzai che non potevo tornare a casa, perché avrei dovuto inventare qualche bugia a mia madre per giustificare il mio improvviso ritorno. Così camminai veloce fino al Pica's, il vecchio *diner* sulla statale che porta fuori Hope, dove ero certa che non avrei incontrato nessuno di conosciuto.

Entrai guardandomi intorno preoccupata, ma non avevo nulla da temere: il locale era quasi vuoto, a eccezione di due tizi seduti al bancone con un piatto di nachos davanti e gli occhi incollati allo schermo dove proiettavano una partita. Ero abbastanza certa che venissero da fuori.

Mi sistemai al tavolo più defilato, tirai fuori il mio libro e mi preparai a trascorrere così almeno un paio d'ore. La cameriera era la sorella maggiore di una ragazza che conosceva Marla, braccia tatuate e capelli tinti di verde. Sapevo che suo padre era finito in prigione qualche anno prima. Si limitò a sollevare il mento e a chiedere un "tutto ok?" che dimostrava solo quanto poco le interessasse delle ragioni che mi avevano portato lì.

Ordinai un sandwich al formaggio e un frullato di mango. E mentre in cucina il grosso cuoco messicano preparava svogliatamente la mia cena, mi persi a contemplare le targhe automobilistiche e le bandiere del mondo che tappezzavano le pareti.

Sbocconcellai il panino, controllando spesso la mail nella speranza che Julian mi rispondesse. Invece nulla. Per fortuna avevo i libri di scuola a farmi compagnia e a tenermi la testa impegnata. Quando fuori il cielo si tinse di scuro, decisi di tornare a casa. Aggiornai la posta l'ultima volta, ma Julian non mi aveva scritto. Raccolsi veloce le mie cose, lasciai dieci dollari sul tavolo e salutai con un cenno della mano la cameriera, che stava appoggiata al bancone e lanciava occhiate distratte allo schermo della televisione.

Uscii dalla porta a capo basso e finii contro qualcuno.

«Trinity!» esclamò Jason, stringendomi un braccio per evitare che cadessi a terra. «Che ci fai qui?» domandò sorpreso. A scuola era parecchio tempo che ci ignoravamo completamente, ed era stranissimo ritrovarci così noi due, soli.

«Che ci fai *tu*?» risposi con la voce più innervosita di quanto avrei voluto.

«Sono passato a prendere qualcosa da mangiare dopo gli allenamenti» rispose incrociando le braccia. Chiaramente si aspettava che gli spiegassi perché mi trovavo da quelle parti, sola, a quell'ora.

«Io avevo bisogno di stare un po' per i fatti miei» risposi distogliendo lo sguardo.

«Non credo sia una buona idea che tu te ne vada in giro da sola» rispose severamente. Aveva ragione, ma il suo tono mi innervosì parecchio. Tirò fuori le chiavi della macchina dalla tasca dei pantaloni.

«Jason, so badare a me stessa.»

«Tua padre ha deciso che i ragazzi possono ricominciare ad andare in giro per il paese dopo il tramonto?» chiese provocatoriamente, riferendosi alle direttive uscite dall'ufficio dello sceriffo.

«Certo che no...» cominciai a dire, ma lui mi interruppe.

«Da quel che so, non hanno ancora preso quel bastardo che ha ammazzato Grace e Laura, quindi tu ora vieni con me.» Si diresse verso il suo Dodge nero e io per un istante pensai che sarebbe stato bello voltarmi e andarmene, ma poi mi vennero in mente tutte le conseguenze di quel gesto. Jason mi avrebbe seguito fino a casa con il pick up per assicurarsi che non mi succedesse nulla, attirando l'attenzione di mamma e papà.

Sospirai e lo seguii. Lui sedette alla guida, senza neppure voltarsi verso di me, e io presi posto al suo fianco. Il disagio era palpabile. Evidentemente non era contento di avermi incontrata e mi accompagnava a casa solo per senso del dovere. Notai uno dei bicchieri di carta del Pica's sistemato tra i due sedili. Evidentemente frequentava il locale.

«Non sapevo ti piacesse il cibo messicano» commentai nella speranza di alleggerire l'atmosfera.

«Ci vengo qualche volta» rispose, accendendo la musica. La voce di Beyoncé riempì il silenzio e io finalmente capii.

«Esci con *lei*?» domandai, senza riuscire a ricordare il nome della cameriera.

Jason si voltò verso di me, sorpreso. «Intendi Jackie?»

«Sì, lei.»

«Siamo amici, tutto qui» rispose gelido.

Possibile che quella che avevo interpretato come indifferenza fosse in verità astio nei miei confronti? Ero la ex scomoda, incontrata nel momento sbagliato.

«Non sapevo neppure che la conoscessi.»

«No, non lo sapevi, ma che importa?»

Già, che importanza aveva? Jackie e i suoi tatuaggi, i capelli verdi, il lavoro serale come cameriera e il padre in prigione. Non potevo immaginare una ragazza più diversa da me, non riuscivo a pensare a nessuna che fosse più adatta a consolare Jason dopo la nostra rottura.

«Hanno visto Julian camminare nel bosco, una notte» mi disse a un tratto, cambiando repentinamente argomento. Quella sua uscita mi colse completamente alla sprovvista, così non trovai nulla di meglio da dire che un: «Credo sia libero di andare dove vuole, non credi?».

«Tri, quanti ragazzi conosci che passeggiano a mezzanotte tra gli alberi, qui a Hope?»

«D'accordo, è strano. Grazie per avermi avvisata» risposi, sperando di chiudere al più presto quella discussione.

«Dico solo che non lo conosci davvero.» Jason teneva gli occhi puntati sulla strada, ma si capiva che era concentrato a scegliere le parole.

«Non conosco davvero nemmeno te, se è per questo...» dissi, felice di scorgere in lontananza le prime case del mio quartiere.

Nessuno di noi disse più nulla, il silenzio di Jason non era più nemmeno irritante. Suonava solo triste. Triste e deluso.

Fermò la Dodge a qualche casa di distanza dalla mia, da dove poteva vedermi entrare in casa senza che i miei lo notassero.

«Grazie» gli dissi, voltandomi verso di lui prima di aprire la portiera e uscire.

Trovai mio padre e mia madre in cucina, come aprii la porta ammutolirono. Sul tavolo c'erano i documenti su cui mio padre stava lavorando. Mia madre era pallida e stringeva in mano uno strofinaccio. Mio padre doveva averle raccontato della terza vittima.

Finsi di non accorgermi del suo turbamento e dello sguardo stravolto di papà, entrai in cucina e accennai alla meravigliosa torta di mirtilli di Winnifred Cooper. Mi versai un bicchiere di limonata, sorrisi a mia madre e poi li salutai, salendo verso camera mia. Mio fratello mi chiese se volevo guardare un film insieme. «Devo finire un compito per la scuola, Dan» gli dissi. La delusione comparve sul suo volto. «È l'ultimo anno, i professori non ci danno tregua...» spiegai, e lui sorrise. «D'accordo» disse, correndo giù per le scale.

In camera mia controllai ancora la mail, ma Julian non mi aveva scritto. Pensai a Jason e a Jackie, senza riuscire a trovare neppure una cosa in comune.

Quella sera andai a dormire presto. Ricordo esattamente che mi spogliai e mi infilai nel pigiama, lanciai un'occhiata fuori dalla finestra, al cielo stellato. Lo ricordo perfettamente e ne sono certa. Là fuori non c'era nessuno. Almeno in quel momento.

19

Un rumore sordo e improvviso, fu quello a svegliarmi. Spalancai gli occhi, immobile sotto la trapunta. Un raggio di luna disegnava una chiazza pallida lungo il soffitto, lasciando il resto della mia stanza immerso in un'oscurità densa e immobile. Lentamente allungai la mano verso il telefono appoggiato sul mio comodino. Erano le tre e un quarto di notte e io ero completamente sveglia.

Mi domandai se non fosse stato solo un sogno, e proprio allora lo sentii di nuovo, questa volta più leggero. Il rumore proveniva dal giardino di casa, appena sotto la mia finestra. Non era un incubo frutto della mia fantasia. Là fuori c'era qualcuno.

Scivolai lentamente giù dal letto e raggiunsi in punta di piedi la finestra, restando di lato, in modo da poter sbirciare fuori senza essere vista. Non c'era nulla di strano. L'acero al centro, l'erba tagliata rasa da mio padre, il gelsomino cresciuto lungo la staccionata di legno, il pesco che avevo voluto piantare per il mio quinto compleanno. Stavo ancora scrutando fuori, quando sentii uno scricchiolio appena fuori dalla finestra. Stavo guardando nel luogo sbagliato: non era in giardino che si nascondeva l'intruso. Era in piedi sul tetto della veranda, appoggiato al muro esterno della mia camera.

Il battito del mio cuore prese ad accelerare, nella mia testa si susseguirono rapide tutte le possibilità: potevo chiamare mio padre, telefonare in centrale e chiedere che mandassero al più presto una pattuglia, cedere al panico e urlare, sperando di mettere in fuga l'intruso. Invece scelsi di fare la cosa più stupida. Presi fiato e poi spalancai la finestra. Volevo sapere chi c'era lì fuori: Roger? Magari Jason, che per qualche assurdo motivo aveva deciso di tenermi d'occhio? Julian, di cui nessuno in paese si fidava davvero? Oppure uno sconosciuto, qualcuno che non avevo mai visto prima?

Aprii la finestra stringendo i denti e mi affacciai, appena in tempo per vedere l'ombra di qualcuno saltare giù dal tetto e sparire dalla mia vista. Nella notte era indistinguibile, vestiva di nero e aveva i capelli coperti. Impossibile capire chi fosse.

Scavalcai il davanzale e restai in piedi sui coppi freddi, umidi della rugiada notturna, avvicinandomi il più possibile al bordo del tetto per guardare il giardino di casa. Chiunque fosse, sapeva come non farsi vedere. Non comparve sul prato, costeggiò la veranda fino a dove non potevo più vederlo, scavalcò la palizzata e scomparve nel bosco dietro casa.

Restai un bel po' in piedi sul tetto a osservare la notte di Hope, interrogandomi su tutti i misteri che celava. Non avevo più paura, perché quella che avevo visto era una persona reale, era qualcuno che si era arrampicato fin sotto la finestra di camera mia, nel mezzo della notte.

Ero scossa, agitata ed ero anche arrabbiata, sentimenti che già stavano mutando verso qualcosa di più definito: la determinazione a scoprire la verità. Solo quella avrebbe riportato la pace a Hope.

Cominciai a rabbrividire nel mio pigiama di cotone leggero, così rientrai in camera. Presi il cellulare e aprii la posta. Julian mi aveva risposto intorno a mezzanotte.

Ero con Winnifred a Little Rock!
Scrivimi quando ti svegli.

Gli scrissi immediatamente.

Julian, c'era qualcuno qui.
Era fuori dalla mia finestra, adesso. Non l'ho riconosciuto, era vestito di nero. Un ragazzo, credo.

Inviai la mail, pur sapendo che avrei dovuto essere più chiara e spiegare meglio che cosa era appena successo. Quelle poche righe erano confuse e vaghe, ma avevo una grande agitazione addosso, era evidente che non mi sarei riaddormentata facilmente. Faticavo a stare ferma, mi tremavano le mani. Dovetti sedermi sul letto e accoccolarmi, stringendomi le ginocchia al petto. Cercavo di immaginare che cosa spingesse qualcuno ad arrampicarsi fuori dalla finestra di una ragazza nel mezzo della notte. Intendeva entrare in camera mia o si sarebbe limitato a spiarmi? Che cosa aveva visto dalla finestra?

Mi lasciai cadere sul letto, tremando per il freddo, e chiusi gli occhi. Avrei dovuto riflettere con calma, ma mi sembrava di non avere neppure una singola certezza da cui cominciare. Ero troppo agitata, sconvolta. E poi, c'era la paura più grande: forse avevo appena visto l'assassino di Grace, Laura e Brittany Ann. Avrei dovuto parlarne con mio padre perché magari, senza saperlo, avevo informazioni utili all'indagine. *Ma che cosa potrei mai dirgli*, mi domandai. *Non ho idea di chi si sia spinto fino alla mia finestra, non l'ho visto in volto. Non saprei riconoscerlo.* Se avessi raccontato a mio padre quel che era appena accaduto, avrei dovuto dirgli anche tutto il resto: che mi ero introdotta a casa di Roger di nascosto, che Zack aveva buone ragioni per avercela sia con Grace che con Laura...

Un nuovo rumore interruppe bruscamente i miei pensieri. Spalancai gli occhi. Il cielo doveva essersi fatto nuvoloso, perché non c'era neppure più la luna a rischiarare camera mia. Sentii dei passi e poi il suono leggero e insopportabile di un'unghia che sfiora il vetro della finestra. *È tornato*, pensai. Mi maledissi per non aver chiamato mio padre, pensai che se avessi cercato di raggiungere la porta lui – perché ero sicura che fosse un "lui" – mi avrebbe visto e in un attimo avrebbe potuto irrompere nella mia stanza. Ero immobile nel letto, bloccata dalla paura, quando sentii una voce bisbigliare roca il mio nome. Era Julian!

«Trinity!» sussurrò, ticchettando ancora con le unghie sul vetro.

Mi venne da piangere per il sollievo. Corsi alla finestra, la spalancai e mi lanciai tra le sue braccia. Non c'era nessun altro che volessi vedere più di lui, in quel momento. Nessuno poteva farmi sentire al sicuro come lui.

«Ehi, cos'è successo?» mi chiese dolcemente, accarezzandomi la testa. Lo feci entrare, senza rispondere, poi lo abbracciai ancora. Lui mi asciugò le lacrime con la manica della felpa e mi fece sedere sul bordo del letto, accanto a sé. Stringevo con forza il suo braccio, ancora incredula che fosse davvero con me.

«Ho letto la tua mail e sono corso qui» mi spiegò. Parlava con tono fermo, tranquillo. Ammirai la sua capacità di non perdere la calma, mai.

«C'era qualcuno, qui fuori» gli dissi, cercando di controllare il tremore della voce. Parlavamo piano, per non rischiare di farci sentire dai miei genitori, nella stanza in fondo al corridoio.

«Raccontami» disse, stringendomi il viso tra le mani. Gli dissi tutto, a partire da Brittany Ann e quello che avevo scoperto dagli appunti di mio padre, il mio arrivo a Robin House, il Pica's e l'incontro con Jason e poi quel rumore nella notte.

Lui ascoltò con attenzione, poi restò in silenzio, riflettendo con aria seria.

«Ti voleva spaventare» disse infine.

«Cosa?» esclamai confusa.

«Credo che, chiunque fosse, volesse farsi scoprire da te.»

«Ma perché?»

«Non lo so» disse scuotendo la testa. Poi ci ripensò. «O forse qualcuno sa che stai indagando e vuole fermarti.»

Quell'ipotesi mi sembrava assurda e terribilmente possibile allo stesso tempo, ma mi fidavo di Julian e del suo intuito. Ci pensavo e mi sembrava possibile, perfino probabile: finché ero rimasta tranquilla a sopportare il mio dolore per la perdita di Grace come tutti gli altri, era andato tutto bene. Ma era bastato cominciare a indagare, a farmi delle domande, per risvegliare qualcosa. Hope era così: ciascuno doveva stare al proprio posto, e la mia incapacità a seguire questa semplice regola era da sempre stata un problema. Per quello ero rimasta sin da subito affascinata dall'unica persona che aveva scelto di seguire il proprio cuore: Ava, che se n'era dovuta andare perché troppo grande per questo paese. Anche io me ne sarei andata, non avevo scelta.

Julian si sfilò le scarpe e si sdraiò sul mio letto, allungando la mano verso di me per farmi accoccolare accanto a lui.

Erano le quattro del mattino e stavamo insieme nel mio letto, abbracciati. Non capivo fino a che punto la mia vita si sarebbe potuta ancora incasinare, ma sorprendentemente non me ne importava niente. Mi sollevai, appoggiando il gomito sul cuscino, e lo guardai negli occhi. Sentivo il suo corpo caldo accanto al mio, il suo petto che si alzava e abbassava a ogni respiro, il profumo di tabacco. Nel buio distinguevo il luccichio dei suoi occhi. Mi stava guardando; impossibile immaginare che cosa pensasse, però. Non sapevo che cosa aspettarmi: ci eravamo baciati ma non voleva spingersi oltre, eravamo amici, ma tra noi c'era anche qualcosa di più. Mi piaceva come mai nessun ragazzo prima d'ora ed ero certa che anche lui provasse qualcosa per me. Ma c'era una distanza tra noi che Julian non voleva cancellare, e a me non restava che accettare quella sua decisione e aspettare.

Mi chinai lentamente e poi gli sfiorai la bocca con le labbra. Julian rimase immobile, ma intravidi un sorriso arricciarsi sul suo viso. Allora lo baciai, lentamente, assaporando ogni istante di quella notte buia che mi lasciava solo il suo sapore. Lui appoggiò una mano su un mio fianco e mi strinse a sé, e io lo assecondai. Era evidente che mi desiderava, il suo bacio si fece più deciso mentre le sue mani scivolavano lungo la mia schiena e poi sul mio seno. Quando gli sollevai la felpa, però, lui si ritrasse. Non bruscamente, ma con decisione.

«No» disse solo. Era categorico. Stava succedendo ancora, e io mi sentii un'idiota per esserci ricascata.

Lui però mi strinse di nuovo a sé, baciandomi in fronte e cullandomi tra le sue braccia. Restammo così a lungo, scivolando in un sonno leggero e sofferto, finché alle prime luci dell'alba lui mi bisbigliò all'orecchio che era meglio se andava.

«Meglio che vada»: non ero assolutamente d'accordo, ma non avrei saputo spiegargli perché improvvisamente non mi importava più nulla, neppure la reazione dei miei genitori a vederlo lì.

Tenni gli occhi chiusi e sentii il suo corpo allontanarsi dal mio, lasciando un'impronta fredda. Mi mancò immediatamente, in modo doloroso. Lo sentii aprire la finestra e poi riaccostarla. Lasciai che l'aria fredda della prima mattina entrasse in camera fino a farmi tremare. Restai così, senza forze né più pensieri in testa, sentendomi smarrita come mai prima.

20

La sveglia suonò troppo presto, era come se non avessi dormito neanche per un secondo. Mi faceva male la testa e sentivo gli occhi gonfi di sonno. Allungai le braccia e le gambe nel letto, con la sensazione strana di essere finita in un sogno contorto e confuso da cui sarebbe stato impossibile svegliarsi. Davvero qualcuno si era arrampicato di notte fino alla finestra di camera mia?

Mi districai dalle coperte, sedendomi sul bordo del letto e stringendomi il viso tra le mani. Indagando sulla morte di Grace, avevo spinto qualcuno ad agire. Forse era il killer, forse no. Chiunque fosse, aveva un segreto da proteggere. Ero stata io a portarlo da me. Nulla accade per caso, mai.

Poi improvvisamente mi colpì un pensiero.

Lo stresso ragionamento valeva anche per le ragazze uccise a Hope: doveva essere accaduto qualcosa, per scatenare quell'inferno di morti. Quale evento aveva spinto l'assassino a scegliere la sua prima vittima?

Decisi che dovevo controllare la cronologia dei fatti, verificare gli eventi accaduti prima di ogni morte. E poi bisognava scoprire che cosa aveva Brittany Ann di speciale, qual era il suo talento. Avevo alle spalle una terribile notte in bianco, eppure la mia testa ragionava veloce. Qualunque cosa stesse accadendo, andava fermata. Dovevo parlarne con Julian, al più presto.

La voce di mia madre mi riportò alla realtà.

«Trinity, tutto ok?» domandò affacciandosi alla porta. Era già vestita, stava portando una pila di magliette in camera di Daniel. Guardai l'ora, le sette e mezza, poi sorrisi.

«Non ho dormito molto bene, questa notte» risposi.

«Forse potresti restare un giorno a casa da scuola» propose con tono vagamente apprensivo. Dal modo in cui mi fissava compresi che non dovevo avere un bell'aspetto.

«Sto bene» mentii. Volevo solo andare a scuola, dove avrei potuto incontrare Julian. Mi alzai dal letto stiracchiandomi, mentre mia madre continuava a scrutarmi con aria perplessa.

«Ti preparo la colazione» disse infine, voltandosi lentamente e scendendo giù dalle scale. Non l'avevo convinta, ma mia madre non era il tipo da prendere di petto questo genere di situazioni.

Sfilai il pigiama, indossai jeans e un vecchio maglione di lana bianca che era appartenuto a Grace, poi scesi in cucina. Mamma stava finendo di cuocere in padella due uova, sulla tavola c'erano pane, marmellata e una tazza di tè fumante.

«Papà è già uscito?» domandai sbadigliando.

«Sì, aveva un appuntamento con la scientifica di Little Rock molto presto» disse, servendomi le uova in un piatto.

«Le indagini stanno facendo progressi, vero?» chiesi, pur conoscendo perfettamente la risposta.

«Credo di sì» rispose lei. Poi sedette al tavolo, davanti a me. «Non possono ancora rivelare nulla, ma si stanno avvicinando alla verità.»

«Papà deve trovarlo» dissi.

«Ce la farà, te lo prometto» rispose lei, e dal modo in cui mi guardava compresi che aveva perfettamente capito che la mia vita non avrebbe potuto riprendere, finché il serial killer non fosse stato fermato. Grace era morta e io ero rimasta intrappolata nel gorgo di mistero che circondava la sua fine.

«Ciao sorella» urlò Dan, comparendo in cucina. Io e mia madre ci scambiammo un'occhiata: davanti a mio fratello fingevamo che andasse tutto bene. Mi sforzai di mangiare qualcosa, mentre Dan mi prendeva in giro perché avevo indossato la maglietta al contrario. Invidiavo la sua innocenza.

Quando mi alzai da tavola per andare a scuola mi accorsi che mia mamma aveva gli occhi lucidi. Mi fermai a l'abbracciai forte. Avrei voluto rassicurarla, ma non trovai le parole per farlo. Suonavano poco convincenti persino alle mie orecchie.

Avevo la testa via, lontano. Durante le ore di lezione mi sistemai a uno degli ultimi banchi e dedicai il tempo a prendere appunti su quello che era successo nella notte appena passata. Presi nota di ogni dettaglio, le ore, i fatti, le mie impressioni. Segnai tutto.

Fortunatamente mi ero impegnata talmente tanto nello studio durante i mesi passati, che ora me la cavavo con un minimo sforzo. E potevo contare sull'aiuto di Julian, a cui bastava ascoltare i professori per capire perfino le lezioni più complicate e ottenere ottimi voti senza sforzo.

Lo incrociai durante l'ora di chimica. Come entrò nell'aula mi fece un cenno con la mano: voleva dirmi che ogni discussione era rimandata a dopo. Nella flebile luce della tarda mattina i suoi capelli sembravano risplendere d'oro.

Ci trovammo anche in mensa. Pranzavamo spesso insieme, per i fatti nostri o con Marla e le altre.

Era cominciato un giorno di febbraio, quando Marla mi aveva fermato in corridoio e con gli occhi che luccicavano aveva voluto sapere "tutto ma proprio tutto".

«State insieme, vi siete baciati?» mi aveva chiesto, trattenendo a fatica la curiosità.

Avevo negato, ovviamente.

«Sarà anche matto come dicono, però è fighissimo...» disse con occhi sognanti.

«Sì, è parecchio carino» ammisi sorridendo maliziosa, per stare al gioco. Marla adorava parlare di ragazzi, il problema è che aveva ben poco da dire.

«Però tu sei strana. Prima lasci Jason e ora diventi la migliore amica di Julian. Continui a circondarti di questi ragazzi spettacolari...» disse poi, scrutandomi come se ci fosse qualcosa in me di sbagliato.

«Sì, lo so. E concludo poco!» dissi. Marla era scoppiata a ridere, e all'ora di pranzo aveva suggerito che forse potevamo invitare anche Julian al nostro tavolo. Ci teneva da morire, era evidente, e io non avevo voluto deluderla. *Non escludere nessuno, regala un sorriso ogni volta che puoi*, come diceva Ava in una sua vecchia canzone. Julian aveva accettato, stringendosi nelle spalle come se non gli facesse una grande differenza sedere da solo o in compagnia.

Non nascondevamo il fatto di essere amici, però non volevamo che si sapesse quanto fossimo legati. Nessuno immaginava che trascorrevamo quasi tutti i pomeriggi insieme, né che stessimo indagando sul killer di Hope. Nessuno tranne il misterioso individuo che si era spinto fino alla finestra di camera mia, ovviamente.

Così quel giorno in classe, nonostante le infinite cose di cui avremmo dovuto discutere, io e Julian ci comportammo come normali compagni di scuola. Però io fremevo: avevo bisogno di discutere con lui quel che era successo. Qualcuno ce l'aveva con me, ne ero certa. Volevo sapere che ne pensava, se si era fatto un'idea in proposito. Ero impaziente. Ma dopo che la campanella della fine delle lezioni era suonata, percorrendo il corridoio verso l'uscita, tra la folla vociante di studenti, Julian si era avvicinato a me per dirmi che dovevamo andare in un posto.

Non fece alcun accenno al misterioso uomo che si era arrampicato fino alla finestra di camera mia, né alla notte trascorsa insieme, abbracciati nel mio letto.

«Un posto dove?» chiesi io stupita.

«Ti porto a pranzo fuori» disse.

Era impossibile estorcergli più di quel che voleva rivelare. Sorrideva con quelle sue labbra perfette, e la discussione finiva lì.

Lo seguii fuori da scuola, giù per la scalinata di pietra bianca da cui generazioni di studenti di Hope erano passati negli anni, attraverso il prato spelacchiato che teneva lontana la strada dall'edificio in mattoni rossi della Hope High e poi accanto le auto ferme al bordo della carreggiata per far salire gli studenti.

«Vieni» disse soltanto, imboccando la strada che portava verso il centro di Hope e poi sulla Main Street. Lo vidi da lontano, ma finché non ci si fermò davanti non intuii che era proprio quella la nostra destinazione: il Wendy's Cafè, il locale dei Nelson.

«Julian, davvero vuoi pranzare qui?» domandai incredula.

Sul marciapiede accanto alla porta d'ingresso c'erano ancora mazzi di fiori freschi e nella piccola vetrina incorniciata da assi di legno bianco stava una foto di Laura, sorridente e ignara del terribile destino che l'aspettava.

Stavo ancora osservando il suo sorriso aperto, incorniciato dai lunghi capelli color miele, quando Julian mi prese per mano.

«Vieni, entriamo» mi disse con tono insolitamente dolce. Lo seguii nel locale, il campanello trillò mentre la porta si apriva. Non venivo al Wendy's Cafè da quando Grace era stata uccisa. Ci piaceva passarci dopo scuola, con la scusa di studiare. Restavamo un po' sui libri, poi ordinavamo frullati di vaniglia e tè matcha e chiacchieravamo per il resto del pomeriggio. Da quando Grace non c'era più, non ero riuscita a tornarci.

Lasciai la mano di Julian e mi guardai intorno. Era tutto rimasto uguale, le piastrelle a terra bianche e nere, le vecchie foto di Hope incorniciate alle pareti, i tavolini di legno dipinti di rosso e il lungo bancone su cui erano sistemate le torte, i muffin e i biscotti preparati da Linda Nelson. Una cameriera che non conoscevo ci salutò con un cenno del capo. La signora Nelson stava preparando un caffè. La guardai: i suoi gesti erano lenti, era dimagrita e aveva un'aria malata. Le sue labbra erano tirate in un sorriso rivolto a nessuno in particolare, ma i suoi occhi erano spenti. Non mi vide, e io non feci nulla per farmi notare.

Seguii Julian all'ultimo tavolo in fondo al locale, appena accanto al grosso frigorifero pieno di bottiglie di limonata fresca. Nessuno degli avventori fece caso a noi e il volume della musica e la posizione defilata ci garantivano la possibilità di chiacchierare in pace.

«Dovresti parlare con tuo padre di quello che è successo ieri notte» mi disse. La cameriera lasciò sul nostro tavolo due menu, Julian sollevò gli occhi verso di lei, sorrise e disse: «Due limonate e una fetta di torta di mele».

Lei annuì, prendendo nota dell'ordinazione sul suo bloc-notes. «Con due forchette, immagino» aggiunse.

«E un'aggiunta di gelato alla vaniglia» disse Julian, restituendole il menu.

Lasciai che la cameriera si allontanasse, poi chiesi: «Perché?».

«Lo sceriffo e i federali devono sapere.»

«Intendi che dovrei raccontare che qualcuno si è arrampicato fino alla finestra di camera mia?» domandai incerta. Volevo capire che cosa aveva in testa, prima di sbilanciarmi.

«Dovresti dirgli che siamo entrati in casa di Roger, che abbiamo trovato delle foto nascoste, che probabilmente ci ha visto e che poco dopo qualcuno si è arrampicato fino alla tua finestra nel mezzo della notte con in mente qualcosa che non sappiamo.»

La sua frase mi colpì come un pugno sul petto, mi mancò il respiro.

«Forse non hai idea dei casini in cui finiremmo» gli dissi allora, con la voce che mi tremava. Improvvisamente ero arrabbiata. Era stato lui, all'inizio, a incoraggiarmi a *fare qualcosa* per scoprire la verità, e ora mi suggeriva di rovinare tutto.

«Non solo finiremmo nei guai con la polizia, ma creerei dei casini enormi a mio padre. Se si sospettasse che sua figlia è coinvolta in qualche modo, potrebbero toglierli il caso. Sono entrata di nascosto a casa del sindaco e potrei aver contaminato prove importanti. Sarebbe la fine della sua carriera. Non posso rischiare tutto questo, forse per niente: la persona che ho visto poteva essere l'assassino, ma anche no.»

«Non è detto che tuo padre paghi un prezzo così alto» provò a rassicurarmi, ma era evidente che non ci credeva davvero neppure lui.

«Sì, invece. E non è tutto. Conoscendo i miei, mi porterebbero via da Hope, immediatamente. Un serial killer ha ucciso la mia migliore amica, siamo ancora in paese solo perché mio padre è lo sceriffo. Ma se perdesse il lavoro e scoprisse che forse l'assassino ce l'ha con me, non resteremmo a Hope per un minuto più del tempo necessario a fare le valigie e caricare la macchina» sbottai tutto d'un fiato, aggrappandomi con i pugni chiusi al bordo della sedia.

Proprio in quel momento comparve la cameriera, che depositò le nostre ordinazioni sul tavolo. L'espressione sul mio volto spense qualsiasi voglia di chiacchierare. Sistemò il vassoio sottobraccio e si voltò, allontanandosi in fretta.

«Trinity, ho paura che tu sia in pericolo» disse Julian, come ci ritrovammo di nuovo soli. Lo disse alzando il tono di voce e io temetti che qualcuno potesse sentirlo. Tre signore anziane discutevano animatamente nel tavolo più vicino a noi e non ci degnarono di un'occhiata.

«Forse sono in pericolo da mesi, forse non cambia nulla che io indaghi sulla morte di Grace oppure no. Il problema è che c'è un serial killer in circolazione, libero di uccidere» gli ricordai a denti stretti.

«Non hai paura» disse, incrociando le braccia e fissandomi. Non capivo se era una domanda o cosa, quindi restai zitta. Certo che avevo paura, ma che potevo fare? Avrei smesso di essere terrorizzata solo con il killer in prigione. «Il tuo coraggio però non proteggerà le persone a cui vuoi bene» aggiunse, e io improvvisamente capii perché mi aveva portato lì, nella caffetteria dei signori Nelson, dove la mamma di Laura versava stancamente caffè nelle tazze, continuando giorno dopo giorno a vivere una vita che in realtà era finita la notte in cui sua figlia era stata ritrovata da Roger, morta. Voleva che ci pensassi seriamente, per davvero. Consapevole delle conseguenze a cui avrei potuto andare incontro, del dolore che avrei arrecato alla mia famiglia se fossi diventata il prossimo cadavere amputato e abbandonato nel bosco.

Julian continuava a fissarmi, immobile.

«Voglio fermare l'assassino, perché ho bisogno che sia fatta giustizia. Non tornerò mai più quella di prima, come nessuno qui a Hope, ma potrò fare pace con quello che è successo, lasciarmelo alle spalle in qualche modo e andare avanti. Ne ho bisogno, e in tanti mesi la polizia non ce l'ha fatta. I detective hanno strumenti che forse io neanche immagino, ma noi abbiamo un vantaggio: io conoscevo Grace come nessun altro, conosco Roger, Jason, so tutto di Hope. E posso permettermi di infrangere la legge, se serve, scoprendo cose a cui la polizia non sarebbe mai arrivata...»

E poi, per la prima volta, mi sentivo viva. Non è ironico, che accadesse proprio mentre rischiavo la vita?

Stavo dimostrando a me stessa che ero capace di reagire alle avversità, che non mi limitavo a subire gli eventi che avevano travolto Hope. Che forse, un giorno, avrei anche avuto la forza di realizzare i miei sogni, di ottenere ciò che desideravo. Se avessi scoperto la verità mentre tutti gli altri, polizia e federali compresi, brancolavano nel buio, allora sarebbe stata la prova che sì, in qualche modo ero speciale. So che è stupido, ma mi capitava di fermarmi e chiedermi che cosa avrebbe fatto Ava Cooper se fosse stata al posto mio, e in quel caso non avevo dubbi: avrebbe scoperto l'identità dell'assassino della sua migliore amica. Ma tutto quello non lo dissi a Julian, ovviamente.

Lui annuì piano, come se avesse intuito la portata di quello che mi passava per la testa. «Io sono pronto a seguirti, ma è una scelta tua, d'accordo?»

«Vado avanti» dissi decisa.

«Non c'erano foto mie, appese alla parete di Roger, e nessuno si è intrufolato a Robin House, che io sappia: quella in pericolo sei tu soltanto, io non corro rischi. Quindi è una scelta tua» mi ricordò.

«Se dico a mio padre quel che ho fatto, mi porteranno via di qui e perderò la possibilità di scoprire che cosa è successo a Grace. Tre ragazze sono state ammazzate, forse ce ne saranno altre, la prossima potrei essere io. In tanti mesi la polizia non è ancora riuscita a scoprire il colpevole. Non ci credo più, che tutto si risolverà.»

«Non voglio che tu corra dei rischi» disse.

«E allora stammi vicino» risposi.

21

Quel pomeriggio dopo essere stata alla caffetteria dei Nelson mi precipitò addosso una malinconia infinita. Mi mancava Grace, il suo modo intelligente di vedere le cose, i suoi consigli. La conversazione con Julian aveva smosso in me pensieri che fino a quel momento se ne stavano silenziosi, nascosti sotto altro.

Avevo bisogno di stare sola, così salutai Julian fuori dal Wendy's Cafè e tornai verso casa, dove preparai una ricerca di scienze per il giorno dopo, faticando terribilmente a tenere la testa concentrata sui libri. Mia mamma era da Rebeca e Daniel agli allenamenti di basket, così la casa mi sembrava più vuota e silenziosa che mai. Un tempo Grace sarebbe stata con me, ma lei non c'era più.

Mi alzai dal letto su cui avevo sparpagliato i libri e guardai fuori dalla finestra. In fondo a Conifer Close c'era la casa di Grace, disabitata. Sua madre era andata a stare dalla sorella a Seattle e non era più tornata. Nessuno aveva pensato che non fosse la cosa giusta da fare.

Lì non era rimasto più nulla. O meglio, la casa era la stessa, perché Sandra Mitchel non aveva voluto portare con sé niente. I mobili e le suppellettili erano al loro posto, i libri sulle mensole e la coperta fatta all'uncinetto ancora piegata sul bordo del divano.

La polizia per ben tre volte era entrata nella villetta in fondo alla strada, in cerca di prove, indizi, qualsiasi cosa che potesse gettare luce sul mistero. Apparentemente non avevano trovato nulla.

Quasi senza pensarci uscii da camera mia, scesi le scale e raggiunsi la cucina. Andai alla grande credenza bianca accanto al lavabo, dove si accumulavano cianfrusaglie di ogni tipo. Aprii il primo cassetto, scostai il ricettario di mia madre e, sotto uno strofinaccio da cucina di Natale, le trovai. Le chiavi di casa Mitchel erano lì. Tintinnarono leggermente nella mia mano, mentre le sollevavo. Sapevo che cosa fare: le infilai nella tasca dei jeans e uscii di corsa.

La strada era deserta, credo che nessuno mi vide percorrerla fino alla fine, salire gli scalini di legno, e poi far scattare la serratura della porta d'ingresso. Nessuno si accorse di quel che stavo facendo.

Fu stranissimo. Entrai e venni catapultata indietro nel tempo. C'era il pianoforte dove Grace si esercitava, sotto la finestra, lo stesso profumo di biscotti al burro, la stessa luce calda che passava attraverso le tende bianche. Il vecchio divano di velluto verde conservava ancora un piccolo avvallamento nell'angolo preferito di Sandra. Era persino rimasto un libro aperto, appoggiato sul tavolino al centro della stanza. Non si era presa la briga di riporlo al suo posto nella libreria, benché chiaramente non le importasse più sapere come finiva.

Era tutto come l'avevo lasciato, identico, come se non fossero passati mesi. Non c'era traccia della tragedia che aveva spazzato via la famiglia Mitchel.

Mancava solo il rumore di Sandra che preparava la cena in cucina, le sue scarpe all'ingresso, la musica di Grace, la sua borsa di scuola appesa alla ringhiera delle scale. Mancavano loro.

Mi affacciai al salotto, sentendomi sopraffare dai ricordi. Ma quello che mi aspettava era perfino peggio.

Mi forzai di salire le scale. Era qualcosa che desideravo, di cui avevo bisogno, e che allo stesso tempo faceva male da morire.

La camera di Grace aveva la porta socchiusa. Oltre, intravedevo la penombra. La aprii lentamente, spingendola con la mano. Per un istante pensai di essermi sbagliata: quella non era la stanza della mia migliore amica. Sul letto c'era solo il materasso, aperto da un lungo taglio, i libri non erano più sistemati sulle mensole, ma impilati sulla scrivania, oltre le ante spalancate c'erano i vestiti di Grace, sistemati malamente. Era un caos totale.

Ci impiegai un attimo a superare lo stupore, poi capii: era stata la scientifica. Avevo visto gli agenti portare fuori da casa grossi contenitori sigillati, probabilmente avevano anche restituito tutto a Sandra.

Sedetti sul bordo del letto, sentendomi impotente. Ero venuta in cerca della mia amica, ma trovavo solo il lavoro degli investigatori, la confusione lasciata dalle indagini. Restai lì un po', perdendo completamente il senso del tempo, poi mi alzai e mi avvicinai ai libri. C'erano i manuali di scuola, i suoi spartiti, i quaderni, i romanzi di Stephen King e quelli di Ellery Queen, una Lonely Planet di New York e la serie completa di romanzi di John Green. In cima a tutto trovai *Corri ragazzo, corri*. Era mio, gliel'avevo prestato io il giorno dopo averlo finito. Lasciai scorrere le pagine tra le dita, Grace era riuscita a leggerne metà, prima di morire. A tenere il segno c'era la pagina strappata di un'agenda. Sulla carta celeste, nella calligrafia ordinata di Grace, c'era una poesia che dovetti leggere e rileggere più volte.

Sento solo un silenzio doloroso
quello di chi sorride
e sembra che ti guardi in faccia
ma in verità il suo sguardo è lontano
ben oltre le mie spalle.

Mi sentii raggelare. Era solo una poesia, non diceva nulla di particolare. Impossibile anche immaginare a chi si riferisse Grace, forse a nessuno. Eppure quelle parole mi mettevano i brividi, c'era qualcosa di sbagliato. Era la calligrafia di Grace, ma mi sembrava incredibile che avesse scritto quelle parole. Non erano da lei. Non riuscivo a immaginarla provare quelle cose. Ancora una volta mi ritrovai a domandarmelo: conoscevo davvero la mia migliore amica?

La polizia doveva aver visto quel foglietto, ma non aveva portato a nulla. Mi tornarono in mente le domande che mi aveva rivolto Brianna, durante il primo interrogatorio. Chi erano i suoi amici, se l'avevo mai sentita parlare male di qualcuno, se aveva mai detto di avere paura. Volevano sapere se aveva mai avuto un diario o una pagina anonima sui social dove si sfogava.

«Sì, abbiamo un diario comune» avevo risposto. Brianna si era mossa sulla sedia, lanciando un'occhiata a Samuel.

«Temo dovrai farcelo leggere» aveva risposto lei. Io avevo recuperato la mia borsa, abbandonata accanto alla sedia, e avevo tirato fuori il diario, appoggiandolo sul tavolo.

Quella del diario era stata una mia proposta. Mi era venuta dopo che mia madre mi aveva raccontato che molti anni prima aveva tenuto un diario con Ava. "Ava adorava i diari, ne teneva diversi in contemporanea, ci scriveva pensieri, sogni e poesie, oltre a disegnare" aveva spiegato mia madre. L'idea mi aveva affascinato subito e così avevo proposto a Grace di fare lo stesso, senza menzionarle Ava.

A lei era sembrato figo avere un quaderno di carta, mentre tutti ammattivano per scrivere e caricare foto online, così avevamo cominciato a scrivere. Ce lo passavamo: un giorno lo tenevo io, il giorno dopo glielo restituivo.

«Eccolo» avevo detto, allungandolo verso Brianna. Lo avevo portato con me in centrale, immaginando che me lo avrebbero chiesto. Sapevo già che lì non avrebbero trovato nulla che avrebbe potuto aiutarli nell'indagine. Erano le nostre confidenze, chiacchiere sui compagni di scuola. In verità non ci scrivevamo mai niente di troppo interessante.

Ma se Grace scriveva i propri pensieri sul nostro diario condiviso, il foglio che avevo in mano da dove veniva?

Ero certa di non avere mai visto quella carta colorata. La infilai in tasca e uscii da casa Mitchel con due certezze: Grace teneva un diario, che era nascosto da qualche parte e nessuno aveva ancora trovato, e aveva dei problemi seri con qualcuno.

Qualcuno di cui dovevo scoprire l'identità.

22

«Dove nasconderesti qualcosa di davvero importante?» mi chiese Julian, seduto a gambe incrociate sul pavimento di legno di camera mia. Era dritto con la schiena, gli occhi chiusi, sembrava stesse meditando. Indossava una maglietta bianca e pantaloni di velluto a coste blu, un abbigliamento che nessun ragazzo di Hope avrebbe scelto e che ricordava la sua non appartenenza a questo luogo.

Quel giorno, prima di entrare a scuola, gli avevo detto che c'erano novità e che dovevamo vederci per pranzo, e lui aveva annuito, senza fare domande. Sapeva controllare le proprie emozioni come non avevo mai visto fare a nessuno. Mi aveva raggiunto a casa mia, dopo le lezioni. Era venerdì e mia mamma faceva volontariato in biblioteca, così avevo potuto aggiornarlo con calma sulla mia incursione dai Mitchel e su quella strana poesia trovata nel libro.

«Pensa a un posto che nessuno conosce, assolutamente sicuro» mi disse nuovamente, senza staccarmi di dosso i suoi occhi chiari. Sembrava non respirasse neppure, tanto era immobile e concentrato.

Passai le mani sui jeans chiari. «Forse in cantina da me, tra gli scatoloni dei miei vecchi vestiti» risposi, dopo averci pensato un bel po'. Ero seduta sul davanzale della finestra, quello che da sempre era il mio posto preferito per riflettere e pensare.

«Non avresti paura che tua madre possa buttarli via senza dirtelo?»

«Non lo farebbe mai» risposi convinta.

«E Susan Mitchel si sarebbe comportata nello stesso modo?»

«Non credo. E comunque nella loro cantina non c'è mai stato alcuno scatolone adatto a nascondere qualcosa.»

Julian chiuse gli occhi, sollevando il mento. «Una volta ho nascosto una chiavetta USB dentro un libro della biblioteca di mio zio, ritagliando parte delle pagine per creare lo spazio e incastrarcela dentro» raccontò.

«E che c'era di così importante nella chiavetta?» domandai sorpresa, aggrottando le sopracciglia.

«Cose che dovevano restare segrete» rispose lui, impassibile.

Scossi la testa, rassegnata al fatto che fosse così misterioso, qualche volta. «Io non ho mai nascosto nulla in camera mia» dissi poi.

«No, neppure io.»

«Tuo zio era il tipo da spiare tra le tue cose?»

«Sì, sempre» rispose lui, sorprendendomi per la franchezza. «Ho nascosto cose dentro un lampadario, in un vecchio paio di scarpe e sotto l'armadietto della scuola» disse.

Io non avevo mai avuto tanti segreti in vita mia, ma evidentemente ero io quella strana. Julian ne aveva parecchi e non si faceva problemi ad ammetterlo, Grace sicuramente aveva un quaderno di cui ignoravo l'esistenza. Jason aveva tenuto nascosto il fatto che uscisse con una nuova ragazza, e probabilmente era solo una delle cose che non voleva condividere con me. Questo faceva la differenza: c'erano persone di cui volevo conoscere i segreti e altre di cui ne facevo volentieri a meno.

«Com'era camera di Grace? Adatta a nascondere cose?» chiese Julian, riportandomi alla realtà.

«Grace non avrebbe mai nascosto nulla in camera sua, perché Susan era un po' paranoica, nei suoi confronti.»

«Che intendi?»

«Le solite cose che fanno i genitori un po' apprensivi... aveva paura che si drogasse, che a scuola qualcuno la trattasse male o la bullizzasse, che uscisse con i ragazzi sbagliati...»

«Quindi non si sarebbe fatta troppi scrupoli a curiosare tra le sue cose.»

«Per nulla. Anzi, un giorno Grace ha sorpreso Sandra che frugava nei suoi cassetti.»

«D'accordo, partiamo dal presupposto che il diario non è in camera» disse Julian, scuotendo la testa.

«Secondo me non è proprio in casa» aggiunsi decisa. Casa Mitchel era ordinata e pulita in modo esagerato, Sandra dedicava interi weekend a mettere in ordine e buttare quel che non le serviva più. Non c'era modo di nascondere nulla.

«Quali erano i vostri posti segreti?» chiese allora Julian, sospirando. Non riuscivo a dirgli quel che voleva.

«C'è la casetta per gli uccelli che avevamo costruito da bambine sul vecchio acero, il capanno per gli attrezzi di mio padre dove andavamo a leggere l'estate scorsa.» Tutti posti che avevamo già controllato poco prima senza trovare nulla, approfittando del fatto che in casa mia fossimo soli.

«Proviamo a ribaltare la questione. Dove *non* nasconderesti mai qualcosa?» chiese Julian, alzandosi in piedi e venendo a sedersi accanto a me. Non ero certa di avere capito la domanda, ma la risposta mi scivolò fuori dalle labbra prima che potessi riflettere. «La casetta sull'albero.» Julian mi scrutò con uno sguardo carico di interesse.

«Dov'è?»

«Dietro casa di Grace c'è una vecchia casetta costruita da chi abitava lì prima che arrivassero i Mitchel» spiegai.

«Suona fantastico. Non ci giocavate, da bambine?»

«No, perché io non ci volevo andare» dissi con tono più nervoso di quanto avrei voluto. Julian mi guardò incuriosito.

«Ecco, i ragni ci facevano il nido, e io ne sono sempre stata terrorizzata» spiegai, rigirandomi una ciocca di capelli sul dito.

«Sei aracnofobica?» insistette lui, e io annuii.

«Cioè, intendi che se vedi un ragno stai male o semplicemente ti fanno schifo?» insistette in un modo che a me sembrò un po' crudele. A nessuno piace parlare delle proprie debolezze, giusto? Julian mi fissava con un'intensità che mi fece sentire a disagio, come se volesse scrutarmi dentro, fin negli angoli più remoti e in ombra di me. Mi teneva i suoi occhi chiari addosso, non batteva neppure le palpebre.

«Mi viene proprio una crisi di panico, non riesco più a respirare» spiegai quasi sussurrando.

«Andiamo a dare un'occhiata» disse, raggiungendo la porta di camera mia, senza neppure voltarsi per preoccuparsi di verificare che ci fossi. Lo seguii giù per le scale, controvoglia.

Avevo sei anni, il pomeriggio in cui io e Grace ottenemmo il permesso da Susan di salire sull'ultimo albero del giardino. Da terra si intravedevano le assi di legno della base della casetta, nascoste tra le foglie. Sei assi formavano una piattaforma assicurata ai rami, su cui erano state aggiunte tre pareti verticali e poi un tetto spiovente. Era una costruzione piuttosto semplice e approssimativa, eppure ci sembrava il posto più fantastico del mondo: un rifugio segreto, solo per noi.

Eravamo salite appoggiando una scala al tronco e da lassù ci sembrava tutto nuovo e interessante. Potevamo vedere il giardino di casa da una prospettiva diversa, ci sentivamo padrone di Hope.

È durata poco, purtroppo. Ricordo bene lo sguardo spaventato di Grace, poi la sensazione di avere qualcosa addosso, sulla spalla e poi tra i capelli. Era un grosso ragno, con zampette magre e il dorso scuro e peloso. Ho urlato, cercando di levarmelo di dosso, e nel farlo ho sollevato gli occhi e mi sono accorta che ce n'erano altri, più piccoli, tutto intorno a noi. Susan è arrivata di corsa, non ricordo come siamo scese di lì, di certo io non ci sono mai più salita. A ripensarci, non si è trattato di nulla di troppo terribile, eppure quell'episodio mi ha tormentata per anni, lasciandomi un terrore incontrollabile per i ragni.

Per questo non ero esattamente entusiasta, all'idea di tornare alla casa sull'albero. Julian, però, sembrava determinato.

«Grace se ne teneva alla larga quanto me» dissi.

«Credo che dobbiamo andare a darci un'occhiata comunque» rispose lui.

«Guarda che non ci andavamo mai» provai a insistere.

«Abbiamo controllato ogni altro posto senza trovare nulla» disse, fermandosi alla fine delle scale, davanti alla porta d'ingresso di casa. «Ti vengono in mente altre idee?» domandò, appoggiandomi le mani sulle spalle e chinandosi leggermente versi di me. Feci "no" con la testa. Era inutile discutere, quando si metteva in testa qualcosa. Era anche quello a renderlo speciale, in fondo: seguiva la sua strada, senza dare retta a nessuno.

Così lo seguii fuori di casa, attraverso la strada e poi nel giardino dei Mitchel, quello affacciato sul retro. Stranamente, il fatto che io avessi le chiavi e che fossi entrata non lo aveva colpito per nulla. Il foglio che avevo trovato, invece, sì. Quel brandello di poesia per lui era fondamentale.

Lo portai all'albero e sollevai un braccio per indicare la casetta tra i rami. «Eccola. Ma io lì non ci salgo.»

«No» disse lui, prima di fare un salto per afferrare con le mani il ramo più basso. Piantò i piedi sul tronco e si tirò su. In un attimo era salito.

«Wow!» esclamai. «Non sapevo avessi simili doti atletiche...» Ero davvero impressionata. Voglio dire, in un secondo si era arrampicato su, in un modo che non avevo mai visto fare a nessuno.

Lui si affacciò verso di me, spuntando dalla piattaforma di legno a cui avevano fissato le quattro pareti di legno. «Ci sono parecchie cose che ancora non sai» rispose con un ghigno ironico. Scossi la testa, senza riuscire a trattenere un sorriso. Mi aspettavo di rivederlo saltare giù a breve, invece sentii la sua voce.

«I ragni vengono ancora qui a nidificare...» mi disse dall'alto.

«Infatti non ho alcuna intenzione di salire» risposi decisa.

«Ehi!» esclamò poco dopo.

«Cosa?»

Non rispose, però vidi i suoi pantaloni di velluto a coste spuntare dalle foglie mentre sedeva sul ramo e poi si lasciava cadere verso terra, tenendosi con le braccia. Con un balzo fu di nuovo a terra.

«Trovato» disse, prima di mostrarmi un quadernino blu che aveva infilato in parte dentro i pantaloni per avere le mani libere.

Guardai incredula la copertina rigida, domandandomi se davvero apparteneva a Grace. Julian sfogliò le prime pagine e ogni dubbio scomparve. Era la sua calligrafia, quella. Aveva scritto decine e decine di poesie, aggiungendo brevi note a margine formate da poche parole che, più che dare un senso, confondevano ancora di più. Avrei voluto cominciare subito a leggerlo, mi sembrava che le pagine scottassero sotto le mie dita, ma Julian fece notare che prima era meglio andarsene dal giardino dei Mitchel. Così superammo la bassa recinzione di legno e sedemmo appena dopo i primi alberi del bosco dietro casa. Eravamo nascosti, ma potevamo tenere d'occhio casa mia e la strada.

Seduti su un grosso tronco caduto, cominciammo a leggere.

Grace scriveva dei propri sentimenti, e in questo era assolutamente chiara e diretta, ma evitava riferimenti a fatti o persone. Non comparivano mai nomi, date o eventi che potessi riconoscere. Pagina dopo pagina, nelle sue poesie cominciò a raccontare di qualcuno che la faceva soffrire. Tornai indietro e mi fermai a rileggere più volte la prima.

> Hai i miei pensieri, le mie paure, le speranze, le incertezze.
> Io mi fido,
> ma tu.

Qualche pagina dopo, eccone un'altra.

Un giorno sparirò,
mi cercherai, mi seguirai.
Ti giuro che sarò solo ombra,
ombra e ricordo.

E poi, ne trovai una persino più esplicita.

Pensieri bui
dietro sorrisi pericolosi
e io voglio solo fuggire lontano.

Ero confusa. Era stata la mia migliore amica a scrivere quelle parole, e io non ne sapevo nulla. Era la sua calligrafia, eppure non ci trovavo nulla della Grace che conoscevo. Nelle pagine dopo la situazione sembrava peggiorare.

Non ti lascerò distruggermi
con i tuoi proiettili di infelicità.

Sotto a questa aveva scritto "New York". Julian mi fissò, ed era evidente che si aspettava da me qualche risposta.

«Julian, è assurdo, ma non ci capisco niente.»

«È evidente che qualcuno ha fatto soffrire Grace. Queste sono poesie di una ragazza che ha paura.»

«Lo vedo bene anch'io, ma a me non ha mai detto nulla.»

Eravamo a metà del diario e non c'era nessun nome, nessun indizio che ci permettesse di capire a chi si riferissero le poesie.

«Pensaci, Trinity. Di chi aveva paura Grace?»

«Non lo so» dissi, prendendomi la testa tra le mani.

«Potrebbe essere Zack?»

«Non credo» risposi. Grace non aveva una grande opinione di Zack, ma non era mai arrivata a odiarlo. Mi sembrava impossibile che lui potesse farle paura. Ma allora, chi?

Ci pensavo disperatamente: un accenno, una frase, l'espressione del volto che si fa tesa alla vista di qualcuno. La Grace che ricordavo io era spensierata, serena, ormai proiettata sui sogni del futuro, su New York. Mi sembrava assurdo che temesse qualcuno, a Hope. Non si faceva intimidire, era forte, determinata. Non era assolutamente il genere di ragazza che subisce in silenzio.

«Non mi ha mai detto nulla, Julian» dissi.

È stupido, ma mi veniva da piangere. Julian sospirò e riprese a sfogliare le pagine.

«Eccone un'altra: "Probabilmente mi odi, e per questo ti odio"» lesse a voce alta. «"Spiccherò il volo, lo sappiamo entrambe, io sto per andarmene..."» continuò a leggere Julian.

«Andarmene?» ripetei ad alta voce, confusa. Per un secondo dubitai che Grace sapesse della propria morte.

«Parla di New York, credo. Senti qui: "Il futuro mi aspetta, lascerò indietro te e la tua gelosia, nascosta dietro la pretesa di essere sempre migliore. La tua vita perfetta, la famiglia che tutti vorremmo, il fidanzato ideale, la tua pretesa di essere speciale".» Restammo un istante in silenzio, poi Julian aggiunse: «È piuttosto esplicita».

Mi sentivo tradita, come se dovessi dubitare di tutti i miei ricordi. Restai a testa bassa, non volevo neppure più sapere che cosa c'era scritto sulle pagine di quel diario. Mi accorsi però che Julian accanto a me si era improvvisamente irrigidito.

«Merda» disse, e nella mia testa esplosero mille pensieri, paure e speranze: forse c'era il nome del colpevole, un indizio utile a capire chi aveva ucciso la mia migliore amica, qualcosa – qualunque cosa – che potesse aiutare a risolvere il mistero.

Guardai Julian. Quello che vidi non lo dimenticherò mai. Incertezza, incredulità. Poi abbassò lo sguardo sulla pagina e lesse a voce alta. «"Amica, sorella, rivale. Ho paura di te e mi domando fin dove potresti arrivare."»

Il mio cuore smise di battere, avrei voluto lasciarmi cadere a terra, chiudere gli occhi e fingere di non aver mai ascoltato quelle parole, tornare indietro nel tempo e lasciare il libro sulla scrivania di Grace per non trovare mai quel foglio di carta scarabocchiato che ci aveva portati qui, alla casetta con i ragni e alle poesie. «Non è possibile» dissi.

«Trinity, chi può essere se non tu?»

Conoscevamo entrambi la risposta. «Sua sorella, la sua amica di sempre ero io. Non c'era nessun altro» dissi.

«Che hai fatto per spaventarla così?» domandò pacatamente. Davvero, voleva solo capire. Non mi stava giudicando.

«Non ho fatto nulla» dissi piano.

Il mio mondo era crollato in pezzi, non ero più sicura di nulla. Quelle parole erano lì, scritte nere su bianco con la sua calligrafia. Erano vere. E improvvisamente rendevano i miei ricordi incerti, insicuri. Da quando Grace era morta, cominciavo a dubitare di me stessa, del nostro rapporto, della mia memoria.

«Deve essere successo qualcosa e non te ne sei resa conto.»

«Come potrei non accorgermi di qualcosa che porta la mia migliore amica ad avere paura di me?» domandai disperata, e non lo dicevo così per dire. Volevo saperlo per davvero, speravo che almeno lui potesse spiegarmelo.

«Grace era una ragazza terribilmente intelligente e sensibile, no?» domandò, cercando in me una conferma. Annuii. «Forse non si tratta di una vera minaccia, potrebbe essere qualcosa che riguarda il vostro rapporto di amicizia, magari l'hai soltanto delusa...»

«Non lo so, Julian. Non sono più sicura di nulla. Forse è vero, dopo che Grace ha vinto la borsa di studio per andare a studiare a New York qualcosa è cambiato, tra noi.»

«Ti accusa di essere invidiosa» disse Julian, guardandomi. Non mi giudicava, non credeva che io fossi un mostro, ma allo stesso tempo voleva capire.

«Grace era più fredda, distaccata. Credevo fosse perché aveva altro per la testa, la partenza, New York... non credevo che avesse un problema particolare con me.»

«Ma eri davvero invidiosa?»

«Be', ovvio che avrei voluto anch'io essere in partenza, con una borsa di studio che mi avrebbe permesso di trasferirmi in una scuola importante!» sbottai.

«Che cosa intende, quando parla della famiglia ideale?»

Sollevai gli occhi, parlarne era maledettamente doloroso. «C'era questa cosa, tra me e Grace...» iniziai, cercando le parole giuste. «Io ho la tipica famiglia perfetta, lei è orfana di padre. Io stavo con Jason, il fidanzato che tutte vorrebbero, lei non aveva mai avuto un vero ragazzo. Però lei aveva talento, sapevamo entrambe che avrebbe avuto una carriera incredibile nella musica. Lo abbiamo sempre saputo, ma quando ha vinto la borsa di studio non era più solo una consapevolezza. Stava diventando la realtà. E credo che il nostro equilibrio si sia spezzato.»

«Cioè, a te la vita perfetta a Hope, a lei un futuro brillante a New York, in cui avrebbe realizzato in pratica quelli che erano i tuoi sogni.»

«A me non importa nulla di essere la ragazza più fortunata di Hope» dissi decisa, fissando Julian negli occhi.

«No, tu sognavi New York, la vita che Grace avrebbe presto fatto... Avete mai parlato di questa questione?»

«No, mai. Non osavo. Non avrei neppure saputo che dire.»

«Probabilmente Grace l'ha comunque percepito, e ne ha scritto sul suo diario» disse Julian, rigirandosi il quaderno tra le mani.

«Julian, non so esattamente che cosa temesse, ma da quello che c'è scritto sembra proprio che Grace avesse paura di me. Non ha scritto di un'amica un po' invidiosa, qui c'è qualcosa di più grave. E dubito che chiunque possa interpretarla diversamente» esclamai, praticamente in lacrime.

«Sono solo poesie.»

«Sono le poesie scritte dalla vittima di un brutale assassino!» gli ricordai, alzando la voce.

«Tri, tutto questo deve avere un senso che ancora noi non capiamo.»

«Aiutami a scoprirlo, allora.»

Fu così che scelsi di occultare una prova, di infrangere la legge e intralciare l'indagine, di mentire a mio padre. Non potevo permettere che il contenuto di quel diario diventasse pubblico, che tutti sapessero quel che provava Grace, l'idea che si era fatta di me.

Per scoprire chi aveva ucciso Grace e le altre ragazze dovevo cercare tra i segreti di Hope, ma rimestando tra quelle verità nascoste avevo risvegliato mostri che non potevo controllare. Quello che la mia amica aveva confidato alle pagine del diario era troppo complicato e perverso perché la polizia potesse capirlo e interpretarlo nel modo giusto. L'avrebbero usato contro di me. E poi Hope mi avrebbe emarginato ed escluso più di quanto già facesse. Avrei fatto la fine del vecchio Ezechiele Cooper, sola e disperata.

Tutto questo mi avrebbe impedito di indagare ancora, con una spaventosa conseguenza: l'assassino non avrebbe pagato per le sue colpe. Perché solo io, la sua amica di sempre, avrei potuto svelare il mistero della sua morte. Io, con l'aiuto di Julian.

23

Quella sera restai a lungo seduta davanti alla finestra di camera mia, dove per infinite volte eravamo state Grace e io a scambiarci confidenze, mentre il cielo si faceva scuro e la notte scendeva su Hope. Ripensai alla discussione che avevamo avuto per colpa di Zack, qualche mese prima della sua morte, iniziata come una chiacchiera innocua e deragliata verso accuse velenose.

Era solo una litigata tra amiche o era qualcosa di più grave?

Strano, come certe discussioni arrivino improvvise come temporali estivi in quei pomeriggi in cui il cielo è blu come gli occhi dell'angelo dipinto sul fondo della chiesa di Hope. Avevamo preso un frullato al Wendy's Cafè e stavamo riportando dei libri in biblioteca. Grace aveva legato i capelli in una treccia e indossava un abito celeste che la faceva sembrare più adulta e più interessante di qualunque altra ragazza di Hope. Era più bella del solito, era radiosa, sorrideva nonostante la fatica di doversi trascinare dietro una pila di pesanti volumi. Era impossibile non notare il suo sorriso rivolto a nulla in particolare e al mondo intero allo stesso tempo. Allora le avevo detto: «Ehi, uscire con Zack ti fa bene…».

Grace mi aveva guardato leggermente confusa e io mi ero stretta nelle spalle.

«Niente, ti vedo bene» avevo aggiunto, come a giustificarmi.

«Ti sembra strano?» mi aveva chiesto lei sospettosa, portando la cannuccia alle labbra e osservandomi di sbieco. La sua domanda mi colse impreparata, perché non avevo intenzione di insinuare nulla in particolare, volevo solo dirle che mi sembrava più bella del solito, tutto qui. Ma da come mi guardava sembrava fosse proprio lei a suggerire che c'era altro.

«No, non è strano che tu sia felice a uscire con un ragazzo. Ma mi ha un po' sorpreso che sia Zack» dissi.

Grace sollevò le sopracciglia. «Che problema ha Zack?»

La verità era che i problemi di Zack erano numerosi e lei di certo non li ignorava. Aveva umiliato Marla, rendendole la vita impossibile, e per anni si era preso gioco di Roger, chiamandolo a voce alta in mensa, attirando l'attenzione di tutti su di lui solo per metterlo a disagio. Jason mi aveva spiegato che era il suo modo di reagire al divorzio dei genitori. Secondo la sua teoria, quei comportamenti sbruffoni e arroganti erano un modo per sentirsi più forte di tutti i casini che gli stavano capitando a casa. Magari aveva ragione Jason, ma io non riuscivo a perdonargliela comunque. Evidentemente, Grace conosceva la mia opinione sul ragazzo con cui aveva scelto di uscire. Io però non volevo essere polemica, così risposi: «È che non mi sembrava il tuo tipo, tutto qui».

«Mi ha chiesto di uscire, ha insistito, è stato gentile e io ho accettato.»

«Be', siete usciti un po' di volte, ormai...»

«So che stai pensando al casino che ha fatto con Marla,

ma santo cielo, Trinity, la gente cambia» sbottò spazientita, fermandosi improvvisamente. Ormai eravamo quasi arrivati in biblioteca, ma il marciapiede era deserto.

«D'accordo, ma io sono la tua migliore amica e mi preoccupo per te» spiegai. Mi aveva raccontato molto poco, delle loro uscite, e la cosa mi aveva sorpreso. Io mi ero sempre confidata con lei, quando un ragazzo mi piaceva.

«Vuoi sapere la verità?» mi disse con una serietà che mi fece paura. Poi proseguì, senza attendere la mia risposta. «Hai ragione, Zack è simpatico ma non è il mio tipo. Ma io non credo che tu sia preoccupata per me. Penso invece che ti dia fastidio che anche io possa innamorarmi ed essere ricambiata, perché sei abituata a pensare che tu e Jason siete unici e speciali.»

«In tutta onestà, Grace: quante volte ti ho chiesto se volevi uscire con me, Jason e i ragazzi della squadra? Perché lo avrei fatto, se avessi preferito che tu restassi single?» le ricordai, acidamente.

«Sapevi che non mi interessavano affatto e che non sarei mai uscita con nessuno di loro...»

«Grace, se tu ti innamorassi io sarei solo felice per te, ma non credo che Zack sia quello giusto.»

«No, Trinity. Il problema è che io avevo la borsa di studio a New York e tu avevi Jason, il fidanzato perfetto. Ma Zack rompe lo schema...» Le parole di Grace furono una sberla dritta in faccia, sentii gli occhi lucidi. Così mi voltai e me ne andai veloce, i miei passi risuonarono nel silenzio della via. Non avrei saputo che cosa risponderle e non volevo che mi vedesse piangere. Non tornai a casa, perché mia madre si sarebbe accorta immediatamente che qualcosa non andava e io non avrei sopportato le sue domande. Trovai rifugio nel bosco dietro casa, dove gli alberi cominciano a essere fitti e il terreno è ricoperto di muschio. Mi appoggiai contro la corteccia ruvida di un acero e presi il viso tra le mani.

Davvero sono così cattiva? mi domandai. Non c'era risposta, perché sapevo di essere una buona persona ma sapevo anche, in fondo al mio cuore, che c'era un frammento di verità nell'accusa della mia amica.

Grace e il suo talento, Grace e il suo futuro a New York, la scuola di musica, una carriera, la sua strada già segnata, dritta davanti a lei, pronta a essere percorsa verso il successo. Certo che avrei voluto anch'io sapere che cosa sarei diventata.

No, non mi spiaceva che lei uscisse con Zack. Però era vero, l'amore che c'era tra me e Jason era qualcosa di speciale e solo nostro, tanto che mi ci ero aggrappata pur sapendo quanto io e Jason fossimo diversi. Mi faceva sentire bene.

Respirai forte, lì nel bosco. Restai tra le foglie verdi mosse dal vento per un tempo impossibile da definire, per me avrebbe potuto essere una vita intera.

Quando rientrai a casa ero tornata la Trinity di sempre, e mia madre non immaginò nulla del turbinio di pensieri in cui ero rimasta intrappolata per tutto il pomeriggio. La aiutai a cucinare, chiacchierando della scuola e del reverendo, della nuova torta al cioccolato dei signori Nelson e del mercatino di beneficenza della domenica successiva. Mio fratello stava facendo i compiti sul tavolo della cucina e io lo aiutai con matematica.

«Sei brava, Trinity» mi disse Dan alla fine di un esercizio, guardandomi con ammirazione.

Avrei voluto dirgli che no, probabilmente non era vero. Deludevo tutti quelli che contavano su di me.

Per tutto il giorno seguente avevo evitato Grace, poi fu lei a venire da me. Bussò alla porta della cucina di pomeriggio, quando ero sola in casa. La trovai in piedi sulla soglia, spostava il peso da un piede all'altro, nervosamente.

«Scusa» disse soltanto. Restammo a fissarci finché non feci un passo verso di lei e l'abbracciai forte, perché il sollievo di sapere che eravamo tornate quelle di prima era più forte di qualsiasi altro pensiero.

Fu sufficiente una parola – "scusa" – e la sensazione di stringerla tra le braccia per cancellare la discussione.

E una sera ci trovammo proprio davanti a quella stessa finestra di camera mia, e lei mi disse del loro primo bacio, di come lui non aveva neppure cercato di andare oltre, con un rispetto che l'aveva sorpresa. Erano le confidenze di due amiche che si conoscono da sempre, eppure a ripensarci mi sentivo sprofondare nel dubbio. Era forse uno sguardo di incertezza, quello che mi aveva lanciato prima di confidarsi? Il tono della sua voce, i suoi sorrisi, quello che aveva scelto di raccontare e quello che forse mi teneva nascosto: non ero più certa di nulla.

Provai a ricordare come avevo reagito quando avevamo saputo che era stata accettata a New York. Ero felicissima per lei, certo, ma ero anche un po' triste per me. Immagino che quel sentimento si possa chiamare gelosia.

Mi tornarono alla mente un paio di frasi che le avevo detto, che forse erano suonate acide o troppo critiche. Erano commenti spassionati sul mondo della musica, sull'essere cresciuta in un piccolo paese. Ma non riuscivo a ricordare nulla che potesse spingerla a temermi davvero.

Continuai a pensare e a pensare, torturandomi senza darmi tregua, senza curarmi del tempo che passava e della notte che si faceva sempre più profonda, appena fuori dalla finestra di camera mia. A un certo punto devo essermi addormentata seduta sul cuscino, la schiena appoggiata al muro, la testa contro il vetro della finestra. Ho chiuso gli occhi e i pensieri sono diventati sogni. Avevo il diario segreto di Grace tra le braccia, ne sono assolutamente sicura. Lo stringevo a me. Eppure quando ho riaperto gli occhi, qualche ora dopo, non c'era più.

Fuori il cielo cominciava a rischiararsi tingendosi di rosso, e il vento scuoteva le cime degli alberi, che si piegavano impotenti. Lo sentii sulla pelle del collo e, rabbrividendo, mi accorsi che la finestra era socchiusa.

In un attimo ero di nuovo sveglia. Mi sono sollevata sulle braccia, guardandomi intorno. Non stavo sognando: il diario era sparito.

24

Quel sabato mattina è stampato per sempre nella mia testa, inchiostro indelebile sul foglio bianco dei miei ricordi.

Fu come un brusco risveglio, un tuffo nell'acqua ghiacciata, aprire gli occhi e non riconoscere più nulla. Qualcuno aveva preso il diario di Grace, non era più tra le mie mani, non era caduto sul pavimento, non era finito per errore tra le mie felpe ammonticchiate a terra. Non era da nessuna parte. Guardai ovunque, più volte. Era scomparso.

E la finestra: l'avevo lasciata socchiusa io o qualcuno l'aveva aperta da fuori? Non riuscivo a ricordare. Non prestavo mai particolare attenzione alla sicura.

Comunque, i vecchi infissi di legno scricchiolante di casa mia non erano difficili da forzare. Non era necessario essere uno scassinatore professionista per farcela.

Restai per un attimo in piedi al centro della stanza, incredula e impotente, portandomi le mani tra i capelli. Il diario, con tutto quello che Grace aveva scritto su di me. Sparito.

Poi recuperai il controllo. Tutto a un tratto il mio corpo sapeva che cosa fare, ed era deciso a farlo il più velocemente possibile. Per prima cosa dovevo andare da Julian. Immediatamente.

Con le mani che tremavano recuperai dalla testiera del letto una felpa e la infilai sopra la maglietta che ancora indossavo dalla sera prima, poi infilai le All Star bianche. Stavo per sollevare la finestra e scavalcarla, quando mi resi conto che non potevo andarmene così.

Il mio cellulare era abbandonato a terra, accanto al pigiama che non avevo indossato. Se intendevo davvero uscire all'alba di casa era più prudente portarlo con me. Inutile continuare a mentire a me stessa: Hope non era il paese sicuro che avevo sempre creduto.

Dopo averlo recuperato pensai che a mia madre e mio padre sarebbe venuto un infarto, non trovandomi nel letto. Raggiunsi la scrivania, dove strappai una pagina dal primo quaderno che mi capitò in mano e ci scribacchiai un messaggio che attaccai con del nastro adesivo alla porta di camera mia. Mia madre l'avrebbe visto dal corridoio, prima ancora di accorgersi che ero uscita. La mia calligrafia sembrava incerta e tremolante, ma non potevo farci nulla. "Non riuscivo a dormire! Sono uscita a fare due passi! Chiamami quando ti svegli ☺." Un pazzo assassino aveva ucciso la mia migliore amica, potevano perdonarmi qualche stranezza.

Restai un attimo ferma lì, appena fuori da camera mia. In casa tutto era silenzioso, immerso in quella penombra tiepida dell'alba che sembra proteggere segreti indicibili, quel momento in cui è difficilissimo non sentirsi estranei persino a casa propria.

Erano le cinque e tre minuti di sabato mattina, mia mamma non si sarebbe svegliata prima di almeno due ore e mezza. Mio padre sarebbe rimasto a letto per ancora mezz'ora, poi sarebbe sceso in cucina, guidato dal profumo di caffè appena tostato e dallo sfrigolio delle uova fritte nel grosso tegame di ghisa che mia madre usava nel weekend, per quello che a suo parere era indiscutibilmente il pasto più importante della giornata. Daniel avrebbe fatto colazione senza staccare gli occhi dai suoi fumetti. Sempre così, invariabilmente sin da quando ero bambina. Sin da quando potevo ricordare. Abitudini prevedibili, piccole tradizioni rassicuranti, la stessa scatola di latta rossa dei biscotti appartenuta a mia nonna, la stessa ricetta dei pancake, gli stessi dischi di Billie Holiday ed Ella Fitzgerald. La mia famiglia era così.

Sperai che mia madre non la prendesse troppo male, lasciai la porta socchiusa e tornai alla finestra, il modo più rapido per uscire da casa. La scavalcai e a passi felpati raggiunsi il bordo del tetto, reso scivoloso dall'umidità, poi mi sedetti e piantai il piede sul grosso palo di legno che reggeva la veranda. Il cielo si stava tingendo di una luce lattiginosa, la luna era bassa all'orizzonte. Allungai la gamba, raggiunsi il parapetto e da lì toccai terra.

A quel punto cominciai a correre. Attraversai il giardino, raggiunsi la strada e continuai veloce, a testa bassa, le mani sudate e il cuore ghiacciato, i capelli scompigliati nascosti sotto al cappuccio di felpa e un'espressione disperata addosso.

L'aria era fresca, il vento si era placato e il sole tentava di farsi largo tra un banco di nubi che minacciosamente prometteva di guastare il weekend con una di quelle piogge caparbie, che rendono tutto umido e appiccicaticcio.

Hope era ancora addormentata, dietro le finestre non si vedeva nessuno muoversi. Sembrava una città finta, come se tutti i suoi abitanti fossero misteriosamente svaniti: nessuna auto per le strade, i marciapiedi deserti, solo il suono lieve delle mie scarpe sull'asfalto. Percorsi le poche miglia che mi separavano da Robin House quasi volando, ogni passo bruciava. Quando voltai l'angolo e vidi in lontananza il tetto rosso spuntare tra le cime delle querce sentii che forse avrei potuto farcela. Attraversai il cancello metallico e corsi su per la collina, tagliando per il prato. Volevo solo arrivare a casa di Julian il prima possibile. Quando raggiunsi la porta della cucina ero senza fiato e le gambe quasi non mi reggevano più, così mi appoggiai alla maniglia e scoprii che era aperta come sempre. Entrai e trovai tutto immerso nella penombra, perché le tende delle grandi finestre affacciate al giardino erano tirate. Una goccia d'acqua cadeva ritmicamente nel lavandino, un suono che in quel momento mi sembrò stranamente lugubre. E poi era freddo. Faceva molto più freddo in casa che fuori.

L'urgenza di raggiungere Julian si fece più acuta, lì nella cucina di casa sua. In punta di piedi passai accanto al grande tavolo, su cui era stato sistemato un vaso con un enorme mazzo di bugole viola. Una piccola anticamera tappezzata con carta da parati floreale separava la cucina dall'ingresso di casa. Misi il piede sul primo scalino di legno e quello scricchiolò delicatamente sotto il mio peso. Non riuscivo a immaginare che cosa avrebbe detto Winnifred Cooper se mi avesse scoperto in casa sua, alle cinque e mezza del mattino. Non ebbi l'occasione di scoprirlo, per fortuna: arrivai all'ultimo piano e poi raggiunsi la camera di Julian. Socchiusi piano la porta, dentro c'era buio, abiti ammonticchiati a terra, libri sparpagliati sul tappeto, profumo di sonno e il suono regolare del suo respiro. Mi fermai sulla soglia e lo osservai che dormiva.

Aveva una coperta di lana grigia attorcigliata tra le gambe, indossava solo un paio di pantaloni scozzesi di cotone. Osservai il piede nudo, le braccia strette al cuscino, i capelli castani che gli coprivano la fronte. Il petto, che si abbassava e si sollevava, in un movimento dolce e ritmico. Non pensavo più a quello che era successo, c'era solo il suo respiro.

«Uhm...» biascicò all'improvviso, abbassando le braccia. Forse sognava, forse si era accorto di me.

«Julian!» lo chiamai piano.

«Tri?» disse lui stropicciandosi gli occhi, con voce impastata dal sonno.

Allora attraversai la stanza e lo raggiunsi.

«Sono io, Julian. È successa una cosa.»

Lui socchiuse leggermente le palpebre e mi guardò. Non sembrava stupito o spaventato di vedermi lì, in camera sua. Era curioso e insonnolito.

«Qualcuno ha rubato il diario di Grace! Ce l'avevo tra le mani, quando mi sono addormentata, e quando ho riaperto gli occhi non c'era più» dissi tutto d'un fiato, bisbigliando. Dovevo avere un aspetto terribile, ne sono certa. Pallida, con le mani che cercavano vanamente un appiglio, gli occhi cerchiati per il poco sonno, la voce incerta.

Julian fece una cosa bellissima. Si scostò leggermente e spalancò le braccia, invitandomi a sdraiarmi accanto a lui, e io mi accoccolai lì, nel suo letto.

«Non avere paura, ci sono io» mi disse piano, avvicinando il viso tra i miei capelli. Non mi abbracciò, non allungò il braccio verso di me. Stavamo solo vicini, ed era giusto così. Forse aveva ragione lui, era meglio non spingersi oltre, aspettare che tutta quella vicenda si risolvesse.

«È passato ancora dalla finestra, deve avermi tenuta d'occhio, perché ha aspettato che mi addormentassi» gli raccontai.

Julian ormai era sveglio e attento. «Non ha voluto farti del male.»

«No» ammisi. Era vero, ero così concentrata sul diario che non ci avevo pensato. Avrebbe potuto, invece mi aveva lasciato stare.

«Ma perché voleva quel diario?» chiese.

«Come faceva a sapere che ce l'avevo?» ribattei io.

«Possibile che Grace ne avesse parlato con qualcuno?» Domande, solo domande.

«A parte me, non aveva molti altri amici… Voglio dire, conosceva un sacco di persone, ma non le definirei vere amiche…» dissi. Poi mi accoccolai meglio accanto a lui. Finché stavo lì, era impossibile credere davvero che potesse accadermi qualcosa di male.

«Magari con Zack? Se erano usciti, forse lei gli aveva letto qualche poesia» azzardò Julian. «Da quando ha vinto la borsa di studio per andare a New York, Grace ha cominciato a comportarsi con freddezza. Si è allontanata da te, ma potrebbe aver scelto un confidente. Magari ha parlato con Zack di quel che provava, delle sue paure, potrebbe avergli parlato di te e anche del diario.»

«Se ne ha parlato con Zack, è probabile che la notizia del diario di poesie sia arrivata a Jason e a tutta la squadra» risposi sconfortata.

Julian si passò una mano sul mento. «Una cosa è certa: avere per le mani quel diario dà potere. Ora sei ricattabile, perché getta su di te l'ombra del dubbio.» Disse proprio così, "l'ombra del dubbio". Suonava pomposo e retorico, ma in effetti non avrei saputo come altro dirlo.

Ci pensai: tante volte Jason si era arrampicato fino alla finestra di camera mia, nessuno meglio di lui sapeva quanto poco sicure sono quelle vecchie finestre di legno. «Metti che a rubarlo siano stati Zack, Jason o uno dei ragazzi. Che cosa possono volere da me? Perché l'hanno fatto?»

«Forse sanno che stai indagando e vogliono fermarti perché non devi scoprire la verità.»

«O Roger!» esclamai, quasi sobbalzando.

«Grace potrebbe avergli parlato delle poesie?» chiese Julian.

«Non credo che Grace gli abbia mai parlato di nulla di importante, ma lui potrebbe averci tenuti d'occhio. Magari ci ha visto entrare nel giardino di Susan e recuperare qualcosa dalla casetta sull'albero.»

«Ha cercato di parlarti o di avvicinarti, ultimamente?»

«No. L'ho visto poco, in giro.» Mi tornò in mente l'ultima volta che l'avevo incrociato. Era stato un paio di settimane prima, nei corridoi dell'ultimo piano, quello con i laboratori; poiché eravamo solo noi due, e quindi sapevo che Roger non si sarebbe sentito a disagio, mi ero fermata, avevo sorriso e gli avevo chiesto come stesse. Lui aveva distolto lo sguardo, nervosamente. Sembrava triste. Avevo insistito, domandando ancora se fosse tutto ok, e lui aveva detto solo "sono tanto triste per Grace e le altre". Al momento non ci avevo fatto caso, ma ora quel ricordo mi attraversò il cervello come una scarica elettrica. "Grace e le altre": di chi diavolo stava parlando? La polizia non aveva fatto trapelare nulla di Brittany Ann, e Roger non poteva certo saperlo. C'erano solo Grace e Laura, nessun altro di cui Hope fosse a conoscenza. Quindi quell'espressione, "Grace e le altre", non aveva senso.

Mi diedi dell'idiota per non averlo notato prima, ma quando avevo sbirciato i documenti di mio padre ero troppo eccitata per la nuova piega che aveva preso l'indagine. Non ci avevo pensato.

Mi voltai, per parlarne a Julian, ma lui mi anticipò. «Non mi piace quello che sta accadendo» disse.

«Neanche a me, ma non vedo altra soluzione a parte scoprire chi ha ucciso Grace: devo continuare a indagare.» Ero ancora convinta che parlarne con mio padre avrebbe scatenato una serie di conseguenze che non volevo sopportare. Mi avrebbero portata via da Hope, da Julian, dal mistero sulla morte di Grace. E ancora non ero certa che la polizia avrebbe mai potuto fermare l'assassino. Mi sembrava che io e Julian avessimo scoperto molte più cose rispetto ai detective incaricati di seguire le indagini. Non potevamo fermarci.

Se qualcuno avesse voluto farmi del male, l'avrebbe già fatto, pensai.

Julian serrò le labbra, ma anche se stava per dirmi qualcosa non ne ebbe tempo. Il mio cellulare prese a vibrare.

«Trinity!» esclamò mia madre appena risposi.

«Mamma, è tutto ok» risposi con la voce più normale possibile.

«Come ti viene in mente di uscire così?» Era turbata, arrabbiata.

«Non riuscivo a dormire...» cominciai a spiegare, ma a mia madre non interessava molto.

«Dove sei?» chiese, interrompendomi.

«Ho fatto una passeggiata verso il centro, poi ho visto che le luci a Robin House erano accese. Sto facendo colazione con Winnifred e Julian.»

Lanciai un'occhiata a Julian, che non sembrava affatto scosso dalle mie bugie.

«Tesoro, so che è un periodo difficile e che l'amicizia con Julian è preziosa, ma devi essere prudente. Ci sono delle regole, e andarsene in giro sola per Hope all'alba non è accettabile.»

«Scusami, non lo farò più» dissi con tono dispiaciuto, tornando a essere la Trinity di un tempo, la brava ragazza diligente, il sogno di ogni genitore d'America. Sentii mia madre sospirare.

«Tornerai a casa per pranzo?» domandò, ed era evidente che si stava mordendo le labbra perché avrebbe voluto essere più severa.

«Sì» promisi. Era un piccolo prezzo da pagare per non perdere del tutto la sua fiducia. In fondo, avevo ancora parecchie ore davanti a me. Un'intera mattinata per mettere in ordine le idee. L'ultima tranquilla che avremmo avuto.

25

Quel sabato, dopo la telefonata di mia madre, Julian si alzò dal letto stringendosi le braccia attorno al petto e mi chiese se mi spiaceva aspettare mentre si faceva una doccia. Poiché non mi spiaceva affatto, sparì nel bagno appena fuori da camera sua, lasciandomi sola a osservare la distesa di libri e vestiti sparpagliati a terra. C'era una mappa dello Stato, un volume con tutte le poesie di Sylvia Plath, la fotocopia di un articolo di parecchi anni prima dedicato ad Ava. Questo era ciò che potevo vedere sdraiata sul suo letto, e poi c'era parecchia altra roba che restava nell'ombra. Ogni volta che ci entravo, la camera sembrava leggermente diversa. Cambiava la disposizione dei libri, il punto in cui erano appoggiate le casse per la musica, le pile di vestiti. Restavano fermi solo i mobili. Era una camera vissuta. Rispecchiava perfettamente la personalità di Julian.

Sentii l'acqua chiudersi e Julian riapparve poco dopo, con un paio di vecchi pantaloni di lana e una camicia bianca addosso. Annunciò che avevamo bisogno entrambi di due uova e una fetta di pane imburrato. Non lo contraddissi.

Al piano di sotto trovammo Winnifred impegnata a cucinare ascoltando una radio sintonizzata su una stazione tedesca.

«Buongiorno Trinity» mi disse sorridendo, senza domandarmi che ci facessi da loro di sabato mattina a colazione. «Spero tu possa fermarti a mangiare qualcosa, no?» chiese con tono cantilenante, portando in tavola un grosso vassoio colmo di *french toast*. Non si aspettava alcuna risposta. Fece comparire un piatto in più a tavola e annunciò che aveva da fare "giù nella sala dei libri". Poi se ne andò, lasciandoci soli. Guardai Julian, perplessa.

«Mia nonna non vuole essere indiscreta, disturbare o cose così» spiegò lui. «E sta sistemando i libri in salotto, è molto impegnata» aggiunse, con un'incertezza nella voce che non era da lui. Per la prima volta mi sembrò di cogliere un accenno di insicurezza, come se sentisse di doversi giustificare di Winnifred e delle sue stranezze.

«Preferirò sempre lei, rispetto a quei genitori persino troppo presenti, tipo i miei...» lo rassicurai sorridendo.

Lui ricambiò il sorriso e allungò verso di me la caraffa del succo di mela. Era tutto ok, io non giudicavo la sua famiglia e lui mi accettava com'ero. Quando trovi una persona con cui le cose vanno così, puoi davvero affrontare di tutto, persino un assassinio. Ci credevo davvero, allora.

Ne parlammo tutta la mattina, cercando di raccogliere le idee, tentare teorie, azzardare ipotesi. Cercammo su internet tutte le informazioni possibili su Brittany Ann Beatty, senza trovare molto. C'erano vecchie foto di lei a una festa, con un'acconciatura elaborata, il lucidalabbra rosa che la faceva sembrare una bambola e gli occhi luccicanti, diversi disegni e quadri firmati "B.A.". Disegnava bene, aveva una bella mano. Riusciva a rendere le atmosfere in un modo che mi colpì. Trovammo Brittany con un gattino, sdraiata su un divano. Al mare, sorridente. Poi doveva essere successo qualcosa. Quel genere di cambiamenti che non vuoi immortalare sui social. Niente più foto, solo un tag in uno scatto di una tizia di Austin. Che ci faceva Brittany in Texas? A giudicare dallo sguardo pesto, dal sorriso tirato, dalla pelle pallida, c'era da scommettere che non era nulla di bello. Qualcosa era andato storto, tra quella foto da reginetta della scuola e il suo cadavere, abbandonato in un fossato nei boschi a nord di Hope.

Bisognava scoprire come era arrivata in Arkansas, e perché.

Ne parlammo a lungo, io e Julian. Del fatto che la notizia della sua morte non era stata divulgata, delle ragioni che potevano aver portato l'assassino a uccidere anche Brittany Ann. Lei non c'entrava nulla con Hope. Poteva trattarsi di un errore. Forse non era morta per mano dell'assassino di Grace. Magari aveva cominciato a drogarsi ed era finita in qualche brutto giro, poteva aver conosciuto il killer per caso. Più ci ragionavamo, più far chiarezza sembrava un'impresa impossibile.

Potevo sperare di risolvere il mistero di Grace e Laura, ma che speranze avevo di scoprire che si nascondeva dietro la morte di Brittany Ann?

A mezzogiorno Julian mi accompagnò a casa. Camminammo in silenzio, ciascuno assorto nei propri ragionamenti, le nostre ombre lunghe a precederci, proiettate basse sul marciapiede. Mi lasciò all'inizio della via.

«Sto qui finché non entri in casa» disse, con un'espressione tanto seria che quasi mi fece sorridere. Lo salutai con un bacio sulla guancia e mi voltai.

«Che farai, se scopriremo chi è l'assassino?» mi chiese, quando ero già a qualche passo da lui. La risposta arrivò da sola, sorprendendo anche me, senza che dovessi pensarci.

«Lo faccio arrestare e ci scrivo un libro» dissi.

Poi so che raggiunsi casa, entrai in cucina e salutai mia madre con un bacio sulla guancia. Lei mi guardò a lungo senza dire nulla, io sorrisi. Non l'avrei fatta più spaventare, mai più, ero di nuovo Trinity, la brava ragazza che non ama le feste e sogna di frequentare un'università sulla costa. "Perdonami mamma", avrei voluto dire. Sperai che lo capisse comunque.

Mio padre arrivò giusto in tempo, Daniel era da un amico. Pranzammo assieme in cucina, fingendo che fosse tutto ok. Aiutai a sparecchiare e mi offrii di lavare i piatti. Forse si è trattato solo una mia fantasia, eppure ricordo di avere scorto un'ombra sul fondo del giardino, mentre stavo in piedi davanti alla finestra, con le mani a mollo nell'acqua tiepida del lavabo. Come se ci fosse stato qualcuno che da dietro il cespuglio scivolasse verso il cancello. Mi sporsi verso il vetro della finestra, ma non vidi più nulla. Scossi la testa: *era solo un'ombra*, mi dissi.

All'inizio non ero sicura, me ne convinsi con il passare dei giorni. C'era qualcosa. Anzi, *qualcuno*.

Cominciò tutto il lunedì successivo. Ero tornata da scuola, volevo mangiare velocemente per tornare da Julian, a Robin House. So benissimo quello che ho fatto: ero entrata dalla porta principale e poi salita in camera mia, avevo lanciato lo zaino contro la parete e poi ero scesa in cucina. E lì avevo trovato la porta sul retro socchiusa.

Mia madre stava facendo volontariato in biblioteca, era uscita quella mattina insieme a mio padre, perché lui le aveva dato un passaggio. E di sicuro non se n'erano andati prima di controllare ogni chiavistello e ogni serratura. Non con un serial killer in circolazione.

«Mamma!» chiamai. Il silenzio che seguì confermò quel che già sapevo. Non era rincasata per pranzo. Eppure la porta era aperta.

Allertai tutti i sensi, nella speranza di risvegliare in me qualche istinto capace di dirmi se ero sola in casa oppure no. Era tutto immobile, come solo la morte sa essere. Poi un soffio improvviso di vento fece sussurrare i rami degli alberi scuotendone le foglie, ridandomi coraggio. Afferrai un coltello dal grosso vaso di ceramica sistemato accanto al fornello e spalancai la porta della dispensa, quasi aspettandomi di trovare qualcuno nascosto tra gli scaffali di pino. Nulla.

Allora a grandi passi raggiunsi il salotto: guardai dietro le tende e sbirciai persino sotto al divano. Controllai nel ripostiglio dell'entrata e poi cominciai a salire piano le scale, nella speranza di non farmi scoprire e sorprendere un eventuale intruso. Perlustrai ogni camera e ogni cabina armadio, ma tutto era esattamente come l'avevo trovato quella mattina, così tornai in cucina quasi disposta a prendere in considerazione l'ipotesi che si fosse trattato di un errore. Magari era stata solo una distrazione di mio padre, che senza dubbio nell'ultimo periodo aveva la testa presa da mille pensieri legati all'indagine. Sistemai il coltello al suo posto e raggiunsi la porta, decisa a richiuderla e a tenere per me quell'episodio. Non mi andava di far preoccupare i miei.

Come appoggiai la mano sulla maniglia, però, fui presa da un'intuizione: invece che chiuderla, la spalancai. E me li trovai praticamente tra i piedi: un mucchietto di rami di pino di un verde acceso e, sullo scalino che conduceva in giardino, quattro piume di merlo rosso, sistemate l'una accanto all'altra.

Mi chinai sulle ginocchia, pentendomi di non avere più il coltello stretto in mano. Il vento continuava a soffiare e il suono dei rami scossi rendeva impossibile sentire se qualcuno si stesse allontanando oltre la recinzione di casa. Non vidi nessuno, comunque.

Allora raccolsi un rametto, portandolo al naso. Profumava ancora di resina, di bosco e di vita selvaggia all'aria aperta, di terra bagnata e di misteri nascosti lontano dai sentieri battuti. Era stato reciso da poco.

«Che vuoi da me?» domandai ad alta voce.

Mi rispose il vento, facendo volare via le piume, che osservai volteggiare prima di finire perse tra l'erba del prato.

Ero viva, a differenza di Grace: se a Hope c'era un killer, non era me che voleva. Non ancora, per lo meno. Il pensiero successivo mi colpì come una rivelazione. Era un avvertimento, non una minaccia.

«Chi sei?» dissi allora ad alta voce. Questa volta neppure il vento si prese la briga di rispondere.

Quattro piume, tre ragazze assassinate più una. Quale potesse essere il significato dei rami di pino, posto che ce ne fosse uno, mi sfuggiva completamente. E solo quando smisi di scervellarmi sul senso di quella scoperta, mi accorsi che era tutto molto più semplice.

Roger.

A chi altro sarebbe venuto in mente di lasciare davanti alla porta di casa mia quella roba? Chi, oltre a lui, avrebbe potuto anche solo *riconoscere* quattro piume di un merlo rosso?

Non raccontai quel che era successo a nessuno, né ai miei genitori e neppure a Julian. Avevo paura che si preoccupasse davvero e che insistesse perché ne parlassi con mio padre. Mi illusi che potesse essere stato solo un episodio isolato, che sarebbe finita lì. Fu chiaro molto presto che mi sbagliavo.

Il venerdì seguente io e Julian camminavamo insieme verso casa mia nel tardo pomeriggio. Mia madre l'aveva invitato a cena e lui aveva accettato con un inaspettato buon umore.

«Non è che devi farlo» gli avevo detto mentre imboccavamo la via di casa mia.

«Che cosa?» aveva chiesto lui.

«Accettare gli inviti dei miei» avevo risposto arricciando il naso.

«Credi che avrei accettato, se non avessi voluto?»

«In effetti no» dovetti ammettere. Julian non era il tipo da accettare un invito solo per cortesia. «È che mi sembra assurdo che tu abbia voglia di cenare con i miei...» spiegai. Ero contenta di potermi nascondere nella luce opaca del crepuscolo, perché sul mio volto doveva apparire piuttosto chiaro l'imbarazzo che stavo provando in quel momento. Julian indossava una camicia bianca, e avevo il sospetto che l'avesse scelta apposta per la serata. Questo avrebbe portato mia madre e mio padre a sospettare che tra noi due ci fosse qualcosa, convincendo mia madre a essere meno permissiva nei miei confronti. Non aveva mai detto nulla sui miei pomeriggi a Robin House, ma avrebbe potuto facilmente cambiare idea.

Stavo pensando a come convincere i miei che tra me e Julian c'era solo un'innocente amicizia quando arrivammo al cancello di casa. Lì mi fermai un attimo, osservando la veranda.

«Che c'è?» chiese Julian, notando il mio sguardo perplesso.

«Non è nulla» dissi, proseguendo verso la porta di casa.

Non ero stata del tutto onesta: non era accaduto niente di importante, ma qualcosa aveva attirato la mia attenzione.

Appoggiato sotto uno sgabello di legno, incastrato tra quelle assi sottili che corrono tra le quattro gambe, tenevo da sempre un libro. Spesso mi sedevo lì nei weekend, a leggere. In quel periodo era una raccolta di racconti di H.P. Lovecraft, ed ero certa fosse lì quella mattina perché ricordavo perfettamente di averlo visto.

Non dissi nulla e scortai Julian in casa, dove venne accolto da mio padre con una pacca sulla spalla e un sorriso che avrebbe messo a proprio agio chiunque. Mia madre si era superata e dalla cucina arrivava un profumo di zuppa di gamberetti che dubito si possa sentire persino nella cucina del Santa Ana's, il ristorante più elegante di Hope. Sul tavolo c'era una montagna di pannocchie dorate e lucide di burro, riso saltato con le verdure, fagioli alla messicana e pane fatto in casa.

Su questo devo ammettere la verità: i miei genitori sanno essere perone estremamente gradevoli. Lo sono in generale, ma con gli ospiti diventano eccezionali. In pochissimo erano riusciti a mettere Julian completamente a proprio agio, chiacchierando della storia di Robin House e di vecchi aneddoti divertenti che riguardavano i più prossimi vicini di Winnifred, giù per la collina. Dovevano aver fatto un discorsetto a Daniel, perché mio fratello evitò qualsiasi battutina stupida o commento su me e Julian.

Sedemmo a tavola e mia madre ci riempì i piatti, mentre papà si informava sui gusti musicali di Julian, prima di scegliere una stazione radiofonica. Era un piccolo vezzo a cui teneva. Niente musica sul computer, solo radio e vecchie casse. Io guardavo Julian di sottecchi, senza farmi notare. Rideva alle battute di mio padre e sembrava si stesse divertendo davvero. Certo, *divertendo* compatibilmente con il fatto di essere a cena con i miei genitori.

Sarebbe stata una serata molto superiore alle aspettative anche per me, se non avessi approfittato di un attimo di silenzio per domandare a mia madre, con tono quasi distratto, se non avesse per caso spostato il mio libro dalla veranda.

«Intendi Lovecraft?» chiese lei, e io annuii. «No, tesoro, non l'ho toccato.»

Mio padre ne approfittò per commentare l'ultimo film horror proiettato nell'unica sala di Hope, così mi evitò di dover dire qualche banalità tipo "sarà in camera mia".

Dopo il dolce i miei ci dispensarono dallo sparecchiare e io portai Julian nel giardino sul retro, insieme a una caraffa di limonata. L'aria era fresca e il cielo stellato, e in molte serate della mia vita quello già sarebbe bastato a farmi sentire bene. Ci sistemammo sul dondolo, sentivo il suo braccio contro il mio, il movimento lieve del suo respiro, il suo profumo di tabacco. Immaginai i suoi capelli castano chiaro nella luce tenue della prima serata, le sue labbra morbide e le lentiggini chiare sulle guance. Chissà come sarebbe stato essere semplicemente Julian e Trinity, senza la morte che ci aveva portato via le persone più care, senza la mano insanguinata di un serial killer. Si sarebbe innamorato di me? Avrebbe voluto baciarmi, magari proprio lì, sul retro di casa mia, protetti dall'ombra?

«È il libro, vero?» mi domandò Julian, mentre ancora io rimuginavo sui nostri futuri possibili. Era una domanda, la sua. Ma suonava come una constatazione.

«Era in veranda questa mattina» ammisi. Non potevo nasconderglí nulla, su di me faceva questo effetto.

«H.P. Lovecraft?» chiese. «Cioè, un ottimo autore, ma davvero qualcuno te lo ha rubato?»

Ovvio, detto così sembrava senza senso. Gli spiegai di quella mia abitudine, del fatto che lasciavo sempre un libro lì. Era un'abitudine che avevo da quando ero bambina e mai nulla era sparito.

«È strano» ammise lui. Da dentro casa sentivo il rumore delle stoviglie. Ora la radio trasmetteva musica anni Cinquanta. Le finestre illuminate dalla luce della cucina brillavano nella notte. Era confortante, ma io mi sentivo terribilmente estranea a tutto.

«Forse non ci avrei dato peso, se non fosse per quello che è successo lunedì scorso.» Julian si mosse e i cardini del dondolo cigolarono tetramente. Raccontai delle piume e degli aghi di pino, della mia impressione che qualcuno fosse stato in casa e della porta lasciata aperta. Lui ascoltò tutto molto seriamente, con un'espressione tesa e preoccupata.

«Tri, non ho idea di quel che sta accadendo» disse.

«Neppure io.»

«A questo punto credo davvero che dovresti parlarne con tuo padre.»

«Se lo facessi, mi spedirebbe lontano da qui e perderei definitivamente la possibilità di capire che cosa è successo a Grace.» "E perderei te", avrei voluto aggiungere.

«Ho paura che non sia finita.»

Una frase sussurrata alla notte che scendeva, avvolgendo Hope, portando in sé la promessa di altre malvagità di cui avere paura.

Mio padre si affacciò dalla porta della cucina per chiedere a Julian se voleva uno strappo fino a casa. Le ombre si dissiparono e un sorriso tornò ad accendersi sulle labbra di Julian. Si passò le mani sui jeans e disse che faceva volentieri due passi. Mio padre lo guardò con preoccupazione, e non bisognava essere un indovino per intuire che cosa stesse pensando.

«Non è molta strada, signor McKenzie. Eviterò le vie più buie, prometto.»

Salutai Julian dalla veranda di casa, stringendomi le braccia al petto e sentendomi addosso una sensazione sgradevole.

Quella sensazione non se ne andò neppure nei giorni seguenti, mi restò accanto come un'ombra. La sentivo mentre mangiavo in mensa con Marla o mentre aspettavo l'inizio delle lezioni con Adela nel giardino davanti a scuola. Era come se avessi lo sguardo di qualcuno puntato addosso, come quando scorgi con la coda dell'occhio un movimento dietro di te, ti volti e scopri che non c'è nessuno. Una tenda della finestra che si muove anche se non c'è vento, l'impressione che i quaderni sulla scrivania non siano più esattamente come li hai lasciati. Stai leggendo in veranda e un brivido ti suggerisce di andare dentro, magari chiudendoti la porta alle spalle. È quel pensiero che ti spinge ad alzarti dal letto e controllare per la seconda volta che la finestra sia ben chiusa.

Andò avanti così per qualche settimana, fino al giorno in cui il professor Clark fu costretto a interrompere la lezione perché sua madre era scivolata e si era rotta una gamba, e noi fummo spediti a casa un'ora prima del previsto. Scrissi a mia madre che Julian mi aveva invitato a Robin House e trascorsi lì il pomeriggio. Sbrigammo i compiti di matematica velocemente, grazie a Julian.

«Questo però non lo avevi già fatto alla scuola che frequentavi prima...» gli dissi, dopo che era riuscito a rendere comprensibile un'equazione che a me era sembrata irrisolvibile.

«No, questo no.»

All'inizio pensavo che fosse avvantaggiato perché a Hope ripeteva lezioni che già aveva affrontato, ora però cominciavo a capire che non era solo quello: Julian aveva un'intelligenza fuori dalla norma e una memoria eccezionale. Quando lo raccontai a mia madre, lei mi confermò che anche Ava a scuola era tra le migliori. Tanto che una volta era riuscita a risolvere uno studio di funzioni che aveva messo in difficoltà persino la professoressa. L'intelligenza dei Cooper aveva un vantaggio: da quando studiavo con Julian i miei voti erano tutti migliorati, benché dedicassi alla scuola molto meno impegno di prima. Così avevamo il tempo per concentrarci sull'indagine.

Avevamo elaborato una mappa con tutti i sentieri del bosco ed eravamo riusciti a recuperare nuove informazioni riguardo a Brittany Ann. Navigando pazientemente su decine di pagine Facebook di suoi amici e poi amici di amici, avevamo trovato alcune foto in cui compariva. Così sapevamo che era stata per un po' in una casa occupata di Parker Lane, a Austin. C'era spesso un tizio, accanto a lei. Alto, rasato, sguardo astioso. Decisamente il genere di ragazzo che non vorresti incontrare di notte, da sola. Stavamo ancora cercando di scoprire chi fosse.

«Austin non è lontana, potrebbe essere passata da Hope, per qualche ragione» aveva commentato Julian, osservando una mappa.

«Sì, un letto in una casa occupata, in compagnia di questo tizio mi pare esattamente il tipo di sistemazione da cui una vorrebbe fuggire.»

«Se avesse voluto tornare sulla costa, sarebbe passata di qui.»

«E così magari ha incontrato l'assassino» conclusi. Ma erano teorie, non potevamo provare nulla.

Con Grace era più facile. Ci eravamo concentrati anche su di lei. Avevamo ricostruito le settimane prima della sua morte, attraverso i messaggi che ci eravamo scambiate: sulla pagina di agosto di un'agenda avevamo annotato i pomeriggi trascorsi insieme, indicando quelli in cui invece aveva avuto qualche impegno. Ero tornata a casa Mitchel per recuperare il calendario appeso in cucina, dove Sandra appuntava gli impegni della settimana, per verificare che Grace fosse davvero andata alle lezioni di musica come mi aveva detto. Così avevamo scoperto che qualche volta mi aveva mentito. Non c'era alcun corso, al contrario di quanto mi aveva raccontato.

Avevamo dedicato un altro giorno a Jason e i suoi amici, scorrendo tutte le foto caricate online, alla ricerca di Grace o Laura. Tenevo gli occhi incollati allo schermo, quando Julian si era alzato in piedi, stiracchiandosi.

«Questa sera porto Winnifred a teatro. Ti accompagno a casa?»

«No» risposi lanciando un'occhiata allo schermo del telefono. Era ancora presto.

Probabilmente persi tempo per colpa di uno scatto in cui si intravedeva una ragazza che poteva essere Laura, e quando mi misi in strada il sole stava già calando. Era ok, per me. Non avevo paura a camminare per le strade di Hope. Però quando mi lasciai Washington Road alle spalle, lanciai un'occhiata nervosa in giro. Le case erano parecchio lontane dalla strada, protette dietro steccati di legno o siepi. Affrettai il passo all'improvviso e così lo sentii: c'era qualcun altro nella strada, alle mie spalle. Quando mi voltai, però, non vidi nessuno.

Con il cuore accelerato ripresi a camminare, tenendo un ritmo irregolare e imprevedibile. Ne ebbi la conferma, non ero sola. Era un passo leggero, ma diverso dal mio.

Sapevo che se avessi urlato qualcuno mi avrebbe sentito di sicuro. Arrivata alla fine di Lexington Road voltai l'angolo, aspettai un minuto ferma e poi balzai fuori. E mi trovai davanti Roger.

«Che diavolo ci fai qui?» sbottai, sentendo una scarica di adrenalina. «Perché mi stai seguendo?»

Roger cominciò a muovere nervosamente le mani, mentre il suo sguardo correva veloce da me alla strada. Balbettò qualcosa di incomprensibile, poi con un enorme sforzo riuscì a pronunciare le due semplici parole: verso casa.

Poi sollevò una mano e indicò la strada davanti a sé. Tremava. In effetti girando a destra alla fine di Lexington Road si arrivava a casa mia, ma prendendo invece Irving Street sulla sinistra si andava verso casa Freesbury. Poteva benissimo essere che Roger stesse semplicemente tornando a casa, nulla di più.

«Roger, mi hai fatto spaventare» dissi, portando la mano al cuore. Lui abbassò lo sguardo.

Notai che aveva una foglia d'acero incastrata sotto al cappuccio della giacca e immaginai che tornasse da una delle sue passeggiate nel bosco.

«Non dovresti andartene in giro da solo» dissi. Lui fece una smorfia e si portò le mani alla bocca. «Io non sono in pericolo» disse.

«Lo siamo tutti, finché non catturano chi ha ucciso Laura e Grace.»

«Io no» insistette lui.

«Roger, sai qualcosa sull'assassino?» domandai prendendogli le mani.

Respirò profondamente, poi spostò lo sguardo verso terra. «Stai lontano dal bosco» rispose senza guardarmi.

«Chi c'è nel bosco?»

«Loro» bisbigliò.

Mi accorsi allora che Roger aveva paura. Di più, era terrorizzato. Avrei voluto insistere e domandargli chi fossero "loro", ma lui si voltò e cominciò a correre all'improvviso.

«Roger!» urlai. Poi gli scattai dietro, decisa a raggiungerlo. «Aspetta!» lo implorai, con il fiatone, ma lui era più in forma di me. Nonostante la corpuratura esile, era inaspettatamente forte. In un attimo era alla fine della via, poi balzò oltre il basso steccato di una casa abbandonata. Arrivai in tempo per vederlo scomparire nel giardino sul retro. Conosceva Hope decisamente bene. Sapeva come sparire, dove nascondersi, come fuggire.

Tornai a casa, dove trovai solo mia madre e mio fratello. Mio padre era a Little Rock per un incontro con i detective federali. Cenammo, seduti sul divano. Lasciai persino scegliere a Dan il film. Era una cosa che facevamo raramente, le poche volte che eravamo a casa soli.

Avevo dannatamente bisogno di un po' di tranquillità, di tutte quelle stupide cose noiose che riempiono la vita delle persone normali. Volevo una cena davanti alla televisione, una notte di sonno tranquilla, una giornata intera senza brutti pensieri. Non avere più paura.

Evidentemente, dovevo aspettare ancora un po', perché i miei desideri si avverassero.

26

Per ogni azione, una reazione.

Semplice e definitivo, vero? Avrei dovuto immaginare che correre dietro a Roger per le vie di Hope, urlando il suo nome come una pazza, avrebbe attirato su di me l'attenzione.

Invece ci arrivai solo il giorno dopo, quando uscii da scuola e svoltai sul retro per raggiungere la biblioteca dove contavo di fare qualche ricerca sulle ragazze scomparse nello Stato. Incredibilmente i vecchi numeri dell'"Arkansas Daily" non erano stati caricati online, e si potevano consultare solo sedendo davanti a un vecchio PC ingiallito che non la smetteva di brontolare.

Ero d'accordo con Julian che lo avrei raggiunto a Robin House più tardi, così ero decisa a sbrigarmi e cercare le informazioni di cui avevo bisogno il più velocemente possibile. Sedetti al computer, che fortunatamente stava in una saletta in disparte, dietro il bancone d'ingresso, e cominciai a scorrere vecchi numeri del giornale locale. La biblioteca era quasi deserta, a eccezione di due gruppetti di ragazzi del primo anno, seduti accanto alla finestra.

Impiegai quaranta minuti per trovare due casi nei tre anni precedenti. Jennifer Smith non era mai più tornata a casa dagli allenamenti di basket, ma le tensioni familiari facevano pensare a una fuga volontaria. Barbara Thorn invece era scomparsa dalla tenda dove stava campeggiando con un gruppo di amiche più grandi di lei, e il giornalista alludeva alla possibilità che si fosse trattato di un incidente. Entrambe vivevano entro un raggio di cinquanta miglia da Hope. Controllai su internet: sembrava che ancora non si sapesse nulla di loro. Sparite nel nulla.

Mandai a Julian una mail con i nomi delle ragazze, poi mi concentrai sullo schermo. Quando il mio telefono vibrò, allungai la mano senza guardare, per recuperarlo. Mancai la presa e sentii l'iPhone scivolare giù dalla scrivania. Non cadde a terra, però. Una mano si allungò per recuperarlo al volo.

Mi voltai di scatto.

Jason era inginocchiato alla mia destra, stringendo il telefono in mano.

«Che ci fai qui?» domandai, indecisa se sentirmi più stupita o più innervosita.

«Ho bisogno di parlarti.»

Sospirai. «Di cosa?»

«Che cosa è successo ieri sera con Roger?»

«Nulla.»

Questa volta fu Jason a sospirare. Mi fermai a guardarlo. Era bello, più bello di come lo ricordavo. I capelli cortissimi, la carnagione scura, le labbra carnose – il labbro superiore più morbido tra i due – gli occhi verdi, sfrontati, quasi rapaci. Indossava una t-shirt bianca che lasciava immaginare ognuno dei muscoli faticosamente scolpiti in palestra.

«Quindi lo rincorrevi urlando così, senza ragione.»

«Che ne sai di quello che è successo?»

Jason si alzò in piedi, allargando le braccia. «Tri, ma non sai dove vivi? Sei a Hope, la gente si interessa di quel che accade.»

«Si chiama "farsi i fatti altrui".»

«No, si chiama "tenerci".»

La bibliotecaria passò davanti alla porta, lanciò un'occhiata dentro e batté in ritirata come vide Jason. La sua presenza era una garanzia, con lui non poteva accadere nulla di sbagliato.

«Tri, sono preoccupato per te. Ti sei allontanata da tutti, stai solo con Julian. Che diavolo fate tutti i giorni a Robin House?»

«Dubito che tu mi creda, ma non faccio nulla di male: studiamo, chiacchieriamo» risposi con sarcasmo. Suonai credibile, perché non era una vera bugia. In fondo, stavo solo omettendo parte della verità, quella che riguardava la nostra indagine.

Jason mi fissò immobile. Mi guardava come se potesse soppesare la materia di cui ero fatta, valutare la densità dei miei pensieri e la profondità dei miei sentimenti. «Fai cose strane, da quando lo frequenti» mi disse, quasi senza muovere le labbra.

«Davvero?» domandai nel modo più ingenuo che mi fu possibile. Cominciai a sudare.

«Ieri ti ho vista fuori da scuola, continuavi a guardarti in giro come se temessi che qualcuno ti stesse seguendo.»

«Aspettavo Julian.»

Quando avevo imparato a mentire così bene?

«Smetti di frequentarlo, torna dai tuoi amici.»

«Grace è morta.»

«Io ci sono ancora. Ci sono Marla, Zack, i ragazzi della squadra. Non sei sola, non hai bisogno di Cooper, stai lontano da lui.»

Lo disse con un tono di ghiaccio che mi ferì e mi sorprese. «È un ordine?»

«È un consiglio. Girano strane voci su Julian…» disse, dandomi l'impressione che non avrebbe voluto arrivare a quello. Il suo sguardo si fece sfuggente, incrociò le braccia. Mi sentii come se l'universo si sbriciolasse e Hope fosse inghiottita in un buco nero. Credevo che io e Julian potessimo isolarci da tutto, vivere noi due protetti dentro Robin House, lontani dalle malignità, dalle cattiverie, dai pettegolezzi. L'idea che la gente ci osservasse, traesse conclusioni, parlasse mi strinse lo stomaco in un groviglio di nausea e disgusto. Ricordai un'occhiata del professor Clark alla fine delle lezioni, Jason che si fermava a osservarmi fuori da scuola, Marla che smetteva di parlare appena mi avvicinavo al suo tavolo.

«Vorrei sapere che si dice.» Lo volevo sapere davvero: che cosa sapeva Hope di Julian?

«Tu sai che spesso vaga di notte nel bosco, da solo?»

Chiusi gli occhi. Ma che stava dicendo?

«Ah, sì?»

«Zack l'ha visto uscire da Robin House e andare verso il bosco e non è che stesse spiando, se te lo stai chiedendo. Julian è passato davanti a casa sua e lui era alla finestra.»

La cosa più semplice sarebbe stata convincersi che si trattava solo di falsità maligne, ma con Jason era difficile: lui non mentiva, mai. Così una parte di me si sentì improvvisamente tradita, all'idea che Julian potesse avere una vita segreta, qualcosa che non condivideva con me. Pensai a quello, al momento, senza chiedermi dove potesse andare. Ci arrivò Jason.

«Tu sai che va a fare?»

«No» risposi d'impulso. «Sempre che Zack non si sia sognato tutto.»

«Sono successe cose abbastanza gravi da far passare la voglia di scherzare persino a Zack» replicò lui con un tono che non ammetteva repliche.

«D'accordo, e il fatto che gli piaccia passeggiare di notte dovrebbe essere abbastanza per allarmarmi e smettere di essere sua amica?» domandai, cercando di recuperare le fila di quella conversazione. L'atmosfera nella piccola stanza del computer stava diventando opprimente.

«Sì» disse lui.

«Jason, è assurdo! Tra i Cooper, in passato, possono esserci state persone particolari...»

«Disturbate» mi corresse Jason.

«... d'accordo, diciamo anche che alcuni Cooper erano pazzi, ma non puoi pensare che Julian sia colpevole della morte di Grace e Laura: non era a Hope in quel periodo!» Avrei urlato, se solo avessi potuto.

«Tu sai esattamente dov'era e quando è venuto a trovare sua nonna?»

«In che senso?»

«Non sai che veniva a trovare sua nonna? È stato a Hope, negli ultimi due anni, anche abbastanza spesso.» Non lo sapevo ma non gli avrei dato la soddisfazione di scoprirlo, così restai muta.

«Non sto dicendo che sia un serial killer, ma non lo conosci davvero e dovresti fare attenzione quando scegli di chi fidarti.»

«Forse lo conosco meglio di quanto tu creda.»

«Magari ti sbagli.»

Era una conversazione assurda, destinata a scontrarsi

contro il nulla che avevamo per sostenere le nostre convinzioni. Jason restò in silenzio per un po', io immaginai che stesse decidendo come andarsene. Invece restò.

«Una sera l'ho incrociato fuori dal Pica's, io andavo a prendere Jackie e lui entrava. Aveva addosso un odore...» disse, bloccandosi come se non trovasse le parole. Non lo aiutai. «... odore di morte» concluse, abbassando la voce. Temetti di non aver capito bene.

Nella stanzetta calò un silenzio tanto profondo che mi sembrò di sentire il battito dei nostri cuori e di quello della bibliotecaria seduta fuori.

«Odore di morte?» domandai a bassa voce.

«Hai presente le carcasse dei procioni investiti sulla statale d'estate?» Annuii. «Quello.»

A quel punto non sapevo più neppure io che cosa pensare, e forse Jason sarebbe anche riuscito a instillare in me il dubbio, mi avrebbe convinto che Julian davvero nascondeva qualcosa di torbido, un segreto macchiato dall'odore acre di decomposizione. Ce l'avrebbe fatta, forse, se non fosse stato per quella frase. «Io ci tengo ancora a te» disse con voce roca. Il modo in cui mi guardava, le mani strette al petto, come si mordicchiò il labbro: lo conoscevo troppo bene per non capire. Provava qualcosa. Ebbi la certezza assoluta che se mi fossi avvicinata a lui avrei potuto allungare la mano verso la sua guancia e baciarlo. Era quello che desiderava.

In un istante smisi di prendere sul serio tutto quello che mi aveva raccontato fino a quel momento. Non ci credevo più. Mi sembrò tutto un sistema contorto e perverso per allontanarmi da Julian, per riportarmi da lui, dai suoi amici, dalle persone di sempre, da quelli che a Hope sono nati e cresciuti, per controllarmi, per assicurarsi che restassi Trinity, la figlia dello sceriffo, Miss Bravaragazza.

«Non mi piace per niente, Tri. Julian ha qualcosa che non va, come tutti i Cooper» disse. Pensai che era lui ad avere dei problemi. Non riusciva a guardare oltre quel piccolo mondo in cui tutti lo idolatravano, ammirandolo. Julian era diverso, arrivava da lontano, non gli importava di essere accettato. E questo a Jason non andava giù.

Ripensai a tutto quello che era accaduto nell'ultimo periodo. Poteva essere stato lui a salire da me sulla veranda, di notte, terrorizzandomi. Poteva essere tornato per rubarmi il diario, dopo avermi vista recuperarlo dalla casetta sull'albero. Magari Grace ne aveva davvero parlato con Zack. E per Jason sarebbe stato facile anche rubarmi il libro dalla veranda. Poteva farlo, se avesse deciso di spaventarmi per allontanarmi da Julian. Aveva preparato il terreno per questa chiacchierata, per farmi dubitare di Julian.

Cominciai a sentirmi a disagio.

«Grazie per avermi avvisato» dissi alzandomi in piedi. Chiusi il file che stavo consultando e raccolsi la mia borsa.

«Trinity» disse con la voce che tremava.

Mi fermai davanti a lui, sorrisi.

«Prometto che farò attenzione.»

«Ti prego...» cominciò, ma non volevo scoprire per che cosa mi stesse pregando.

«Davvero» aggiunsi, fissandolo negli occhi, prima di raggiungere la porta e andarmene.

Mi avviai verso casa a passo veloce, sentendomi confusa in un modo che non provavo da tempo. Fu per quello che mi accorsi del lampeggiante della macchina della polizia parcheggiata davanti a casa solo all'ultimo.

27

Era la macchina dei federali, la riconobbi immediatamente – nera, lucida come un carro funebre, rifletteva la luce intermittente blu del lampeggiante montato sul tettuccio – e subito seppi che era successo qualcosa.

Affrontai le ultime decine di metri che mi separavano da casa sentendo già l'ombra della tragedia allungarsi su di me. *Ti prego, non altra morte, ti prego, non ancora.* Parcheggiata di lato c'era anche la macchina di servizio di mio padre, poi sentii la voce di Brianna senza però capire che cosa stesse dicendo.

Sono qui per me, pensai. *Non c'è altra spiegazione.*

Arrivai alla porta senza più sentire la terra sotto ai piedi, trattenendo il fiato, fermando il tempo con la potenza della paura che provavo. Salii gli scalini della veranda, con lo stesso stato d'animo di un condannato a morte, e quando aprii la porta di casa il mio cervello si bloccò, annichilito dalla sciagura imminente ma incapace di immaginarla.

Fu terribile.

Erano tutti in cucina. Notai per prima mia madre, pallida e sbigottita. Mio padre era accanto a lei, in divisa, con un'espressione difficile da sostenere: c'era rabbia, preoccupazione, disperazione, terrore, tutto mescolato insieme.

Ted e Samuel stavano accanto alla finestra e si voltarono verso di me appena entrai, interrompendo una discussione che mi parve animata. Poi vidi Brianna appoggiata con le mani allo schienale di una sedia, i capelli raccolti in una coda, l'aria stanca. C'erano due uomini che non avevo mai visto, ma dai loro completi neri immaginai fossero agenti federali. E, tra loro, seduto al tavolo, vidi Julian.

«Trinity, ti stavamo aspettando» disse Brianna venendomi incontro. Il suo tono era gentile, premuroso. Io lanciai un'occhiata a Julian, lui mosse le labbra in un modo che io interpretai come un "è tutto ok".

Brianna mi fece sedere accanto a lui e si sistemò davanti a noi. I federali incombevano alle nostre spalle.

«Ha ucciso ancora?» domandai, perché quella tensione era diventata insopportabile e qualunque cosa sarebbe stata meglio dell'incertezza.

«No» rispose mio padre.

Io lo guardai, implorando risposte, ma ancora una volta fu Brianna a parlare.

«Qualcuno ha lasciato queste nella vostra casella delle lettere» disse, allungandomi un mucchietto di fotografie tenute insieme con una graffetta. «Sono copie, puoi prenderle» aggiunse un federale, vedendomi incerta.

«Ti ha fotografato» disse Julian.

Allora allungai le mani e afferrai le stampe.

C'ero io, oltre la finestra di camera mia. Era notte e la luce accesa sul mio comodino mi faceva sembrare lontanissima e irraggiungibile. Stavo leggendo qualcosa sul cellulare che tenevo in mano, e chiaramente non immaginavo che qualcuno mi stesse non solo spiando, ma anche fotografando.

Appoggiai la foto sul tavolo.

Avrei voluto vomitare. Invece passai alla seconda immagine che mi ritraeva. Tornavo da scuola, il cielo era grigio, io sembravo sovrappensiero. Non ricordavo assolutamente quel giorno, e questo mi fece male.

Passai oltre. Io in biblioteca, seduta a un tavolo, china su un libro. Un'altra giornata come mille altre. Davvero non avevo notato qualcuno intento a riprendermi?

«Ha usato un telefono» disse Julian, come se mi leggesse nel pensiero.

«Un Samsung Galaxy, ci dicono dalla scientifica» aggiunse Ted.

Erano dieci, in tutto. E tutte riprendevano me, tranne l'ultima: una foto di casa mia. Ma il vero soggetto della foto era il bosco appena dietro, incombente come fosse stato vivo.

«Le ha trovate la mamma all'ora di pranzo, probabilmente sono state lasciate di notte» spiegò mio padre. «Nessuna impronta digitale, impossibile risalire a dove sono state stampate.»

«Erano in una busta bianca, senza indirizzo né mittente. L'ho aperta e per poco non sono svenuta, appena mi sono ripresa ho chiamato papà» aggiunse mia madre.

«Qualcuno ti ha tenuta d'occhio, per parecchio tempo. Crediamo che la prima foto risalga a diversi mesi fa» spiegò Brianna.

L'atmosfera della stanza si fece elettrica e nervosa. Mi spiegarono parecchie cose: che poteva trattarsi di chiunque, ma che bisognava muoversi come se l'autore delle foto fosse lo stesso che aveva ucciso Grace, che poteva essere anche un messaggio indiretto a mio padre, una minaccia rivolta alla squadra di investigatori, ma che comunque ero stata scelta io, e dietro a ogni scelta c'è sempre un ragionamento, che non avevano intenzione di rendere pubblico quel che era accaduto ma che mi avrebbero protetto, che contavano su di me per mantenere il massimo riserbo e avevano già discusso la possibilità di allontanarmi da Hope, che le indagini andavano avanti e stavano facendo progressi, che speravano di mettere al più presto le mani sul colpevole, che nel frattempo non dovevo avere paura ma essere prudente.

Ascoltai tutto, stordita, con l'impressione di non averci capito nulla.

Quando in cucina tornò il silenzio, sollevai il viso e mi rivolsi a Julian. «Che ci fai, qui?»

Ebbi l'impressione che Brianna stesse per rispondere, la vidi prendere il fiato e storcere la bocca, ma lui fu più veloce.

«Sono passati a prendermi a casa e mi hanno accompagnato qui per farmi vedere le foto. Volevano sapere se avevo sospetti, se ricordavo qualcosa dei giorni in cui sono state scattate.»

«Ti hanno interrogato» dissi.

«Non la metterei su questo piano...» si intromise mio padre, ma io non badai a lui e Julian neppure. Continuammo il nostro dialogo, come se fossimo soli.

«Sono la persona che ti frequenta di più, ultimamente. Credo contassero su di me per capirci qualcosa.»

«Ti volevano vedere prima che potessimo parlarci.»

«Penso di sì» rispose lui.

Strinsi i pugni, consapevole di essere a un bivio. Mio padre avrebbe fatto qualunque cosa, pur di difendere la sua famiglia. Qualunque, anche contro la mia volontà. Avevo una sola possibilità, e quando parlai mi sentii addosso tutto il peso di quello che stavo facendo.

«Se mi mandate lontano da Hope, racconterò tutto quello che so ai giornalisti» annunciai. «Sono la migliore amica di una delle ragazze uccise, posso sollevare un bel casino.»

«Trinity, è una follia» disse papà, incredulo.

«Sono pronta a farlo comunque, se mi costringerete ad andarmene da Hope.»

Mia madre cominciò a piangere, Brianna mi disse qualcosa circa l'essere ragionevoli, Ted assicurò che era solo per un breve periodo. Io non ascoltai nessuno di loro.

«Sono solo pochi mesi, poi la scuola finirà e io andrò a studiare sulla costa. Intanto resterò qui e farò attenzione. Sono pronta a non uscire di casa da sola, mai. Sorvegliatemi, tenetemi d'occhio, proteggetemi come credete, ma non mandatemi via.»

«È un capriccio pericoloso» disse mio padre.

«Non è un capriccio, è la mia vita» replicai.

Poi mi alzai e corsi verso camera mia, su per le scale veloce, ignorando il vociare che era esploso in cucina e sperando che nessuno mi seguisse. Mi chiusi la porta alle spalle e mi lasciai cadere sul letto, sprofondando la testa nel cuscino. Era tutto sbagliato: Grace era morta, e quello che io e Julian avevamo scoperto faceva sembrare la verità sempre più lontana e impossibile da scoprire. E nonostante ciò, avevo attirato su di me l'attenzione di qualcuno.

Forse nessuno di loro era un assassino, eppure ero sempre più certa che sia Roger che Jason fossero pericolosi. Qualcuno mi aveva preso di mira e, per quanto cercassi di non farmi travolgere dal panico, mio padre aveva ragione: era probabile che restare a Hope fosse una scelta dannatamente sbagliata. Ma non potevo andarmene, non potevo rinunciare all'unica persona capace di farmi stare bene. Mentre mettevo a fuoco quell'unica certezza, la porta si aprì. Era lui, Julian.

Venne a sedersi accanto a me, mi accarezzò i capelli, la schiena, lasciò correre le mani fino alle mie. Le nostre dita si intrecciarono.

Non potevo essere solo un'amica, per lui. Non era possibile, non dopo tutto quello che avevamo affrontato insieme. Desiderava quello che volevo io, per forza. Eppure continuava a rifiutarmi.

«Non voglio perdere anche te» mi disse.

«Neanche io» risposi. Allora lui si allontanò da me, impercettibilmente, come se quella vicinanza lo spaventasse.

Io mi sollevai, pronta per chiedergli che gioco stesse facendo. Perché mi faceva soffrire in quel modo, dopo avermi convinto a indagare, a infrangere la legge, dopo avermi trasformato in una ragazza diversa dalla Trinity di prima? Non ebbi il tempo di dire nulla. Si avvicinò a me e mi baciò, come se gli appartenessi.

Fu un bacio infinito, come mai avevo provato prima. Sentivo il suo cuore battere nel petto, come se volesse raggiungere il mio per fondersi insieme. Era respiro, era fiato, era vita. *Era amore*, pensai. E, ancora una volta, era destinato a venire spazzato via tutto dall'orrore.

28

Smise di avere importanza una settimana più tardi: le fotografie, l'ipotesi del mio allontanamento da Hope, l'impressione di essere seguita, le paranoie di Jason, le strane frasi di Roger, il diario rubato. Non importava più nulla, perché un nuovo cadavere venne ritrovato in un boschetto di abeti tre miglia a sud di Hope, appena fuori da Hampton, un piccolo puntino sulla mappa, in cui un tempo abitavano i braccianti e tutti quelli che non potevano permettersi di vivere "in paese".

Si chiamava Madelyn Miller, aveva diciassette anni ed era stata vista l'ultima volta fuori dalla palestra dove si allenava con le amiche cheerleader, alle nove esatte di un mercoledì sera identico a infiniti altri, in cui nessuno aveva notato nulla di strano. Madelyn aveva salutato ed era salita sulla sua Chevrolet Camaro del 1970, regalo dei genitori per il suo ultimo compleanno qualche mese prima. Era uscita lentamente dal parcheggio – le amiche hanno riferito che guidava sempre con grande attenzione, tanto che qualche volta la prendevano in giro per la solerzia con cui rispettava il codice della strada – ed era partita verso casa, ad appena due miglia di distanza verso est, sulla statale 278. Ai genitori è bastato un quarto d'ora di ritardo, per cominciare a preoccuparsi. Il padre è salito sul suo pick up per cercare Madelyn lungo la strada che collega casa Miller con il centro sportivo, temendo un incidente. L'aveva detto sin da subito, che quella vecchia auto non era affidabile. Ma la Chevrolet non era parcheggiata sul bordo della strada, come si sarebbe aspettato. Allora ha battuto le strade nei dintorni, facendo un grosso sforzo per cercare di immaginare che cosa potesse aver tenuto Madelyn fuori di casa a quell'ora, senza avvisare. Alle dieci e mezza, dopo decine di telefonate fatte a un telefono insolitamente spento, la centrale di polizia di Hampton ha ricevuto la telefonata con cui Alexander Miller denunciava la scomparsa della figlia. Appena un'ora dopo le prime squadre di ricerca cominciavano a pattugliare meticolosamente la zona. Io li avevo visti, per strada, mentre tornavo da Robin House. Indossavano la divisa e camminavano piano, con gli occhi fissi a terra. Non avevano fatto caso a me e io mi ero affrettata a casa, perché avevo raccontato a mia madre che sarei tornata con Julian, mentendo.

Per prima cosa la polizia ritrovò l'auto, parcheggiata sul retro di un grande magazzino abbandonato, nella periferia del paese. Non c'erano tracce di sangue e nulla lasciava immaginare che qualcosa di violento fosse avvenuto al suo interno. Eppure la signora Miller, fatta arrivare per identificare la vettura, era caduta in ginocchio piangendo, cogliendo impreparati i due poliziotti che la scortavano. Una madre capisce certe cose prima di qualunque detective. Da quel momento si cominciò a cercare il cadavere di Madelyn.

Fu una notte insolitamente fredda per maggio, in cui decine di uomini batterono i boschi e le strade attraverso i campi proiettando potenti fasci di luce e urlando il nome di una ragazza morta.

Poi un agricoltore della zona chiamò la polizia alle cinque del mattino, con la voce che tremava. Si scusò, dicendo che aveva bevuto qualche sorso di whiskey per riprendersi.

«Non ho mai visto una cosa del genere» ripeté più volte.

C'era un corpo, al bordo della strada sterrata che stava percorrendo con il suo trattore. Riverso in una pozza di sangue, gettato a terra a braccia larghe, coperto di foglie. Il poliziotto che aveva preso la telefonata cercò immediatamente di verificare quel che in fondo già sospettava. Poteva essere Madelyn?

Capirlo risultò essere più complicato del previsto, e ci vollero quasi dieci minuti di conversazione perché Trevor Smith riuscisse a spiegarsi. Non era in grado di dire molto sul morto perché mancava la testa.

Madelyn era stata decapitata.

Perché era lei, ovviamente.

Brianna era passata a prendere mio padre a casa all'alba e io mi ero svegliata sentendolo uscire. Scesi in cucina e accesi la televisione, per seguire la vicenda dalle notizie trasmesse nel notiziario. Non so come, ma i giornalisti delle tivù nazionali erano già arrivati e stavano trasmettendo uno speciale in diretta. Mentre sedevo sul divano, in silenzio, allungai la mano verso il cellulare e scrissi una mail a Julian, con cui avevo trascorso il pomeriggio precedente.

È accaduto ancora.

Non conoscevo la vittima, eppure aveva un'aria familiare. Lunghi capelli lisci scuri, viso dall'ovale perfetto, occhi da gatta. Era di una bellezza fuori dal comune. E assomigliava vagamente ad Ava Cooper.

Secondo le ricostruzioni, qualcuno era riuscito a convincerla a fermare la macchina e accostare. Chiunque fosse stato, doveva avere un aspetto rassicurante e per nulla minaccioso. Lo disse il signor Miller, comparendo fuori di casa per parlare con i giornalisti.

«Madelyn era prudente, una brava ragazza con la testa sulle spalle. Aveva tante amiche, scriveva poesie. Non si sarebbe mai fermata con un serial killer in giro, lungo una strada statale, senza un'ottima ragione.»

Alexander Miller aveva una teoria, in proposito: sua figlia voleva aiutare qualcuno. Non riusciva a immaginare nessun altro motivo perché fermasse l'auto in quella situazione.

Alla fine dello straziante appello della famiglia "perché chi sa qualcosa parli", mio padre aveva fatto un passo avanti, insieme a uno degli uomini in completo scuro che avevo incontrato nella cucina di casa.

Aveva detto che il colpevole aveva convinto la vittima a fermare la macchina. Probabilmente l'aveva colpita in testa attraverso il finestrino che Madelyn aveva abbassato per capire che cosa fosse successo. Era stata colta completamente alla sprovvista, perché non aveva cercato di difendersi, e aveva perso i sensi. A quel punto l'assassino era riuscito a spingerla sul sedile del passeggero – impresa non particolarmente complicata perché Madelyn pesava solo quarantotto chili – ed era salito al posto di guida per raggiungere la strada isolata dove poi era stato ritrovato il corpo. Una strada polverosa che non portava da nessuna parte e attraversava un campo di granoturco, lontano almeno tre miglia dalla più vicina fattoria. Lì Madelyn era stata decapitata con un coltello simile a quello dato in dotazione ai soldati americani nel 1967. Il killer poi era risalito in auto e aveva guidato la Chevrolet fino al parcheggio dove era poi stata ritrovata.

A quel punto il detective federale aveva preso la parola per dire che stavano dando la caccia a una persona metodica e organizzata. Non aveva lasciato tracce né sui sedili, né sul volante – non c'erano capelli, impronte, frammenti di pelle, nulla – era probabile che avesse indossato una tuta per uccidere e poi un'altra per risalire in macchina.

«È il terzo omicidio accertato che riteniamo essere opera sua» disse il federale, con lo sguardo dritto nella telecamera.

Evidentemente non era più prioritario evitare che il panico si diffondesse tra la popolazione.

Un giornalista approfittò di un istante di silenzio per schiarirsi la voce e domandare: «Si tratta di un serial killer?».

Fu mio padre a rispondere. «Crediamo di sì.»

29

Tutto cambiò. La polizia aveva deciso di tentare una nuova strategia, rivelando molti particolari delle indagini. Questa volta si susseguirono le conferenze stampa e le prime pagine dei giornali vennero riempite con un generoso quantitativo di informazioni.

Hope sembrava un paese in guerra, con pattuglie della polizia che battevano le strade deserte. Si parlò di chiudere le scuole, di decretare un coprifuoco, di installare telecamere di sicurezza a ogni angolo, di vietare l'accesso ai boschi e a tutte le strade secondarie. Le discussioni infuocavano gli animi nell'ufficio del sindaco, al consiglio della dirigenza scolastica, alla centrale di polizia, persino nei bar e nelle caffetterie del paese. In teoria erano tutti d'accordo sulla necessità di difendersi, ma restava un enorme problema non risolto: difendersi da chi? E poi, per quanto tempo si poteva bloccare la vita a Hope?

Due giorni dopo la scomparsa di Madelyn si presentò alla centrale Mallery Foster, un pensionato che viveva in una decrepita casa ai bordi del paese. Aveva una barba canuta e indossava una salopette di jeans che aveva vissuto tempi migliori, ma su una faccenda era sicuro. Aveva visto una Chevrolet Camaro del 1970 passare davanti a casa sua, la sera in cui Madelyn era stata uccisa.

So che mio padre lo aveva fatto sedere nella camera degli interrogatori e gli aveva offerto un bicchiere di caffè.

«Mi ripeta di nuovo quello che ha visto» aveva detto.

«L'auto della ragazza decapitata» aveva risposto. «L'ho vista passare davanti a casa mia.»

«Come fa a esserne certo?»

«Non ci sono altre Chevrolet Camaro nel raggio di cinquanta miglia, e nessuno lo sa meglio di me: fino all'anno scorso ho fatto il carrozziere a Hampton» aveva dichiarato deciso.

Mallery Foster divenne un testimone chiave.

Non aveva denunciato subito perché un'infiammazione alla schiena lo aveva immobilizzato a letto, ma sapeva quel che diceva. La sua vista era ottima e trascorreva le serate in poltrona, seduto davanti alla finestra del salotto. Teneva la televisione accesa, ma lui guardava fuori, la strada. Sapeva distinguere perfettamente ogni auto in commercio negli Stati Uniti dal 1949 a oggi. Il guidatore no, non aveva idea di chi fosse.

«Era giovane» disse però.

«Può essere più preciso?» domandò mio padre.

«Guidava come fanno i giovani, con una sola mano sul volante, e ha preso la curva alla fine della strada troppo stretta. Una cosa che fai solo se hai la patente da poco, parola mia.»

Venne fuori che era qualcuno di corporatura minuta. Se avesse dovuto scommettere avrebbe detto una ragazza, ma questo in tribunale non vale nulla.

Tutto questo lo so perché me l'ha raccontato mio padre in uno dei rari momenti in cui tornava a casa dal lavoro. Era esausto.

Una volta pronunciata pubblicamente la terribile parola – serial killer – la città esigeva risposte.

Il sindaco Freesbury continuava a rilasciare interviste in cui difendeva l'operato della polizia, un gruppo di federali si era installato alla centrale, credo per dare l'idea a tutti che la situazione fosse stata presa molto sul serio, anche tra le alte sfere.

Trovate l'assassino, questo era l'unico credo rimasto.

Mio padre lavorava anche sedici ore al giorno, scandagliando la vita di Grace, Laura, Brittany Ann e Madelyn alla ricerca di collegamenti e punti di contatto capaci di rivelare l'identità del killer. Io non ero più una priorità.

Non si parlò più della possibilità di spedirmi lontano da Hope, ma dopo la morte di Madelyn mia madre pretese di accompagnarmi ogni giorno a scuola. Alla fine delle lezioni potevo farmi venire a recuperare da lei in macchina o andare con Julian a Robin House.

Di Julian si fidavano. E lui accettò di proteggermi.

Mi stava vicino, non mi lasciava sola. Spesso, fuori da scuola, lo sorprendevo a guardarsi in giro. Ma io lo sapevo che nessuno mi avrebbe più fotografata. Chiunque fosse stato, era finita con la morte di Madelyn.

«Non hai paura?» mi chiese un giorno. Ci eravamo arrampicati sul tetto di casa, uscendo dall'abbaino di camera sua, ed eravamo sdraiati l'uno accanto all'altro, le schiene appoggiate sui coppi di pietra. Da lassù Hope sembrava una distesa colorata di tetti interrotta solo dal verde degli alberi.

«No» risposi. «Non uccide a caso, sceglie le sue vittime e io non vado bene.»

Julian smise di osservare il cielo e si voltò verso di me. «Come lo sai?»

«Perché io non sono speciale come Grace e le altre. Credevo di essere come Ava, ma probabilmente mi sbagliavo.»

Da quel giorno Julian divenne più dolce, con me. Cominciò a leggermi qualcuna delle poesie dei suoi libri, parlammo di sua madre, delle stranezze di nonna Winnifred, gli raccontai di Jason. Continuavamo a discutere dell'assassino. Tutto faceva pensare che fosse di Hope. Giovane, probabilmente. Qualcuno che conosceva bene i boschi e i sentieri, oltre alle abitudini delle ragazze uccise.

Erano molti i dettagli che facevano pensare a Roger, e alla polizia non era sfuggito. Trovai tra le carte che mio padre aveva portato a casa una sera un fascicolo dedicato al figlio del sindaco: i suoi movimenti, la relazione con le vittime, il parere di uno psicologo criminale. La conclusione era di quelle a cui nessun poliziotto vorrebbe mai arrivare. Avrebbe potuto essere il killer, ma non c'era alcuna prova a suo carico. Gli mancava un alibi per la notte in cui era morta Laura, ed era a casa mentre venivano assassinate Grace e Madelyn. Mio padre, però, aveva aggiunto una nota a mano: erano le dichiarazioni dei signori Freesbury e di due domestici.

Roger era stato oggetto di indagini approfondite, ma non c'era nulla che lo collegasse in modo inoppugnabile ai luoghi in cui l'assassino aveva agito. E qualcosa dentro di me mi impediva di convincermi definitivamente che fosse colpevole. Non ce la facevo proprio. Lo conoscevo da sempre e per me non era capace di fare del male a qualcuno. Neppure le foto che avevo trovato in camera sua mi avevano davvero fatto cambiare idea.

Io e Julian ne discutemmo a lungo.

«Trinity, se davvero un giorno vorrai fare la giornalista, dovresti imparare a non lasciarti condizionare tanto dalle sensazioni.»

«Non è una sensazione, lo conosco da quando eravamo bambini.»

«Se si potesse riconoscere un criminale così, solo perché lo frequenti da anni, avremmo risolto un mucchio di problemi...» Adoravo le sue risposte pungenti, anche quando il suo sarcasmo era rivolto verso di me. Avrei voluto allungare la mano e toccargli la guancia, per assicurarmi che esistesse per davvero un ragazzo capace di dire quel tipo di cose. «Se l'intuito non contasse nulla, i poliziotti sarebbero stati sostituiti da computer» replicai invece, dopo averci riflettuto un po'.

Julian mi sorrise come faceva qualche volta, quel tipo di sorriso che ti fa sentire il centro del mondo.

Oh, Julian: è così perfetto stare insieme, eppure non mi permetti di essere più che un'amica, pensai.

«Se fosse nata la persona che capisce l'uomo, non esisterebbero i poeti» concluse lui sorridendo.

Di Julian mi fidavo, completamente. Eppure restavo convinta che Roger non fosse un assassino. Lo difesi con tutto il cuore, fino a quell'orrenda notte di maggio.

30

Pioveva a dirotto, il cielo scuro incombeva pesante di nubi sulla città e l'aria era umida e odorava di terra. Ai bordi delle strade scorrevano fiumi di fango e il mondo fuori dalla finestra aveva un'aria cupa e minacciosa.

«Una tempesta primaverile come non se ne vedono da anni» commentò mio padre sistemandosi la cravatta davanti allo specchio dell'armadio.

«Forse potremmo rimandare la serata...» provò a suggerire mia madre, appoggiata allo stipite della porta della loro camera da letto, già pronta per uscire. Indossava un abito grigio che non le avevo mai visto, ben intonato con il suo sguardo spento. Io sedevo sul letto e li osservavo, le gambe rannicchiate al petto.

«Tesoro, sai bene quanto è importante restare uniti, in questo periodo» disse mio padre dopo averla raggiunta, appoggiandole le mani sulle spalle.

Il sindaco Freesbury li aveva invitati a cena, e anche se le indagini non sarebbero state un argomento di conversazione – non si discute di un argomento così serio in un'occasione informale, giusto? – il solo fatto di essere seduti tutti allo stesso tavolo era un messaggio inequivocabile. Ci fidiamo l'uno dell'altro, nonostante il dramma che è accaduto. Restiamo una comunità.

Era evidente che mia madre avrebbe preferito restare a casa, quella sera. Con il senno di poi è facile parlare di premonizione.

«Potrebbe venire con noi anche Trinity» suggerì allora.

«Io sto bene qui. E poi Julian ormai starà per arrivare» risposi stringendomi nelle spalle. Proprio in quel momento suonarono alla porta.

Daniel era andato a dormire da un amico e a mio padre non piaceva l'idea che trascorressi una serata completamente da sola, così avevo proposto di invitare Julian. Un film sul computer, il succo di mele fatto da mia madre e un pacco intero di Chocolate Super Drops Cookies da sgranocchiare.

Sono praticamente certa che i miei sospettassero che tra noi due ci fosse qualcosa di più, ma un serial killer in circolazione ridimensionava drasticamente la minaccia di un fidanzato in salotto. Sarebbero stati più tranquilli se avessi detto loro la verità – Julian per qualche misteriosa ragione sembrava provare qualcosa per me, eppure continuava a rifiutarmi – ma tanto non mi avrebbero creduto. E poi, non erano argomenti che avevo voglia di affrontare con i miei genitori.

Io non lo sapevo, ma c'era una pattuglia parcheggiata nei pressi di casa nostra; ogni mezz'ora Fred Buck si faceva un giro dell'isolato, per controllare che tutto fosse tranquillo. Non me ne avevano parlato per non spaventarmi, ma era l'unica condizione accettabile perché io restassi a Hope, secondo i federali. Nessuno aveva preso alla leggera le foto che ci erano state recapitate.

Venti minuti dopo i miei erano sulla porta di casa, stretti sotto un ombrello che nulla poteva contro la pioggia spinta dal vento in ogni direzione.

«Qualsiasi cosa, chiamaci» ripeté per la millesima volta mio padre, alzando la voce per farsi sentire nonostante il tempaccio.

«Certo, signor McKenzie» rispose Julian, con una pazienza infinita che gli ammirai.

Quando infine si chiusero la porta alle spalle, io e Julian ci scambiammo un'occhiata complice.

«Che si fa?» mi domandò.

Io mi mordicchiai le labbra. «Ascoltiamo della musica» risposi stringendomi nelle spalle. Voleva che fossimo solo amici, giusto?

Salimmo in camera mia e cercai sul computer, indecisa su che canzone scegliere. Poi mi venne un'idea improvvisa. Mi collegai a YouTube e la trovai: *Black And White Dreams*, il disco di Ava Cooper.

Come Julian riconobbe le prime note e poi la voce di sua madre quasi barcollò. Non se lo aspettava.

Balbettò qualcosa e io temetti di averlo messo seriamente in difficoltà. La pioggia battente e l'ululato del vento attutivano la voce dolce di Ava, dando l'impressione che arrivasse da qualche luogo lontano. Chiusi gli occhi e cominciai a muovermi seguendo il ritmo. Un tuono si abbatté nel cielo sopra di noi e io sobbalzai, spalancando gli occhi.

Vidi che anche Julian aveva cominciato a ballare. I capelli chiari gli cadevano sugli occhi chiusi, sembrava stesse sognando. Lentamente ci ritrovammo al centro della stanza, vicini, come se fosse quella melodia dolce a guidarci.

Appoggiai la testa alla sua spalla e sentii le sue mani intrecciarsi sulla mia schiena. Mi bastò sollevare lo sguardo, perché le sue labbra si avvicinassero alle mie. Credo fu un gesto che sorprese entrambi, inaspettato.

Ancora una volta ci stavamo baciando, ancora una volta Julian aveva azzerato ogni mio pensiero, ogni resistenza. La luce della stanza tremò e poi si spense. Nel buio restava solo la musica. Le sue mani si spinsero sotto la mia maglietta e per una volta decisi che avrei fatto quel che sentivo. Sfilai la felpa e mi strinsi a lui. Capii in quell'istante che ero pronta, lo volevo. Non mi interessava neppure capire se fossi innamorata o no, desideravo solo assecondare quel momento. Julian mi faceva sentire speciale, con lui ero la versione migliore di me. Lo guardavo negli occhi e tutti i problemi scomparivano, non ero più Trinity la strana, quella diversa, quella sbagliata, se stavo con lui ogni cosa era semplicemente giusta, e quindi era tra le sue braccia che volevo stare. Poi tutto si fermò.

«Non posso, Trinity» disse Julian.

Ancora una volta fu come se mi mancasse improvvisamente la terra sotto i piedi e io fossi precipitata in un baratro senza fondo.

"Non posso", detto con tono definitivo, con parole di ghiaccio.

Ma non potevo accontentarmi, non questa volta.

«Dimmi almeno che cosa è successo» risposi con voce dura.

«Che cosa?»

«Le cicatrici.»

Lui si strinse le braccia al petto, lo vidi respirare profondamente. Chiuse gli occhi e in un sussurro disse: «Mio zio».

Spalancai gli occhi. Quindi era vero. Edward Anderson, il famoso avvocato dei potenti, era un uomo violento, capace di fare del male a suo nipote.

«Come ti dicevo, vivere con lui non era sempre semplice...» disse piano. Un lampo illuminò il cielo e io vidi la sua espressione assente.

«Julian, ma perché?»

«È un uomo crudele, Tri.» Cadde il fulmine, e sembrò vicinissimo. Io sobbalzai spaventata, ma Julian restò impassibile. Stava ricordando.

«Spietato sul lavoro e anche a casa. Quando sbagliavo qualcosa mi puniva. Un brutto voto, un bicchiere di latte rovesciato a terra, il letto rifatto male... poteva essere qualsiasi cosa.»

«Perché non hai chiesto aiuto?» domandai con un filo di voce.

«Chi avrebbe mai potuto salvarmi da Edward Anderson? Chi avrebbe avuto il coraggio di mettersi contro uno dei più importanti avvocati del paese?»

Avevo voglia di urlare. Un pensiero mi si accese in testa: Ava sapeva che Edward Anderson era una cattiva persona, non si fidava. Ma neppure quello era servito a qualcosa.

Possibile che la giustizia non trionfasse mai? Davvero si poteva ferire, uccidere, torturare così impunemente?

Nell'ombra in cui il temporale ci aveva costretto, Julian si accorse del mio sconcerto e della mia delusione. Questa volta, però, mi abbracciò, mi strinse forte a sé, mi baciò la testa infinite volte. Mi irrigidii, avrei voluto allontanarmi da lui, se solo ne avessi avuto la forza.

«Quando sarà tutto finito, Tri. Solo allora» mi bisbigliò, come fosse una promessa capace di unirci per sempre.

«Julian...» cominciai senza avere idea di come tradurre a parole quello che provavo, ma un rumore congelò la mia voce.

Proveniva dal giardino e si sentì perfettamente nonostante la tempesta. Entrambi trattenemmo il fiato, poi Julian balzò alla finestra, la spalancò e si affacciò di sotto, incurante della pioggia.

«Cosa è stato?» domandai, raggiungendolo.

Lui indicò qualcosa che faticai a mettere a fuoco attraverso l'acqua che cadeva dal cielo. «Il cancello sul retro è aperto» aggiunse.

Il vento l'aveva fatto sbattere violentemente.

«C'è qualcuno» aggiunse a bassa voce.

Velocemente rientrò nella stanza e corse alla porta. Lo seguii giù dalle scale. «Julian, chiamiamo mio padre.»

«Non farà mai in tempo a tornare» disse senza fermarsi. Julian agiva, sapeva sempre che cosa fare. Sembrava non provare dubbi, mai. Si affacciò in cucina e recuperò un coltello.

«Potrebbe essere il killer.»

«No, non credo.»

«Che vuoi fare?» gli domandai spalancando gli occhi.

Lui sembrò ricordarsi di me solo in quel momento. «Scopro chi è» mi rispose, prima di raggiungere la porta d'ingresso, socchiuderla e scivolare fuori di casa. Mi sentii improvvisamente sola e vulnerabile. Avevo freddo e temevo che gli potesse succedere qualcosa. Pensai che se mi fossi messa a gridare avrei fatto scappare l'intruso, chiunque fosse. Potevo attirare l'attenzione del vicinato, potevo chiamare mio padre o la centrale, potevo recuperare un altro coltello e uscire in giardino per difendere Julian. Non feci nulla di ciò, perché sentii un grido e poi il rumore di qualcosa che precipita a terra.

In un secondo raggiunsi la porta della cucina, la spalancai e corsi fuori.

Era buio pesto, scuro in un modo che non era normale. Le nubi coprivano le stelle e la pioggia cadeva così fitta che a fatica vedevo a qualche metro da me. Tra le ombre scorsi qualcosa muoversi.

«Vieni ad aiutarmi, veloce!» sentii Julian gridare con affanno.

Seguii la sua voce e arrivai accanto al capanno degli attrezzi. Sedeva a cavalcioni su qualcuno sdraiato a terra, faccia in giù, mani sulla testa. Lo teneva immobile grazie a un bastone – riconobbi il manico della pala con cui mia madre aveva piantato un cespuglio di more il sabato precedente – puntato contro la gola. Impossibile capire chi fosse, perché indossava una grossa mantella scura e un cappuccio gli copriva completamente il capo. Taceva.

«L'ho preso» disse Julian trionfante.

Non risposi, attanagliata da una terribile sensazione di disagio. Invece, mi chinai sul prigioniero e sollevai il cappuccio.

«Roger!» esclamai, urlando.

Aveva gli occhi spalancati, era terrorizzato.

«Julian, lascialo» implorai.

«Cazzo, Tri, è pericoloso!»

«No!» si intromise Roger, con un grido che aveva poco di umano. Allora Julian allentò la presa sul bastone, permettendo a Roger di sollevarsi a sedere. Teneva il coltello puntato verso di lui, ed era evidentemente pronto a usarlo.

«Che ci facevi qui?» gli domandò. Facevamo fatica a sentirci per l'ululato del vento, ed eravamo fradici. Faceva parecchio freddo, là fuori.

«La proteggo» rispose Roger, con la faccia distorta in una smorfia di dolore.

«Da chi la proteggi?» insistette Julian, afferrandolo per la mantella e strattonandolo.

«Dal male!» rispose Roger, cominciando a singhiozzare. Era fradicio, disperato, terrorizzato.

Io e Julian ci scambiammo un'occhiata attonita. Allora mi avvicinai a Roger, gli presi le mani tra le mie. «Roger, eri tu a spiarmi attraverso la finestra? Sei tu che giri intorno a casa mia?» gli chiesi, cercando di mantenere un tono calmo, per non agitarlo.

«Anche, sì.» Una risposta che non voleva dire nulla. In che senso *anche*? Chi altro c'era?

«Mi hai spaventato, lo sai?» gli dissi.

«Controllavo che non ti accadesse nulla di male, sei sempre stata mia amica» rispose lui, lottando per trovare le parole, tra le lacrime.

«Hai rubato tu il mio libro dalla veranda di casa?» chiesi allora.

«No!» rispose immediatamente Roger, sollevando la testa e spalancando gli occhi. Non so perché, ma gli credetti. Scambiai un'occhiata con Julian: dalla sua espressione intuii che quella conversazione non gli stava piacendo per nulla. Però dovevo sapere.

«E le piume davanti a casa? Sei stato tu a lasciarle?» insistetti, mentre la pioggia continuava a cadere, sempre più fitta.

«Sì, era il segnale di pericolo, come le foto» disse, e improvvisamente mi tornò alla mente un ricordo. Io e Roger, bambini, che giocavamo nel giardino di casa Freesbury e raccoglievamo piume d'uccello per lasciare avvertimenti a immaginari indiani che esistevano solo nella nostra fantasia. Sistemavamo piume, aghi di pino e sassolini accanto alle foto degli indiani che Roger collezionava e immaginavamo di essere esploratori Sioux o Cheyenne che andavano in avanscoperta e poi lasciavano segnali per la tribù. Erano passati più di dieci anni, e lui ancora ricordava. Aveva usato il linguaggio dei nostri giochi d'infanzia, ma io non l'avevo capito. Non avevo collegato le foto lasciate nella mia cassetta delle lettere con le piume d'uccello. Mi sentii un'idiota. E, allo stesso tempo, sentii che c'erano ancora troppe cose da capire.

«E il diario di Grace?» continuai. Ma Roger mi lanciò un'occhiata confusa: non sapeva neppure di cosa stavo parlando.

«Perché non sei venuto da me a parlare, perché non dirmelo, se sono in pericolo? Mi hai spaventata...»

«Se lo facessi ti spaventerei ancora di più» disse.

Julian scosse la testa. Era evidente che quella conversazione a lui sembrava inutile.

«No, Roger. Devo sapere: di chi dovrei avere paura?» dissi.

Roger mi guardò, poi senza staccarmi gli occhi di dosso rispose: «Di lui».

«Trinity, lo stai tormentando» si intromise Julian, che continuava a stringere il coltello in mano. Annuii, poi Roger mi strinse la mano.

«È tornata» disse tra le lacrime, e io non dimenticherò mai le sue parole. C'era panico, paura, incredulità. Roger si riferiva a qualcosa di più grande di noi.

«Chi?» chiesi, avvicinandomi a lui e stringendogli le mani.

«Lei» rispose semplicemente.

«Roger, devi dirmi quello che sai» insistetti, grata che Julian avesse deciso di restare in silenzio e lasciarmi parlare.

«Ti voglio bene, Trinity. Voglio essere tuo amico e tra amici ci si protegge, come tu hai sempre fatto con me...»

mi rispose con dolcezza, e io capii che era vero. Forse mi sbagliavo e Roger era il mostro, ma non avevo dubbi circa i sentimenti che provava nei miei confronti. Non mi avrebbe fatto male, per nessuna ragione.

«Roger, se davvero vuoi proteggermi, raccontami quello che sai.»

«Avresti paura» rispose lui.

«Tri, bisogna tornare in casa e chiamare tuo padre» disse Julian, intromettendosi.

Poi cadde un altro tuono, io sollevai istintivamente le braccia sopra la testa, per proteggermi, e Julian perse la presa sul bastone. Roger ne approfittò per divincolarsi. Ancora una volta dimostrò di essere molto più agile del previsto, agile e forte come un animale selvatico, e prima che ce ne rendessimo conto era in piedi, a un passo da noi.

«Ti voglio bene, Trinity» urlò stringendosi la testa tra le mani, in preda a una disperazione che non riuscivo a capire. Mentre Julian scattava in piedi, Roger si voltò e corse via. Lo vidi superare il cancelletto aperto e sparire oltre il giardino, tra la pioggia che ancora cadeva a dirotto, nelle ombre della notte.

Roger se n'era andato.

31

Roger sparì e nessuno lo vide più.

Quella sera io e Julian corremmo in casa per chiamare mio padre e avvisarlo di quel che era successo. Così scoprimmo che la polizia ci proteggeva, perché Fred comparve sulla soglia di casa trenta secondi esatti dopo che interruppi la telefonata, con la pistola stretta in mano e l'aria di uno pronto ad affrontare un serial killer. Dopo essersi assicurato che restassimo in cucina, ispezionò il giardino, la strada davanti a casa e il sentiero che corre oltre il recinto posteriore, lambendo il bosco. Non trovò nulla. La pioggia aveva lavato via qualsiasi traccia di Roger.

Rientrò in casa fradicio, con un'aria terribilmente contrariata. Era un poliziotto di poche parole, con la fama di essere un uomo che non ha paura di nulla. Pochissimo dopo la porta si spalancò ed entrò mio padre. Mia madre gli passò accanto di corsa e venne ad abbracciarmi.

«Sto bene» dovetti rassicurarla più volte, ma era evidente che non mi credeva affatto.

Arrivò anche Brianna, maledicendo il meteo: in quelle condizioni sarebbe stato impossibile rintracciare Roger.

Comunque lo cercarono.

Per tutta la notte perlustrarono il bosco, i suoi sentieri, le strade di Hope. Ted e un agente federale intanto stavano a casa dei Freesbury, nella speranza che tornasse.

Invece non tornò.

Rebeca diede l'autorizzazione perché si perquisisse casa, alla ricerca di indizi o prove. Cominciarono dalla camera di Roger, ovviamente, e non ci misero molto a trovare le fotografie nascoste. Quello li convinse a estendere le ricerche in tutta la villa. Dieci uomini della scientifica lavorarono per una settimana intera, senza tralasciare nulla, dalla cantina al solaio. Cercavano tracce di sangue, capelli, frammenti di DNA delle vittime. Impacchettarono e spedirono in laboratorio tutti gli abiti di Roger, tappeto, tende, cuscini, coperte e materasso di camera sua. Cercarono tracce di sangue per tutto il seminterrato, mentre un esperto batteva palmo per palmo il giardino di casa, alla ricerca di zone di terra smossa di recente.

Furono le foto nascoste a catalizzare l'attenzione di tutti, ovviamente. Rebeca spiegò che Roger da sempre aveva una passione per la fotografia. Disse che fotografava e conservava in camera sua tutto quello che gli piaceva e che considerava "buono". Lo psicologo che lo seguiva parlò con mio padre e ridimensionò la scoperta: Roger aveva scattato foto delle persone che riteneva sue amiche. Non era strano che comparissi io, insieme a Grace. Tutte le ragazze che aveva immortalato erano state gentili con lui, più di una volta. Roger stava seguendo il consiglio del dottore, che lo aveva incoraggiato a conservare ricordi di quello che lo rendeva felice. So che mio padre rimase convinto che quella fosse una spiegazione possibile, ma non necessariamente quella vera. La polizia finì per accettare la versione del dottor Clark, lo psicologo che conosceva Roger sin da bambino, poiché non trovarono nulla che ricollegasse Roger agli assassini avvenuti a Hope.

«Nulla, a parte le foto nascoste» disse mio padre. Neppure il diario segreto di Grace, dedussi. Se fosse finito nelle mani della polizia, sono certa che qualcuno mi avrebbe convocato in centrale con una lunga lista di domande circa il mio rapporto con la vittima. Se davvero era stato Roger a rubarlo, e io faticavo a crederlo, non lo aveva nascosto in casa.

Dopo qualche giorno, la notizia uscì su giornali. Era inevitabile: in paese circolavano già troppe voci. Era l'assassino, ed era scappato appena dopo aver cercato di uccidere l'ennesima vittima: questo si diceva. Avrei potuto entrare in chiesa la domenica mattina e urlare a tutti che non era così, che Roger non mi avrebbe mai fatto del male, ma non sarebbe servito a nulla. Nessuno era disposto a credermi.

Mia madre mi propose di restare a casa qualche giorno da scuola, ma io non me la sentivo. Sapevo che sarebbe stato peggio, avrei solo dato vita a nuovi pettegolezzi. Avevo già ricevuto parecchi messaggi da Marla e dalle altre, e tutti volevano sapere come ci si sentiva dopo essere sfuggita a un serial killer. Ovvio, nessuno era così diretto, ma il senso era questo. Le mie risposte cercavano di difendere la verità, ma non era abbastanza. Dovevo tornare a scuola, farmi vedere e convincere Hope che Roger non voleva ammazzarmi.

La mattina dopo la sparizione di Roger il sole era tornato a splendere e della tempesta del giorno prima erano rimasti solo rami e foglie a terra, mescolati al fango che già si seccava. Saltai la prima ora e mi intrufolai a scuola mentre la campanella suonava. Mi venne incontro il preside, che mi accolse con un discorso sentito sul coraggio che avevo dimostrato. Lo interruppero le porte delle classi che si spalancarono e il vociare caotico dei ragazzi che si riversavano in corridoio.

Intravidi Julian da lontano, mi guardò e sollevò il pollice. Tutto ok.

Sapevo che lo avrebbero lasciato stare. Sicuramente in molti gli avevano chiesto che diavolo fosse successo, ma lui se la sarebbe cavata. Aprii il mio armadietto, un po' per recuperare il libro di chimica che mi serviva per la lezione, un po' per nascondermi. Stavo per convincermi che forse non sarebbe stato terribile quanto temevo, quando qualcuno mi afferrò il braccio.

«Sapevo che non eri al sicuro» mi disse Jason, aumentando la presa fino a farmi male.

«Sto bene» lo rassicurai, divincolandomi per liberarmi.

«È come ti avevo detto, però, vero?»

«In che senso?»

«Roger è pericoloso e da quando frequenti Julian ti accadono cose strane.»

Stavo per ribattere che questa era la sua versione dei fatti, ma lui si allontanò, lanciandomi un'ultima occhiata che non riuscii a decifrare.

Lo invidiavo, avrei voluto le sue certezze. Se solo fossi stata convinta anch'io della colpevolezza di Roger, sarebbe stato immensamente più facile. Invece ero allo stesso tempo la persona che ne sapeva di più e quella che sentiva di averne capito meno. La mia migliore amica era stata uccisa, altre tre ragazze erano morte. Che cosa unisse Grace, Laura, Brittany e Madelyn, non lo sapevo.

Roger era sparito, e nessuno aveva segnalato la presenza di un ragazzo in fuga nonostante le foto fossero girate ampiamente su internet e in televisione. La sua faccia angelica, occhi blu e capelli biondi, era ovunque. Eppure i centralini della polizia tacevano, nessuna telecamera lo aveva ripreso. Avevo una teoria: se nessuno ti vede, significa che hai trovato un rifugio di cui ti fidi. È impossibile mettersi in viaggio senza essere notato. Per me, Roger era ancora a Hope.

Scoprii presto che la mia teoria era condivisa dalle autorità.

Il preside convocò l'intera scuola in palestra, quel pomeriggio. Ci fece un lungo discorso sui pericoli che correvamo e sull'importanza di essere prudenti. Non dovevamo andare in giro da soli, soprattutto dopo il tramonto e nelle zone più isolate. Dovevamo tenerci lontano dal bosco e avere pazienza, perché presto la polizia avrebbe arrestato il colpevole – disse proprio così, anche se tutti pensarono a Roger – e la vita a Hope sarebbe tornata normale. Evitò di dire "quella di prima".

Io venni convocata per tre giorni di seguito in centrale, dove due agenti federali mi ripeterono le stesse domande fino all'esasperazione.

Come vi siete accorti che c'era qualcuno in giardino, quando l'hai riconosciuto, che cosa stava facendo, dove si trovava esattamente, che cosa vi siete detti. Julian subì lo stesso trattamento, probabilmente nella stanza accanto a quella dove mi trovavo io.

Sapevo che era il loro lavoro, così andavano fatte le cose. Ripetere, mettere alla prova, insistere. Né io né Julian stavamo mentendo, però.

Dopo il terzo interrogatorio mi riaccompagnarono a casa chiedendomi di contattarli se mi fosse venuto in mente qualcosa di nuovo, e io capii che era finita. Li avevo convinti che non stavo nascondendo nulla.

Dopo cena mia madre e mio padre mi fecero sedere sul divano e mi dissero che era meglio se io e Julian smettevamo di vederci tutti i giorni. L'attenzione di tutti in paese era rivolta a noi, e io ero figlia dello sceriffo. Non era una situazione semplice.

«Non ti sto chiedendo di non vederlo più» precisò mio padre.

«Evita però di passare ogni pomeriggio chiusa a Robin House» aggiunse mia madre.

Mi dissero che intanto le indagini proseguivano. «Presto sarà tutto finito, Trinity» promise papà. E io tremai, perché quella frase alle mie orecchie suonò come la promessa di un incubo che diventa realtà.

Mio padre sapeva quel che diceva. I federali, d'accordo con la polizia di Hope, allargarono l'area delle ricerche al bosco limitrofo alla tenuta dei Freesbury. Arrivarono cani addestrati a riconoscere la morte, esperti nel battere il terreno e trovare anche il più piccolo indizio. Si sentivano spesso gli elicotteri attraversare il cielo sulle nostre teste, mostri di acciaio impegnati in qualcosa che solo i detective sapevano. Facevano pensare alla guerra, ogni volta che il silenzio era rotto dal boato delle loro pale sentivo il cuore impazzire. Ero sola, intrappolata a Hope, tra le sue menzogne e i suoi segreti. Ogni sera Julian mi scriveva una poesia, mandandomela via mail. A scuola ci incrociavamo, ma non potevamo parlare dell'unica cosa che davvero contava: la nostra indagine. Non l'avevamo mai fatto, davanti ad altri avevamo sempre evitato l'argomento.

Alla fine delle lezioni trovavo mia madre ad aspettarmi davanti a scuola, in macchina. Tornavamo a casa insieme, in silenzio. Poi mi rifugiavo in camera mia, dove ascoltavo la voce di Ava Cooper cantare, mentre sfogliavo i miei appunti e ripensavo a tutto quello che avevamo scoperto. Ne ero sempre più certa: Ava avrebbe indagato e sarebbe arrivata alla verità. Magari io non avrei scoperto l'identità del killer, ma almeno ci stavo provando, e questo mi dava un senso di pace.

Mi sentivo in apnea, bloccata nell'attesa. Gli orari assurdi di mio padre, che tornava a casa di notte e usciva prima dell'alba, facevano sperare che forse la polizia stava per trovare *qualcosa*.

Poi cominciarono a scavare. Recintarono una grande porzione di terra, la isolarono con alti teloni bianchi, e fecero arrivare tre tecnici, irriconoscibili dentro le loro tute.

Io mi tenni lontano dalla zona, ma Julian andò a dare un'occhiata e poi passò da me con la scusa di una ricerca da fare insieme.

«C'è sempre più gente, lì attorno» mi disse, spostando nervosamente uno dei libri che avevamo sistemato sulla scrivania, nel caso mia madre fosse entrata con qualcosa da mangiare. «Portano via intere scatole di terra.» Parlava a bassa voce, tenendo gli occhi fissi nei miei.

«Analizzeranno tutto in laboratorio.»

«Devi scoprire da tuo padre che cosa hanno trovato.»

«Lo farei, se tornasse a casa, qualche volta» dissi sospirando.

«E Roger ancora non è ricomparso» commentò, con aria preoccupata.

«Credo che da lui non scoprirebbero nulla, neppure interrogandolo per giorni.»

«Infatti, cercano prove.»

«Forse le hanno trovate» conclusi, senza crederci troppo neppure io. Erano passati dieci giorni dalla scomparsa del giovane Freesbury, dieci.

No, non avevano alcuna prova. Quello che emerse dalla buca che stavano scavando era molto peggio: ossa e vecchi vestiti impregnati di sangue e muffa, carne ormai decomposta, due braccia e due gambe, un teschio senza capelli, con i denti in vista.

Un'altra ragazza, la quinta. Uccisa da parecchi mesi, assassinata quando Grace era ancora viva, e poi fatta a pezzi.

Ci fu una conferenza stampa, che seguii in diretta dal divano di casa, stretta tra mia madre e Julian.

Dallo schermo vidi mio padre, aveva l'aria devastata.

Non conoscevano ancora l'identità della vittima, una ragazza, probabilmente tra i sedici e i vent'anni. Credevano che l'assassino fosse lo stesso che aveva tolto la vita alle altre ragazze di Hope, nonostante ci fossero dettagli del suo *modus operandi* diversi. Il corpo era stato seppellito in un punto lontano dal sentiero, in una buca poco profonda. Poi aveva ricoperto il cadavere con terra, foglie, legni. Non voleva che fosse trovato.

Il medico legale prese la parola e spiegò che mancava l'intero busto della vittima. L'autopsia lasciava quindi margini d'incertezza, perché il corpo era seriamente mutilato, e perché la morte risaliva a troppo tempo prima. Disse che speravano di risalire all'identità della ragazza, per recuperare altre preziose informazioni.

A quel punto il microfono tornò a mio padre, che rivelò la notizia tenuta segreta fino a quel momento: parlò dell'altro corpo trovato, quello di Brittany Ann. Disse che al cadavere mancavano le braccia. Non erano certi che fosse morta per mano del serial killer, ma era una possibilità che stavano considerando.

Io e Julian evitammo di guardarci, restammo impassibili, muti e immobili davanti allo schermo, come probabilmente tutti gli abitanti di Hope in quel momento.

Cinque ragazze uccise, talentuose e straordinarie in qualche disciplina, da quel che avevamo capito fino a quel momento. Il killer aveva in testa qualcosa, un disegno criminale ben preciso che guidava le sue scelte. Bisognava scoprire quale fosse, per fermarlo.

Ci sarei arrivata presto.

Non potevo saperlo, in quel momento, ma ero io la prescelta per arrivare alla verità. Forse ero meno diversa da Ava di quanto credessi.

32

All'inizio non accadde nulla. Dopo il ritrovamento del cadavere fuori dalla tenuta dei Freesbury la polizia proseguì meticolosamente le analisi, nella speranza di trovare qualcosa che potesse far luce sull'identità dell'assassino. La quinta vittima – prima in ordine di tempo, da quel che sapevamo – restò senza nome. L'ipotesi più credibile è che fosse una delle migliaia di adolescenti americane che scappano di casa, facendo perdere le proprie tracce per sempre. Il suo DNA non risultò in alcuna banca dati, delle sue dita non restava nulla, l'impronta dei denti non corrispondeva ad alcun nome conosciuto. Una frattura curata male alla tibia faceva pensare che la vittima fosse scappata da qualche triste situazione di degrado. Non era mai stata visitata da un dentista e aveva ricevuto sommarie cure mediche. Era stata sfortunata, in vita come nella morte.

La polizia cercò freneticamente piste su cui indagare, ben consapevole che il nuovo cadavere avrebbe potuto raccontare qualcosa del killer. Se fossero stati bravi l'avrebbero catturato, mettendo fine alla sua follia e proteggendo altre potenziali vittime. Altrimenti altro sangue avrebbe macchiato la coscienza di Hope.

Per questo mio padre lavorava giorno e notte. In casa lo vedevo raramente, era quasi sempre in centrale, insieme alla squadra di detective, nella grande stanza scelta come base operativa. Così capitò quel venerdì in cui io stavo ripassando matematica sul tavolo della cucina e il cellulare di mia madre squillò.

All'inizio sembrò una cosa da poco. Era il reverendo Sutton, che con voce preoccupata annunciava che si era rotto un tubo dell'acqua e la sala dove avrebbero dovuto organizzare la cena di beneficenza del giorno dopo era allagata. Mia madre mi lanciò un'occhiata nervosa.

«Mamma, se hanno bisogno di te vai pure» la rassicurai. Potevo stare in casa mia, da sola, per qualche ora. «Mi chiudo dentro, davvero» insistetti. Ormai sapevo che in una macchina parcheggiata all'inizio della strada c'era un agente incaricato di controllare che nessuno si avvicinasse troppo a me.

Mia madre indugiò, poi si arrese. Portò il cellulare all'orecchio e disse: «Arrivo».

Continuò a ripetermi che avrebbe fatto presto – "il più presto possibile" – e che avrebbe tenuto il telefono a portata di mano, che dovevo chiamarla per qualsiasi cosa, *qualsiasi*. Infine uscì di casa, mise in moto la sua Ford e scomparve sollevando una nuvola di polvere.

Lui aspettava questo momento da giorni, ne sono certa.

Mi stava tenendo d'occhio, acquattato nel bosco, invisibile come solo lui sapeva rendersi. Fu preannunciato da passi pesanti sugli scalini affacciati sul retro, quelli che portavano alla cucina. Avrei dovuto spalancare la porta di casa e correre in strada gridando e chiedendo aiuto, lo so. Non lo feci, perché volevo sapere.

«Trinity» mi chiamò. Non cercava di nascondersi, ma aveva urgenza. Riconobbi la disperazione nella sua voce, così aprii la porta e lo feci entrare.

Roger era dimagrito, sporco, spettinato, sconvolto. Aveva le guance scure di terra e graffi sulla fronte, i suoi vestiti gli pendevano addosso, grigi e informi. Odorava di bosco e di selvatico. Sembrava un ragazzo che dorme all'aperto da troppe notti, e che per troppi giorni non ha mangiato nulla. Era un fascio di nervi. Tremava, muoveva le mani in modo frenetico. Cominciò a piangere sommessamente.

«Roger, che succede?» gli chiesi, prendendogli le mani. Erano incrostate di fango.

«Devi fare attenzione.»

«Attenzione a che cosa?»

«Non posso dirlo, se te lo dico *lui* ti uccide.»

Ancora una volta lo sentivo parlare di quel misterioso "lui".

«Chi è lui?» domandai, con voce gentile ma ferma. *E chi sono "loro", di cui parlavi l'altra volta?* Mi tornarono alla mente tutti i serial killer che avevano dichiarato di uccidere spinti da una voce irresistibile che dava ordini direttamente dalla loro testa. Era matto, era malato?

Non lo sapevo.

In tutta onestà, non ne avevo idea. Non più.

«Sono in pericolo?» chiesi allora.

«Sì» rispose lui, dopo un lunghissimo silenzio.

Rischiavo di perderlo di nuovo. Probabilmente da lì a poco il poliziotto di guardia sarebbe passato da casa e si sarebbe accorto che non ero sola. Avrebbero arrestato Roger, lo avrebbero interrogato, psicologi ed esperti di criminologia sarebbero stati coinvolti. Lui non avrebbe più aperto bocca, questo era certo, e io avrei perso la mia occasione di scoprire che cosa era successo a Grace e quale minaccia incombesse su di me.

«Come posso proteggermi, se tu non mi dici nulla?»

«Non devi andare nel bosco.»

«Non ho intenzione di farlo...»

«Giuramelo» disse, alzando la voce.

«Te lo giuro.»

«Farà di te quel che ha fatto a loro, perché sei speciale, Tri» disse, con la voce che tremava. «Per questo ti proteggevo.»

Ci fu un rumore, fuori. Roger trasalì e si guardò attorno spaventato.

«Siamo soli» provai a rassicurarlo, ma lui si era già allontanato, in un passo era alla porta di casa, diretto verso il giardino. Era in fuga, braccato, spaventato.

«Aspetta!» provai a urlargli. Lo rincorsi, lo seguii fino allo steccato che delimita il bosco e poi ancora oltre. Correvo il più velocemente possibile, sentivo i polmoni bruciare. Se riuscii a stargli dietro fu solo perché era stravolto e affamato. A un tratto sentii qualcuno gridare alle nostre spalle, immaginai che fosse l'agente che avrebbe dovuto proteggermi. Lo ignorai e continuai a correre, gli occhi fissi su Roger, mentre i rami mi graffiavano le braccia e le guance. Non so quanto durò, persi il senso del tempo.

Arrivai in un punto del bosco che non conoscevo, lontano dai sentieri che avevo percorso, dove gli alberi erano più fitti ma il sottobosco pulito. Lì regnava un silenzio strano. Roger rallentò l'andatura, senza mai voltarsi indietro. Non avevo fiato per parlare, ma immaginai che, qualunque fosse la nostra destinazione, fossimo quasi arrivati.

Perché sentivo che Roger mi stava portando da qualche parte. Ma forse mi sbagliavo, era solo troppo debole per seminarmi.

Rallentò ancora. *Posso raggiungerlo*, pensai.

Poi, lo vidi puntare verso un grosso larice, girarci attorno e poi scomparire dalla mia vista. Accelerai, ma quando raggiunsi l'albero Roger non c'era più. Lì i tronchi erano cresciuti l'uno accanto all'altro, i loro rami si toccavano e s'intrecciavano. Conosceva bene quel bosco, se desiderava nascondersi io non avrei avuto alcuna possibilità di trovarlo.

«Roger!» urlai. Un corvo si alzò in volo, poi calò nuovamente il silenzio.

Sentii la solitudine scivolarmi addosso, minacciosa.

Non potevo stare lì, dovevo reagire. Continuai a gridare il suo nome, cercandolo tra il fitto della vegetazione, vagando disperatamente tra gli alberi mentre le ombre si allungavano a terra.

Non so per quanto tempo continuai a cercare Roger, ma a un tratto il cielo sembrò farsi scuro e io realizzai di essere lontano da casa, persa proprio in quel bosco da cui lui mi aveva messo in guardia, sola.

«Roger, ti prego, aiutami» dissi, cominciando a piangere. Nessuno mi rispose.

Avevo paura, non ragionavo più lucidamente.

Corsi nella direzione da cui ero venuta. Presto però realizzai di essermi sbagliata: mi stavo addentrando sempre più nel bosco. Il bosco: dove tutto era iniziato, lì sarebbe finito. Il luogo perfetto per nascondere segreti, tra le ombre scure dei suoi alberi. Mi guardai attorno, cercando disperatamente qualcosa che mi permettesse di orientarmi e così non mi accorsi di dove avevo messo il piede, inciampai e finii a terra. Mi rialzai dolorante e lo vidi: un grosso anello di metallo attaccato al centro di una placca nera, anch'essa di metallo. Il tempo aveva scrostato in parte la vernice, ma non c'erano foglie a terra a coprirlo. Era una botola quadrata larga circa mezzo metro, dall'aria massiccia. Ci passai sopra le mani e sentii freddo. Tutto intorno l'erba cresceva esattamente come in qualunque altro angolo del bosco, così era impossibile farsi un'idea di cosa ci fosse sotto i miei piedi. Afferrai l'anello di metallo con entrambe le mani e respirai. Poi con tutta la forza che avevo nelle braccia tirai, e la botola si sollevò.

33

Un tunnel scendeva in profondità, scomparendo nel buio. Era largo abbastanza perché ci passasse una persona, tenendosi a una scaletta di metallo. Le pareti erano di ferro, impossibile vedere dove finisse. C'era odore di stantio, di chiuso, e un lontano brusio meccanico. Nella parte interna della botola che avevo appena aperto, proprio al centro, compariva una scritta, stampata in nero.

COOPER, 1963.

Mi trovavo all'ingresso di un bunker, una di quelle costruzioni sotterranee fatte costruire a metà del secolo scorso per il terrore della guerra nucleare. Nel 1963 il rischio di un nuovo conflitto era reale.

In caso di attacco, ci si poteva rifugiare lì dentro e resistere a lungo grazie a un depuratore d'acqua e alle provviste accumulate. Era il rifugio che avrebbe dovuto salvare Ezechiele Cooper dalla fine del mondo, quello che – secondo mio padre – costruì solo ed esclusivamente per sé, incurante del resto di Hope. Quello per cui in paese molti lo schernirono, dandogli del folle. Ma cosa c'entrava Ezechiele Cooper con l'incubo che attanagliava Hope?

Il brusio che proveniva da dentro si interruppe e io sentii un rumore.

Là sotto c'era qualcuno.

Recuperai il cellulare, mi localizzai sulla mappa e mandai a Julian lo screenshot della mia posizione. In poche righe gli raccontai che cosa era successo. Non sapevo che cosa avrei affrontato, ma lui mi avrebbe ritrovata. Inviai la mail e poi cominciai a scendere.

Non potevo farmi luce con il cellulare, perché dovevo tenermi con entrambe le mani, così proseguii piolo dopo piolo finché non sentii il pavimento sotto ai piedi. Il brusio era ripreso, immaginai si trattasse di qualche sistema di aerazione. La luce che arrivava dall'ingresso era abbastanza per rischiarare debolmente l'ambiente. Accesi la torcia del telefono e la puntai intorno a me. Ero in una piccola stanza quadrata, dalle pareti di pannelli metallici tenuti insieme con grossi bulloni. Ritrovai gli stessi pannelli sul pavimento e sul soffitto. Su una parete c'era la scala da cui ero scesa, dalla parte opposta cominciava un lungo corridoio. Sulla mia destra trovai quello che sembrava un pannello elettrico: piccole leve nere e rosse. Provai a sollevarle tutte, e all'improvviso si accesero le lampadine che penzolavano dal soffitto appena sopra la mia testa e lungo il corridoio. Mi affacciai per vedere dove portasse, ma sembrava finire contro una parete scura. Su entrambi i lati, però, c'erano tre porte, tutte chiuse.

Dietro quelle porte poteva esserci la verità che cercavo da mesi. Lanciai un ultimo sguardo alla botola, poi mi avviai lentamente verso la prima porta, che aprii lentamente.

Trovai una stanza lunga e stretta, attrezzata con scaffali metallici alti da terra al soffitto. C'erano centinaia di lattine, scatole di biscotti, cereali, riso, farina, latte in polvere. C'era abbastanza cibo da sfamare una famiglia per mesi. Forse addirittura per anni interi. Trovai diversi coltelli, due grosse seghe, brugole e cacciaviti, cavi elettrici e barattoli pieni di prodotti chimici di cui non riuscivo a immaginare la natura.

Mi richiusi la porta alle spalle e passai alla successiva, dietro la quale trovai un piccolo gabinetto e due docce. Oltre c'erano tre stanze da letto, con due file di letti a castello, completi di materassi e lenzuola. Due porte erano invece chiuse a chiave.

Proseguii fino all'ultima stanza, sentendomi crescere dentro l'agitazione. Sembrava tutto abbandonato da decenni, eppure avevo la sensazione di non essere la prima a rimettere piede in quel luogo, dai tempi del vecchio Cooper.

Il mio istinto aveva ragione.

Mi bastò socchiudere la porta per capire che era tutto diverso. Quella stanza – la più grande del rifugio – era decisamente vissuta. Su un tavolo dal piano di compensato c'era una pila di vestiti informi e scoloriti, dall'aria polverosa. C'erano fogli sparpagliati a terra e grossi contenitori di vetro vuoti, sistemati su uno scaffale di ferro. Vidi scatoloni e casse di legno impilate fin quasi al soffitto, un armadio metallico a separare in due zone l'ambiente, un grosso generatore di corrente, coperte gettate a terra, alcune delle quali macchiate con grosse chiazze scure. Era sangue.

Appoggiato a una sedia, vidi il mio libro con i racconti di Lovecraft. E sotto, appoggiato al tavolo, c'era il diario di Grace. Era lì, esattamente come lo ricordavo, intonso. Vederlo fu come ricevere un pugno in pancia. Allora davvero l'aveva rubato il killer. Chiunque fosse, chi aveva ucciso Grace mi aveva tenuto d'occhio, si era arrampicato fino alla mia finestra guardandomi dall'ombra in cui si nascondeva. Mi seguiva, sapeva dove andavo e cosa facevo, sapeva tutto di me. Era fuori dalla mia finestra quando dormivo, si arrampicava sulla veranda per guardarmi. Lo presi, stringendolo tra le mani. Riguardai la calligrafia ordinata di Grace: "Perché non sei felice per me?" aveva scritto. Era un'accusa diretta e brutale nei miei confronti, e allora capii: quel diario era stato nascosto nel bunker per tenerlo segreto. Nessuno doveva leggerlo.

L'assassino non mi aveva mai fatto del male, anzi. Mi stava proteggendo. Almeno fino a quel momento.

Appoggiai il diario con le mani che tremavano e con un passo incerto raggiunsi il centro della stanza. Allora me la ritrovai davanti.

All'inizio sobbalzai, convinta fosse una persona.

Ma era tutto sbagliato, non poteva essere.

Era all'interno di un cilindro di vetro alto almeno due metri, immersa in un liquido opaco verdognolo. Era una ragazza, ma piccoli punti scuri di sutura correvano tra le gambe e il busto, tra le braccia e la pelle appena sotto le spalle, attraversavano il collo.

Corpi di diverse giovani, amputati e poi assemblati insieme.

Era un incubo assurdo e raccapricciante. Un corpo che apparteneva ancora a una ragazza senza nome, le mani di Grace, dita che sapevano correre sulla tastiera del pianoforte. Le gambe che avevano permesso a Laura Nelson di ballare, le braccia di Brittany Ann e il volto di Madelyn con i suoi lunghi capelli scuri, come quelli di Ava.

Davanti a me c'era la fantasia di una mente malata, la creatura di un pazzo pericoloso. Portai la mano alla bocca per impedirmi di urlare, mentre la vista mi si appannava.

Non puoi svenire, ordinai a me stessa.

Non ora.

Scappa, Trinity.

Salvati.

Nella testa risuonò la voce incerta di Roger. Lui sapeva, tutto: sapeva esattamente quante erano le ragazze uccise, quando balbettando mi ha parlato di "loro" si riferiva a Grace, Laura, Brittany Ann e alla ragazza senza nome i cui resti erano stati trovati nel giardino di casa sua. Mi tornarono in mente gli accenni a un misterioso "lui", tutti i suoi discorsi confusi, le mezze parole, quel senso di pericolo indefinito con cui cercava di mettermi in allerta, senza mai riuscire a spiegarmi che cosa davvero mi stesse minacciando. Ora tutto diventava chiaro. Erano sue paranoie, una voce malevola che lo portava a uccidere.

Nessuno più di lui aveva avuto l'occasione di scoprire quel rifugio nascosto nel cuore del bosco, rimasto segreto per decenni. Né Laura né Grace temevano Roger, e il suo aspetto angelico doveva aver tratto in inganno anche le altre due ragazze. Era forte ed esile insieme, e sapeva guidare la macchina, ne ero certa perché mio padre aveva fatto lezioni a entrambi. Nessun segno di pneumatici sui luoghi del delitto, perché Roger si sposta a piedi. Il bosco è il suo ambiente.

"È ossessionato da te" aveva detto Jason. Possibile che avesse ragione?

Mi tornarono in mente le foto trovate in camera sua: ero stata di un'ingenuità sconcertante a continuare a negare l'evidenza. Aveva ragione Julian e finalmente l'avevo capito. Roger era il killer, era lui che mi aveva perseguitato per settimane.

Non volevo guardare quella creatura mostruosa, dovevo andarmene. Chiamare mio padre, la polizia, gli agenti federali. Avrebbero trovato Roger e sarebbe tutto finito.

Stavo per voltarmi e correre fuori, verso l'uscita, l'aria umida del bosco, il calore del sole, quando la luce delle lampadine cominciò a tremare. Mi ritrovai al buio per un istante, poi si riaccesero, più tenui di prima.

Ero immobile, con il cuore accelerato e il respiro trattenuto nel petto, quando sentii un rumore. Erano passi pesanti, scarpe contro il pavimento di metallo. Qualcuno si avvicinava.

Mi guardai intorno, trattenendo un singhiozzo. Avrei potuto nascondermi, sdraiarmi sotto le coperte macchiate di sangue o sparire dietro le casse, ma qualcosa dentro di me mi diceva che sarebbe stato inutile. Lui sapeva e io ero in trappola.

Nella mia testa stavo ancora cercando disperatamente di capire che cosa fosse meglio fare, un flusso di possibilità confuse mi annebbiava i pensieri – ognuna portava alla mia tragica morte – quando un suono raccapricciante risuonò nel bunker: era un oggetto pesante che infrangeva qualcosa, confuso con un gemito disperato.

Dentro di me si risvegliò l'istinto primordiale di sopravvivenza, l'urgenza di lottare per andarmene da quell'orrore. Non mi importava più nulla, corsi con tutta la forza che avevo verso la porta e poi oltre, e ogni centimetro del mio corpo sapeva che dovevo risalire in superficie, perché ne andava della mia vita. Nella penombra non vedevo più nulla, sapevo solo di dover andare avanti, con i muscoli tesi nello sforzo e la vista opaca per il panico che mi aveva preso. Mancava poco alla fine del corridoio, un solo passo, quando spuntò un'ombra davanti a me, sbarrandomi la strada, e io ci finii contro. Urlai, gridai con tutto il fiato che avevo, fino a farmi bruciare i polmoni, le mani sul viso per non assistere alla mia morte. Invece sentii due braccia forti abbracciarmi, e non c'era violenza né dolore. Ripresi fiato, respirai e riconobbi quel profumo di tabacco. Scoppiai a piangere per il sollievo.

«Julian» esclamai tra le lacrime, e ripetei il suo nome infinite volte, perché per me voleva dire salvezza.

«Sono qui» mi ripeteva stringendomi a sé. «È tutto finito.»

«Dobbiamo andarcene, prima che Roger ci trovi!» dissi prendendo fiato, con la testa che girava e le gambe molli. Volevo allertarlo, non eravamo al sicuro. Avevo capito ciò di cui era capace e neppure essere in due mi faceva sentire meglio.

Julian mi strinse il viso tra le mani. «Non ti farà del male» mi disse dolcemente. «Non farà del male a nessuno» aggiunse poi piano, con voce roca. Mi scostai da lui, pronta a ribattere. Così lo notai, e le parole mi appassirono sulle labbra: Roger era a terra, riverso in una pozza di sangue, la faccia contro il pavimento, il corpo contorto in una posa assurda. Immobile, con i palmi delle mani rivolti verso l'alto. Accanto a lui, a terra, vidi un vecchio estintore rosso. Julian l'aveva colpito in testa con quello. Intravidi tra i capelli un grumo di sangue.

Mi venne da vomitare e dovetti portare la mano alla bocca.

«Siamo al sicuro» mi disse Julian, «nessun altro conosce questo posto, nessuno ci verrà a cercare. Siamo io e te, adesso.»

Le sue parole mi risuonarono nella testa, facendomi correre un brivido gelato per la schiena. Improvvisamente avevo paura in un modo che non mi era mai capitato prima in vita mia. Era terrore puro, qualcosa di fisico, che potevo respirare, che mi riempiva fino a prendere il sopravvento.

Il suo abbraccio divenne una stretta violenta, il suo sguardo luccicava di follia. E finalmente compresi la verità: il bunker costruito da Ezechiele Cooper era diventato la tana segreta di Julian. Roger l'aveva scoperto ed era stato ucciso per questo.

Non era rimasto nulla del sollievo che avevo provato appena poco prima.

«Julian, dobbiamo avvisare mio padre» provai a suggerire, con voce incerta. Sperai che cogliesse l'opportunità che gli stavo offrendo. Roger: poteva essere lui il colpevole. Ero pronta a far ricadere su di lui la responsabilità di tutto, pur di uscire di lì. Avrei finto di non avere capito la verità, ma ormai mi ero spinta troppo oltre.

«Non capirebbero la magnificenza di quello che ho fatto» mi rispose amareggiato.

«Di cosa stai parlando?» domandai, con la voce che tremava.

«Sono un artista, come mia madre. Per questo l'ho voluta ricreare, per averla al mio fianco, per sempre.»

«Julian, lei è morta e non ci puoi fare nulla» dissi con il tono più calmo che mi riuscì. Dovevo continuare a parlargli.

«Non doveva lasciarmi solo.» Era arrabbiato, adesso. «Non puoi immaginare che cosa sia stato crescere con mio zio, cambiare città ogni anno, vivere con un uomo a cui interessava solo il suo lavoro e null'altro. Per lui ero un impegno, un disturbo insopportabile, da punire per il solo fatto che esistessi. Hai visto le cicatrici, Tri. Mi picchiava, sempre.» Parlava con voce roca, e io nascosi la faccia tra le mani.

Non avevo capito niente di lui. Non avevo capito niente in generale.

«Julian, mi dispiace...»

«Le punizioni, le botte, le notti chiuso in cantina da solo... per quello continuavo a scappare, tornavo qui da nonna Winnifred. Rubavo l'auto e ci tornavo spesso, di nascosto, soprattutto nell'ultimo periodo. Arrivavo di notte, nella speranza che nessuno mi vedesse. Ma non funzionava mai, mio zio tornava a prendermi, mi riportava con sé. Ha deciso di lasciarmi libero solo quando ha capito che ormai ero cresciuto troppo. Ma tutto questo non sarebbe successo, se Ava fosse rimasta con me.»

«Sono certa che lo avrebbe desiderato più di ogni altra cosa» provai a rassicurarlo, ma lui non mi ascoltava. Il suo sguardo era fisso davanti a sé, come ipnotizzato.

«... ed è per questo che l'ho voluta ricreare. La musica di Grace, il talento per la danza di Laura, i disegni di Brittany Ann, il sorriso angelico di Madelyn, il cuore di Angelica. Ava adesso è tornata, perfetta come quando è morta.»

«Sai che non può funzionare» dissi, senza riuscire più a trattenere le lacrime. Julian mi guardò, come se si accorgesse della mia presenza solo in quel momento.

«Come tutti in paese accusavano mia madre di essere pazza, lo stesso diranno di me, e tu non sei diversa dagli altri. Ti ho messa alla prova, convincendoti a indagare sulla morte di Grace e delle altre, e tu hai colto la sfida...»

Sentii il gelo scivolarmi addosso. Mi aveva manovrato, sin dall'inizio. Aveva calcolato tutto, previsto ogni mia reazione.

«Perché?» riuscii solo a dire.

«Dicevi di avere un sogno, di voler scappare da Hope e diventare una giornalista: dovevo sapere se avresti avuto la forza e la determinazione di farlo davvero, se eri *quel* tipo di ragazza, come Ava. Hai cominciato a cercare la verità. E più indagavi, più ho avuto l'impressione che forse avresti capito. Ci saresti arrivata poco alla volta, ma se tu fossi stata davvero intelligente avresti trovato il bunker e compreso che quel che ho fatto è giusto. Ti ho osservato, ti ho tenuto d'occhio, ti ho osservata mentre dormivi, ho voluto conoscerti davvero.»

«Quindi eri tu fuori dalla mia finestra» dissi, sentendomi un'idiota. Avevo sospettato di Roger, di Jason, di un pazzo sconosciuto venuto da chissà dove. Invece era lui, Julian.

«Ho preso il tuo libro dalla veranda, ho sfilato il diario di Grace dalle tue mani mentre dormivi, ti ho guardato di nascosto appena oltre il giardino di casa tua, nel buio.»

«Mi hai terrorizzata...» bisbigliai.

«No, Trinity: ti ho convinta che le morti di Hope riguardavano anche te, ti ho dato una motivazione forte per continuare a cercare la verità. Credi davvero che saresti arrivata fin qui, se non lo avessi fatto?»

No, forse mi sarei arresa. *E sarebbe stato mille volte meglio*, pensai.

«Julian, le cose sarebbero potute andare in molti altri modi...» cominciai a dire, ma lui mi interruppe.

«Mi sono illuso che tu fossi migliore, ma mi sbagliavo sul tuo conto, Trinity.»

Realizzai troppo tardi l'errore commesso. Julian sapeva che potevo essere con lui o contro di lui, e io gli stavo dimostrando di aver fatto la scelta sbagliata.

«No, Julian» mi affrettai a dire. «Io ti capisco, davvero. Ricordi tutto quello che abbiamo passato insieme? Le poesie, i segreti condivisi, sei stato l'unico a capirmi, l'unica cosa bella che mi è successa!» Mi resi conto che non stavo mentendo. Tra le lacrime, continuai. «Aspettavo di vederti bussare alla mia finestra, cercavo il tuo sguardo a scuola, lungo i corridoi, perché riuscivi a trasformare Hope in un posto speciale, facendomi sentire la ragazza che sognavo di essere. Ho iniziato a vivere davvero solo conoscendoti, perché Hope mi stava soffocando. E tutto quello che è successo mi ha insegnato che ci sono infiniti modi diversi di vivere e di morire, ma nessuno ha senso senza di te.» Piangevo, disperatamente, e non per quello che aveva fatto. Sentivo il cuore esplodere in mille pezzi per noi due, per l'amore che avrebbe potuto renderci felici, in un mondo diverso. «Julian, io ti amo come non ho mai amato nessuno e come mai potrò amare, e quello che hai fatto non cambia i miei sentimenti» dissi cadendo in ginocchio ai suoi piedi, aggrappandomi alle sue mani.

Non stavo fingendo. Provavo davvero quelle cose per lui, per un serial killer pericoloso e pazzo, e non potevo farci nulla. Lo amavo davvero, come non avrei mai più amato nessuno, e piangevo per quello, non per la paura di morire. Ero disperata perché ci vuole coraggio a mettersi contro tutto e tutti, serve una forza che io non avevo ma che lui sapeva darmi. Con lui non esistevano più limiti, quello che era giusto e sbagliato lo stabiliva il nostro cuore, e solo così valeva la pena di vivere.

«Ti amo anche io, Trinity» mi disse, scivolando a terra accanto a me. Le sue dita s'intrecciarono dolcemente tra i miei capelli, i suoi occhi ardevano. «Ma non potevo permettermelo, sei troppo perfetta, troppo speciale. Troppo simile ad Ava.»

Era tardi, ormai. Capii di desiderarlo più di quanto lo temessi. L'eco di mille pensieri che restarono solo abbozzati – *potevo cambiarlo, era ancora il Julian che conoscevo, quello capace di recitare poesie a memoria e portarmi lontano da Hope, sarebbe guarito, avrebbe smesso di uccidere, non mi avrebbe mai fatto del male* – mi aiutarono a restare lì, i miei occhi nei suoi. Non volevo fare la cosa più logica, volevo solo dimenticare la mostruosa creatura imprigionata nell'altra stanza. Desideravo vivere, in tutte le sue possibili sfumature: evitare la tragica fine di Grace, ma anche finalmente avere il ragazzo che amavo.

Mi avvicinai a lui e lo baciai, con la disperazione di chi ha ballato con la morte. E lui, per la prima volta, non oppose resistenza. Sentii le sue labbra bruciare sulle mie. Lo sentii vicino come mai prima, ora che finalmente conoscevo il suo segreto ed era riuscito a trascinarmi nel gorgo di follia in cui era precipitato chissà quanto tempo prima. Ci siamo baciati sul pavimento gelido del bunker, stretti l'uno all'altro come se il mondo fuori fosse finito, a pochi metri dai cadaveri di cinque ragazze. E fu un bacio unico e meraviglioso, perfetto come solo l'amore può essere.

Mi strinse a sé, sentii le sue labbra sugli occhi, la fronte, i capelli. Le sue mani mi cercavano, mi desideravano ancora, scivolarono sul mio collo, lo accarezzarono e poi lo serrarono con forza, stringendo. Spalancai gli occhi, il fiato mi mancò ancora prima di capire che cosa stesse accadendo.

Stavo morendo.

Julian mi avrebbe strangolato, e io sarei stata eternamente sua, un cadavere perfetto immerso nella formaldeide.

Per sempre, non come Ava.

La sua presa era sempre più stretta, cominciai a vedere tutto nero, cercavo di fermarlo, di scalciare, di graffiare, ma era inutile. Lui era più forte di me.

Appena prima della fine, accadde qualcosa. Un rumore, uno spostamento d'aria, del movimento. Un suono secco, tutto insieme, confuso.

Qualcosa aveva tramortito Julian e io potevo respirare. Spalancai la bocca, mi riempii i polmoni di ossigeno, poi aprii gli occhi e vidi Julian a terra accanto a me, con gli occhi chiusi. In ginocchio accanto a lui c'era Roger. Teneva ancora in mano l'estintore rosso, quello stesso con cui era stato colpito poco prima. Il suo viso era una maschera rossa, il sangue gli colava dalla testa, inzuppando i capelli e la vecchia giacca marrone. Eppure era vivo, e mi aveva salvato la vita.

Balbettò qualcosa di incomprensibile, poi capii: *lui, dovevi avere paura di lui*. Era sconvolto, tremava.

Cominciai a piangere anche io, mi chinai su Julian. Era ancora caldo, era bellissimo. Lo strinsi a me, ignorando Roger. Sapevo che non si poteva fare diversamente, eppure avevo il cuore a pezzi.

La mia disperazione non durò molto. Julian respirava ancora, lo sentii sollevare una mano, vidi le sue labbra muoversi e sussurrare *eternamente mia*.

Allora afferrai l'estintore dalle mani di Roger, lo sollevai e con tutte le mie forze lo usai per colpire la testa di Julian, che cedette sotto il gelido metallo. Vidi sangue e frammenti di ossa sul pavimento, guardai il ragazzo che amavo morire per colpa mia. Lo avevo ucciso.

Dopo avermi fatto conoscere l'amore, mi aveva trasformata in un'assassina.

Roger urlò, poi si alzò e corse alla scala metallica, risalì lungo la botola e uscì dal bunker, lasciando dietro di sé una scia di sangue. Io piansi, abbracciata al cadavere di Julian, accanto al ragazzo che avevo amato e poi ucciso. Rimasi lì un tempo che mi parve infinito, e un pensiero mi riempì la testa: benché dell'amore tutto sia stato scritto e detto, mentre della morte nessuno sa nulla, è l'amore il vero mistero, non la morte. L'amore.

Fine della testimonianza di Trinity McKenzie, raccolta dal detective Johnson il 29 maggio 2002 presso Hope, Arkansas.

Referto sulla paziente **Trinity McKenzie**
Redatto dal dottor Alfred Smith,
psichiatra dell'ospedale di Cincinnati
specialista in criminologia.

Per il detective Steven Johnson.
Ottobre 2002, Cincinnati

La paziente Trinity McKenzie si dimostra reattiva e presente solo quando può raccontare la sua storia - qui raccolta e allegata al dossier - a partire dalla morte di Grace Mitchel fino all'assassinio di Julian Anderson-Cooper. Si rianima e ripercorre compulsivamente gli eventi come se li vedesse scorrere davanti agli occhi, ripetendo quasi le medesime parole. Quando comincia a parlare, nulla la può fermare o interrompere. Tutto ciò che è accaduto prima e dopo i fatti narrati, invece, per lei sembra non esistere. Terminato il racconto, che ogni volta espone come fosse la prima volta, la paziente cade in uno stato di buio mentale, si richiude in sé e tace, ondeggiando leggermente, con gli occhi spalancati fissi sul nulla.

Trinity McKenzie è in cura da sei mesi presso il Montgomery Health and Psychiatric Hospital e non sembra fare alcun miglioramento. Non reagisce a nessuno stimolo, di alcun tipo. È docile ma assente, non comunica in alcun modo. Non sembra essere cosciente di dove si trova, mangia solo se imboccata da un'infermiera. Accetta la cura farmacologica, che non sembra sortire alcun effetto, ma non quella psichiatrica.

È impossibile completare una perizia, considerate le condizioni della paziente.

Note.

Il dottor Kaufman e il dottor Hopper hanno incontrato tutti i parenti, gli amici e le persone più vicine a Trinity McKenzie. È emerso che tutti erano preoccupati per la salute mentale della paziente, che negli ultimi dodici mesi aveva dato sempre più segni di squilibrio.

Mark ed Elizabeth McKenzie, i genitori, hanno dichiarato di essere stati seriamente in apprensione per la figlia e per la sua tendenza a isolarsi. Le sue condizioni sembravano essere leggermente migliorate dopo la morte di Grace, e questo inaspettato cambiamento in un momento di profondo dramma ha aumentato l'inquietudine dei signori McKenzie.

I signori McKenzie affermano di non aver ostacolato né incoraggiato la relazione e l'amicizia tra Trinity e Julian Anderson-Cooper. "L'abbiamo lasciata fare, perché temevamo che potesse scivolare nella depressione" hanno dichiarato.

Jason Callaway ha riportato casi da cui sembrerebbe evincersi una tendenza alla mania di persecuzione e alla paranoia della paziente McKenzie.

Dalla testimonianza di Jason Callaway: "Da quando Grace ha ottenuto la borsa di studio per trasferirsi a New York, Trinity ha cominciato a comportarsi in maniera diversa. Faceva battute sgradevoli su di lei, la criticava molto. Era nervosa, si arrabbiava facilmente. Ho pensato che le sarebbe passata appena la sua domanda di ammissione a un college fosse stata accettata. Invece poi Trinity ha scoperto che le cose non erano andate come previsto: non era stata presa dove voleva. Ha smesso completamente di parlarne, anche se deve essere stata una grande delusione, per lei. Ho provato più volte a chiederle che cosa intendeva fare, ma ogni volta cambiava argomento".

Il preside Albert Smith ha definito Trinity "una ragazza eccessivamente sensibile, terrorizzata dalla paura di fallire".

Il consiglio sanitario del Montgomery Health and Psychiatric Hospital ritiene parimenti possibili entrambe le ipotesi:

- la paziente potrebbe essere impazzita dopo aver scoperto la colpevolezza di Julian Anderson-Cooper e dopo averne causato la morte violenta, fracassandogli il cranio con l'estintore (*prova 17/c registro 5829*).
- la paziente potrebbe essere il serial killer di Hope. In questo caso, avere ucciso il ragazzo di cui era innamorata l'avrebbe fatta sprofondare definitivamente nella follia che già si era scatenata. La sua versione dei fatti - *qui raccolta come testimonianza, vedi doc 13/A* - può essere la fantasia di una mente malata incapace di accettare la realtà. Far ricadere la colpa su Julian Anderson-Cooper può essere il modo ideato per sottrarsi alle proprie responsabilità.

Non si può escludere che Trinity McKenzie soffrisse di un serio squilibrio mentale e che l'ossessione per Ava Cooper possa averla spinta a uccidere le ragazze più dotate della zona per ricreare il suo idolo e che, scoperta da Julian, sia stata costretta a ucciderlo.

La storia che racconta ossessivamente potrebbe essere una protezione eretta dal suo cervello per nascondere i fatti.

Oppure potrebbe essere la verità.

In mancanza di prove definitive, resta solo la versione fornita da un cervello in estremo stato confusionale.

Rapporto dell'ispettore FBI Mark Blaze.

Grace Lee – Laura Nelson
Analisi alibi

Sia Trinity McKenzie, che Julian Anderson-Cooper avrebbero potuto uccidere Grace Lee e Laura Nelson: per nessuno dei due risulta un alibi.

In entrambi i giorni Julian Anderson-Cooper era solo a Little Rock, dove Edward Anderson aveva accettato un incarico. Le simulazioni effettuate dimostrano che avrebbe avuto il tempo di raggiungere Hope con la macchina dello zio, lasciarla fuori dal paese, nei campi appena oltre la statale, e percorrere l'ultimo tratto a piedi. Winnifred Cooper – non considerata una testimone affidabile – ha confermato che il nipote era solito visitarla frequentemente, nell'ultimo anno. Ha anche raccontato che il nipote spesso si avventurava a passeggiare nel bosco intorno al paese. Diversi testimoni lo hanno confermato.

In entrambi i giorni – 1° agosto e 1° ottobre – Trinity McKenzie era a casa da sola, durante le ore in cui le vittime sono state assassinate.

Il pomeriggio del 15 maggio, giorno in cui Madelyn Miller è stata assassinata, Julian e Trinity hanno trascorso insieme il pomeriggio, ma non è stato possibile verificare esattamente i loro spostamenti, né l'ora in cui si sono lasciati. Trinity McKenzie è tornata a casa dopo l'ora in cui è stata plausibilmente uccisa la vittima. Winnifred Cooper non è stata in grado di chiarire dove si trovavano i ragazzi nel tardo pomeriggio e nella prima serata.

Per quanto riguarda le altre vittime, non è stato possibile stabilire il giorno esatto della morte, poiché i cadaveri sono stati ritrovati parecchie settimane dopo il decesso. Anche in questo caso, però, la polizia non ha potuto escludere il coinvolgimento di nessuno dei due ragazzi.

Si ipotizza che Brittany Ann Beatty, lasciato il Texas, sia passata da Hope, incontrando il suo assassino. Né Trinity, né Julian avevano un aspetto minaccioso. Per entrambi non sarebbe stato difficile avvicinare la ragazza e conquistarsi la sua fiducia.

Analisi scientifiche nel bunker

Nel bunker sotterraneo fatto costruire nel 1963 dalla famiglia Cooper sono state rinvenute principalmente tracce di Julian Anderson-Cooper e di Trinity McKenzie. Molto inferiori sono invece quelle di Roger Freesbury, coerentemente con la dichiarazione secondo cui è sceso nel rifugio solo due volte. La prima quando ha scoperto il rifugio, la seconda quando ci ha trovato dentro Julian Anderson-Cooper e Trinity McKenzie.

Si è individuata l'origine delle fibre ritrovate sulle scene del crimine: appartengono a una tuta da ginnastica rinvenuta nascosta in fondo all'armadio di Trinity McKenzie.

I signori McKenzie hanno dichiarato di non averla mai vista prima; Julian frequentava casa McKenzie e potrebbe avercela portata lui. Anche in questo caso, la prova non è definitiva. Altre tute dello stesso genere sono state trovate nel rifugio.

Due dei coltelli rinvenuti nel bunker sono compatibili con le ferite identificate sui corpi delle vittime.

I cinque interrogatori a cui Roger Freesbury è stato sottoposto non hanno portato a nulla: Roger Freesbury non è stato in grado di aiutare in alcun modo a identificare l'assassino.

Nega ogni coinvolgimento e ammette solo di avere scoperto il bunker sotterraneo e di esserci entrato. Quello che ha visto l'ha terrorizzato tanto da creare un blocco psicologico. Frequentando il bosco intorno al paese, ha probabilmente visto più di quanto racconti, ma le sue risposte restano vaghe.

Riportiamo qui di seguito l'unica testimonianza utile all'indagine.

Detective Smith: Conoscevi Trinity?
Roger: Era mia amica, è sempre stata buona con me. Per questo volevo proteggerla.
Detective Smith: Proteggerla da che cosa, esattamente?
Roger: Non volevo che morisse anche lei, come Grace.
Detective Smith: Quindi che cosa hai fatto?
Roger: Ho cercato di farle capire che doveva stare attenta: le ho lasciato dei segnali di pericolo, per-

ché non volevo che le succedesse quel che era accaduto a Grace e Laura.
Detective Smith: Conoscevi le vittime?
Roger: Conoscevo Grace e Laura, ma soprattutto Grace. Eravamo amici.
Detective Smith: Grace ti ha mai detto di avere paura?
Roger: No. Mi ha dato una lettera.
Detective Smith: Che cosa diceva Grace nella lettera?
Roger: Mi ha detto di conservarla.
Detective Smith: Sai perché l'ha fatto?
Roger: Ha detto: "Dalla a Trinity dopo che sarò partita per New York".
Detective Smith: L'hai letta?
Roger: No, non mi ha detto di farlo.
Detective Smith: Puoi darla a me?

Reperto 2548/A – lettera di Grace

Trinity, siamo state sorelle, e proprio per questo devo dirtelo: devi fare pace con te stessa, con Hope, con la persona che sogni di diventare. Smetti di guardare a quello che faccio io, continuare a paragonarti a me non renderà la tua vita migliore. Troverai la tua strada, te lo prometto, indipendentemente da quello che accade a me. Io andrò a New York, e tu non puoi farci nulla. Vorrei che le cose tornassero quelle di prima, che la nostra amicizia non si fosse mai guastata. Qualche volta mi fai `paura, ma so che in fondo sei sempre Triny, la mia amica del cuore.`

Edward Anderson ha negato sotto giuramento di aver mai picchiato, maltrattato in alcun modo il nipote. Sostiene che le cicatrici sul corpo del nipote siano il risultato di tendenze autolesioniste a cui era soggetto Julian Anderson-Cooper. Resta il sospetto che si sia trattato di maltrattamento domestico, ma è impossibile dimostrarlo.

Molte testimonianze raccolte in paese riportano dell'ossessione di Trinity per Ava Cooper. Nella scrivania di Trinity McKenzie è stato rinvenuto un album pieno di foto e vecchi ritagli di giornale che riguardavano la donna. In camera della ragazza era stato nascosto un abito che Winnifred Cooper ha riconosciuto come appartenente alla figlia Ava; l'abito era sparito da un armadio di casa Cooper qualche settimana prima.

Sia Trinity McKenzie che Julian Anderson-Cooper potrebbero essere gli assassini.

Non è possibile stabilire in maniera definitiva se la testimonianza di Trinity corrisponda alla verità, o se sia una storia ben congegnata per scaricare la responsabilità su Julian, dopo averlo ucciso.

Il caso si chiude, restando irrisolto.